U0901648

漳州作家丛书

陈燕松／主编

小梦

吴可彦／著

中国華僑出版社
·北京·

图书在版编目（CIP）数据

漳州作家丛书 / 陈燕松主编 .—北京：中国华侨出版社，2018. 10
ISBN 978-7-5113-7767-8

Ⅰ . ①漳… Ⅱ . ①陈… Ⅲ . ①中国文学—当代文学—作品综合集 Ⅳ . ① I217.1

中国版本图书馆 CIP 数据核字（2018）第 216910 号

漳州作家丛书：小梦

主　　编 / 陈燕松
著　　者 / 吴可彦
责任编辑 / 高文喆　桑梦娟
责任校对 / 孙　丽
经　　销 / 新华书店
开　　本 / 670 毫米 ×960 毫米　1/16　印张 /324　字数 /4281 千字
印　　刷 / 三河市华润印刷有限公司
版　　次 / 2018 年 11 月第 1 版　2020 年 2 月第 2 次印刷
书　　号 / ISBN 978-7-5113-7767-8
定　　价 / 980.00 元（全 24 册）

中国华侨出版社　北京市朝阳区西坝河东里 77 号楼底商 5 号　邮编：100028
法律顾问：陈鹰律师事务所
编辑部：（010）64443056　　64443979
发行部：（010）64443051　　传真：（010）64439708
网　址：www.oveaschin.com
E-mail：oveaschin@sina.com

《漳州作家丛书》总序

漳州是中国历史文化名城，历史悠久，文化深厚。在文化的星空，群星璀璨，先后涌现出黄道周、林语堂、许地山、杨骚等文化名人，令我们引以为傲。

四十年改革开放，四十年风雨兼程。漳州土地，生机盎然，文学创作也迎来繁荣发展的春天。应是春风吹拂，应是文脉相承，一支包括了老、中、青三代作家的队伍正在悄然形成。2004年，漳州市委宣传部、漳州市文联编辑出版了第一套《漳州作家丛书》，有十二人，十二本。时隔十多年，在祖国改革开放四十周年的今天，漳州市委宣传部、漳州市文联再次编辑出版第二套《漳州作家丛书》，展现活跃在省内外文坛的二十四位当代作家的创作风采。十二到二十四，这不仅是作家作品数量的增加，更是漳州文学创作水平质的飞跃。

《漳州作家丛书》的出版，旨在展现漳州作家的创作成果和创造实力。以期让更多的人，通过这套丛书，了解漳州，关注漳州，热爱漳州。同时，我们也希望，通过这套丛书的出版，能够激发漳州作家深入生活，体验人生，潜心于文学创作，用更好的作品回馈家乡，回馈人民，回馈时代。

《漳州作家丛书》编委会

2018年10月1日

目 / 录

梅花谱

1

“道居”这个 QQ 群是 11 年前建立的，那时候我还在读初三，QQ 级别有了第一个太阳，那时候 QQ 有太阳还是一件值得炫耀的事情，一方面是因为 QQ 在那个时代还是一个重要的聊天工具，一方面也说明我初中的时候比较无聊。

级别到了太阳有两件好事，一个是可以自定义头像，一个是可以建立 QQ 群，我赶忙把早已准备好的《最终幻想》里的男主角放上，并建立了“道居”，类别是读书交友，第一次填写群公告的时候，我激动地写上了“欢迎朋友们来探讨道家哲学”。

我满腔热血地去各大论坛宣传我的 QQ 群，假惺惺地和人探讨各种问题，最后亮出群号码和群公告，被删了不少帖，但我毕竟不是纯粹的广告，所以广告还是留下了不少，群成员就这样渐渐多了起来，他们都不知道我是初中生，我当然不能暴露身份，每当发言只说三分话，塑造出一副高深莫测的形象，遇到不好解决的提问就打上六个字，“道可道，非常道”，大家都很信服我，尊我为群主，我本来就是群主，我封两个发言积极的群友为管理员，让他们去做宣传工作，告诉他们一个星期不能提交一张论坛里的广告截图给我的话，管理员就要换人，他们两个都能如约提交，因此“道居”从此在我无须操心的情况下运转着，我常常把两条腿架在桌上，看着聊天版一条一条地更新，自豪地跟自己说，“看看什么是无为而为吧”。

有群成员加我的QQ，因为资料上显示性别是女所以我不小心通过了，通过聊天她们了解到我是一个中学生，其中有人不怀好意地把这个信息发到了群里，但是没有人相信，我随便打上一行字“我没有年龄”，结束了那场耗时十几分钟的争论。

一个初中生之所以会对《老子》《庄子》产生兴趣，完全是一场误会，初二时我看了无数本成功学书籍，终于读起了《厚黑学》，厚黑教主侃侃而谈，从三国谈到民国，我对厚黑教主佩服得五体投地，决心将来做一个厚而无形黑而无色的家伙，教主给我们列了一堆推荐书籍，其中最高阶的是《老子》和《庄子》，教主说这两本书是厚黑学的开山之作，想要练就厚黑的无形无色，此二书是不得不看的。

没办法，只好看一看了，想不到两本书看过一遍之后，彻底爱上了老庄，再看一遍之后，对所谓“成功”完全没有了兴趣，成功是什么，赚很多钱就是成功吗？可是老子说了，身上带着贵重物品，只不过是妨碍走路而已，家里有很多钱，只不过是怕人偷而已，庄子也说，所谓诸侯，不过是偷了国家而已，再重新看一遍《厚黑学》，才发现教主良苦用心，他从头到尾都是在讽刺那些成功人士，你们不过是没良心脸皮厚而已，有什么了不起，教主生在民国，眼看着军阀混战，民不聊生，耳听着主义横飞，招摇撞骗，痛心疾首，写下《厚黑学》一书，号召大家拨乱反正，想不到此书后来却成了一本成功学书籍。

天不遂人愿，这几乎是一个常理，我想在“道居”和人探讨道家哲学，可是发现大家谈来谈去，更多的还是想修真，我爱着这个群，喜欢群里的每个成员，但是他们真的离我越来越远了，我请他们讨论一下上善若水的道理，一片沉寂之后，终于有人开始发言。

某：上善若水是要把脑中的水引导到下面。

游：是不是本来脑子进水了？

某：是啊，难免的呀。

游：总是要洗头的啊，一洗头就进水。

某：是啊，所以要学导引之术。

游：难怪嵇康三个月洗头一次。

某：是啊。

还有一次我请大家探讨一下“玄之又玄，众妙之门”。

某 1：讲的就是那个太极图，旋转啊旋转。

游：也许是这样。

某 2：不，讲的是双修。

某 1：怎么讲?

游：请赐教。

某 2：玄色是黑色，玄之又玄就是黑而又黑，众是很多，妙是少女，门是阴户，所以这里讲的是双修。

某 1：妙怎么是少女了?

某 2：你看看妙是怎么写的，古人看书是从右往左看。

我没有继续发言，我输了，某 2 太厉害，不是他的对手，可惜他们研究的修真我实在没办法接受，我越来越少发言，“道居”彻底成为一个专门研究修真的群，微信出来之后，这个群也名存实亡了，除了发广告之外别无他用，剩下 100 多个群成员，大概大多数都设置了消息屏蔽，就是在这种情况下，有一个叫 QIQI 的发出了一条实质性的内容。

2

QIQI：想找一个修道的老公，吃素的，愿意住山的。

游：什么情况?

QIQI：想找一个志同道合的，就这么简单。

游：没有年龄限制吗?

QIQI：基本没有，但是最好不要差得太多，我现在 23 岁。

游：哦，这样。

QIQI：群主几岁？婚否？

游：啊？哦，26 了，没人要，我不修道。

QIQI：群主怎么可能不修道，你是群主啊。

游：很多年了，早就忘记自己是群主了，修道最重要的是天赋，我知道自己是一个凡胎。

QIQI：成功是百分之九十九的汗水，加上百分之一的灵感，群主不要放弃。

游：不要叫我群主，我真的不是，还有，修道不是发明电灯哦。

QIQI：修道就是发明电灯，烤炼，发热，最后发光！

游：好吧。

QIQI：总之我先去了，某某省某某市某某镇格子山庄，我在那里等待志同道合的那个人出现。

游：祝你成功，祝你幸福，祝你发光。

我把笔记本电脑盖上，真佩服这位女生，这年头有追求的人毕竟不多，想起从前我也是一个有追求的人，现在却已经庸俗不堪，大学毕业那天是一个转折点，那一天我人格突变，从此不赚钱的事绝对不做，其实我本质上就是这么一个人，只是被遮蔽了太久，我初二的时候可是读了很多成功学的……

就在我准备出门寻找商机的时候，手机响了。

“你好，是小游先生吗？”那边是一个女人的声音，听口气，像是要推销什么。

“是啊，怎么了？”我用脸和肩膀夹住手机，穿起袜子。

“是这样的，我们是格子山庄杯中国象棋大奖赛的组委会，我是秘书长小黄，我们邀请您来参加本次比赛。”

“哦？格子山庄！”我穿好袜子，两个袜子都有破洞，双脚合并之后成了一个大洞，我重新用手拿手机，“你不是骗子吧？”

那边的女人笑了，“您太幽默了。”

我也笑了笑，能让对方笑成这个样子我觉得自己确实有点幽默感，“这场比赛还邀请了谁？”

“胡荣华，吕钦，许银川，这是三个最大牌的，还有一些年轻棋手，您是其中一个。”她说话的口气很专业。

“吕钦！”

“是的，有吕钦。”

于是我答应去格子山庄，只要能跟吕钦下一盘棋，只要能和吕钦面对面坐下来摆一摆棋子，那么我20年的棋就没有白下，问题是想和吕钦下棋真的没那么容易，我需要打过多少关，需要多少缘分，试一试吧，反正现在还没找到工作，去格子山庄白吃白住几天也不错，车费还可以报销，说不定还能侥幸进八强，进了八强就有奖金了，群里那个女生又恰好要在格子山庄相亲，虽然这个“恰好”让我隐约闻到别有用心的味道，但我确实对她很好奇，看看吧，这年头有追求的人实在不多，说不定喜欢上她了，我还是有一定道家基础的，勉强修修道也未尝不可。

3

虽然对自己的棋艺很自负，但是大赛组委会能知道我并下定决心发出邀请，依然委实令我吃惊，我虽然连续三年拿下大学生象棋大赛冠军，但是那个所谓的大学生大赛只有四个学校参加，而且我根本没有去申请加入象棋协会，我的棋艺也非常不专业，三次决赛都是侥幸赢棋，有一次甚至是不小心炮打象一个闷宫把人将死，所以根本没有人服我，他们都说我无非是有点鬼才，我只能冷笑了，阴阳不测谓之神，神用无方谓之圣，我是神才圣才，他们不懂。

他们都是软件训练出来的棋手，用排盘软件分析棋路，记下一套一套的路数，赛场上就跟人拼记忆力，这种训练方法确实练出了几个异军突起的年轻棋手，老棋手排斥软件，觉得自己是人中豪杰，怎么能靠软件呢，而且老棋手记忆力也确实没那么好，软件已经训练不了他们了，所以这些年年轻人干倒老将的事情常有发生，和我比赛的那些大学生都是捧着电脑梦想成为天才的，我只读过几本棋谱，一本《象棋残局大全》，靠着剑走偏锋恰好克了他们，碰上我这种不按套路出牌的家伙只能算他们倒霉，但是我知道自己确实底子太薄，参加大奖赛很可能只有被虐的分儿。

我随便塞了两条换洗的内裤和一本马尔克斯的小说，背起一个冒牌名包就去了长途车站，我买了一张车票，躺上一辆需要开 18 个小时才能到达目的地的大巴，旁边躺着一个三十几岁的浓妆女人，她一路上唉声叹气，大概有些晕车，我捧着马尔克斯读着，这书我已经看过一遍了，只不过以前没看懂，我根本没指望这一次能看明白什么，这书是以前的一个女朋友送的，她喜欢给我送书，不管过什么节日都送一本，总是用“你很需要教育”的眼神看我，我把手上的《霍乱时期的爱情》翻到扉页看了看，原来这本书是 2011 年 2 月 14 日送的，那一年生日时她还送了我一本《一桩事先张扬的凶杀案》，也是马尔克斯写的，我根本没有读，在她生日那天我把那本书送了回去，于是她就跟我分手了，我在悲痛之下又送了一本《百年孤独》给她，她直接在我面前把世界名著给撕了。

“小伙子，你做的是什么工作？”夜深了，车里的灯光熄灭，我盖上书，旁边的浓妆女人对我说道。

我把书塞回包里，一本书和两条内裤重新纠缠在一起，我看了看浓妆女人，窗外透进的微光把她照得阴森可怖，“我没有工作。”

“哦？”她很失望地叹气，那叹气的声音很让人不爽，好像我没工作很对不起她似的，“那你是要去某某市找工作了？”

“没有啊，我去玩。”

“那里有什么好玩的地方？”

“格子山庄啊。”我盖好被子准备睡觉。

“没听说过有什么格子山庄。”她疑惑地说道，我心想她没听说过的东西多了，沉沉睡去。

梦里有十几个高中同学挥刀追杀我，我手上也有一把长刀，但是双拳难敌二十手，我且战且退，他们总是无法将我干掉，那仇恨的眼神，熟悉的面孔，让我在恐惧之余又感到寒心，为什么要杀我，就因为我没有工作吗，可是我一直在投简历啊，我饿死的时候又不会去你们家白吃白喝，放了我吧。

我终于掉下了悬崖，醒来的时候发现身旁的女人已经不见，原来她正坐在旁边一张床上和人说话，压低了声音，我本能地竖起了耳朵。

“200。”

“太多了。”

“150。”

“50，这边这么不方便。”

“这样才刺激啊，100好了，算我亏一次。”

她终于钻入了那人的被窝，我莫名感到失落，倒不是我对那女人有兴趣，一点兴趣都没有，可是我一个如此英俊潇洒的年轻男人躺在她身边，她居然不问问我的需要，礼貌性地问一下也好啊，就因为我没有工作吗，还是我的确长得太正派了？哎，还是继续睡吧。

4

下大巴的时候正是清晨八点，我跨上一辆摩的，“去格子山庄。”

“兄弟，你说什么？”

“格子山庄。”

“没听说过，能不能说一下大概在哪里。”司机长得很彪悍，说话口气却挺憨厚。

我们还是出发了，摩托车慢慢地开，方向肯定没有错，本来就只有两个方向可以选择，往另一个方向走就是去火葬场了，火葬场再过去就是其他县的地界，这都是司机告诉我的，我掏出手机拨着大赛组委会的电话，但是一直没有人接。

“到这里就不能再走了。”我们终于到了一个十字路口，司机停下了摩托车，我下车买了一把香蕉，我们两人蹲在路边吃着，我一边打着电话。

“你好，我是小游。”不知打到第几次时终于有人接听。

“小游？”那边的女人已经把我忘了。

“我是象棋比赛的选手，能不能告诉我格子山庄的位置，我已经到县里了，现在在车上。”

“哦哦，是，对不起小游先生，我知道您，您是打的吗，让我直接跟司机说话可以吗？”

我把手机给了摩的司机，他对着电话一个劲地“嗯”着，最后把手机还给了我，“走吧，知道地方了，那地方本来是一个小岛，刚修了一座桥接上。”

我们果然往海边开着，天阴沉沉的，凌晨时下过雨，水泥路上干一块湿一块的，积水组成各种图案，有的像鬼脸有的像死尸，我们的车轮常常从“死尸”上碾过，鲜血向两旁飞溅，一路上没什么车，所以司机把摩托车开得很快，这样的情况下我们依然被超了车。

超我们车的也是一辆摩的，后座上侧坐着一个年轻女人，化着淡妆，身穿套装，她之所以侧坐大概是因为裙子太短，正着坐可能不方便，实际上侧着坐也不怎么好，她两只手都压在大腿上，脚上穿着凉鞋，我出神地看着她的脚，和路旁的养殖场比起来，她的脚确实很漂亮。

他们的车很快飙出去十几米远，可是又忽然刹车，路边的村巷里跑出一条黄色大狗，差点被他们的摩托车撞上，大狗过完马路，他们的车重新加速，就在这个时候，女人摔在了地上。

我眼看着她从摩托车后座上滑出，看着她一声不吭地坐在了地上，她显得很镇定，一落地就整理好了裙子，很幸运她屁股所在的地方没有积水，她的司机甚至没有发现自己后座上的人被甩了，我的司机追上去按了按喇叭，对他大喊，“掉了掉了，你的人掉了。”

那个司机看了看身后，看到那个女人没有站起来，那辆摩托车的速度忽然更快了，司机的思维十分敏捷，那个女人如果受了伤，那么自己肯定就要赔偿，他这一跑也不算肇事逃逸，应该算半途而废。

“我们回去看看那个女人吧。”我对司机说道。

“赖上我们怎么办？”司机调转车头，又怯生生地问道。

“她没事的。”说完这句话我就觉得奇怪，我既然知道她没事，为什么要回来看她。

我们的车在她身边停下，她还坐在那里，她看着我们调转车头，又看着我们逆向行驶，看着我站在她面前。

她伸出手，我把她拉了起来，我感觉我们像是队友，好像我们早就很熟了，我甚至怀疑她就是那个 QIQI。

“你走走看，有没有问题。”我说道。

她走了几步，绕着我转了一圈，笑了笑，“没事啊。”

“嗯，好。”我说道，准备上车离开。

“我坐你们的车可以吗？这边打车不容易，我和你去同一个地方。”

“同一个地方？”

她恶作剧地眨眨眼，我莫名其妙，她跨出长腿爬上车，我就站在她的身后，赶忙仰头看天，她问我怎么不上来，我只能上车，否则司机一踩油门我就只能参观养殖场了。

“还是去格子山庄吗？”司机问道，很明显他的立场很不坚定。

“是啊，我本来就是去格子山庄的，不是说我和他去的是同一个地方吗。”女人说道，我在她身上闻到一股熏香的气味，越发怀疑她就是 QIQI，不过很多不修道的人也用熏香熏衣服，所以实在无法断定。

我尽量把屁股往后挪，以免把呼吸喷在她的头发上，为了忽略她的存在，我在脑中演算着过宫炮对当头炮的各种疑形变局，就在成功将一个“车”骗入死套的时候，我们到达了目的地，格子山庄。

5

我准备掏钱给司机付账的时候，女人却已经把钱塞进了司机的手里，我想跟她说这钱应该我来付因为我可以报销，但是看到大门的保安都向她点头微笑，我就什么都没说了。

“你是谁？”我跟在她身后走进了山庄，我仿佛回到了大学校园，回到了自己的母校，眼前全都是再熟悉不过的景物，连孔子雕像上缺了一块手指都一模一样。

“我就是给你打过电话的小黄。”她对我微笑，“欢迎来到格子山庄。”

“哦，好吧，这么有缘分。”我莫名其妙地说道，用出“缘分”这个词，我觉得自己也真够滥情的。

“是啊，我昨天晚上去县城办事，想不到你这么快就到了，所以坐上一辆摩的来追你，结果我却摔了，还要谢谢你让我搭了顺风车呀。”

硕大一个校园只有我们两个在走着，还有海风在呼啸，这让我有种走进海市蜃楼的感觉，小黄带着我走进了图书馆，图书馆的内部也跟大学的一模一样，东侧的一排提款机还亮着屏幕，说不定真的可以取钱，看来这一切不只是表面上的模仿，我甚至想着晚上回以前的宿舍去住，不过我又想到一个人住在一间仿造的房间似乎是一件非常恐怖的事。

“这个山庄的主人估计和我是校友吧。”我说道，我们进了电梯，她按了地下一层。

“这个我不清楚，但是据说山庄是仿造某某大学的。”电梯很快就开门了，我从来没有去过学校图书馆的地下一层，不知道这里是不是也是仿造。

地下亮着日光灯，我们走到一扇大门前，小黄敲门后将门推开，看着我，“请进。”

我想问你不进来吗，但是我觉得也没必要问了，里面估计有其他工作人员接待我，我走了进去，门在我身后关上。

这是一个很大的客厅，复古的红木家具，有三面墙上挂着梅花图，两幅是红梅，一幅是白梅，其中一幅红梅图上有雪，雪地上有一个脚印，脚印像是真人踩上去的，鞋码 37 号，有一个年轻男人坐在茶几前，正在摆弄一堆白色瓷器，发出叮叮咚咚的响声，他抬头看了看我，盛气凌人的脸上弯出一个亲切的笑容，他示意我坐到他的对面。

我装出一副盛气凌人的样子坐下，看着他慢慢沏出两杯茶，桌上摆着几本书，有《梅花易数》，有《梅花谱》和《反梅花谱》，第一本书是算命的，另外两本书是棋谱，看来面前这个人大概也是象棋爱好者，不过我认为他对梅花的热爱应该超过了象棋。

他一直不说话，看起来很是装腔作势，我毫不示弱，拿起桌上的《梅花谱》翻了起来，我没想到会在这里遇见这本书，《梅花谱》对我很重要，我唯一会背的棋谱就是这本，对我而言《梅花谱》就是象棋的代名词，这本棋谱里专门研究屏风马，两匹马一起护住中兵，严守中路，我没读过什么心灵鸡汤，《梅花谱》就是我的心灵鸡汤，人啊，只要守住自己的中路，守住自己最热爱的那些，就应该可以算是活得有价值，梅花在冬天也是要开的，只要守得住中路，就什么都不用怕。

“怎么，忘记老朋友了吗？”他忽然用阴险的声音说起话来，把一杯茶放到我面前，依然弯着那个亲切的笑容。

“老朋友？”我不认识面前这个人，从来没见过，即使见过也是擦肩而过。

“五年前，五年前，那时候我们在读大学，我比你高一届，我们在一次象棋比赛中对弈，真的忘记我了吗？”他弯曲的嘴角已经快要裂到耳根，眼中冒出寒光，我怀疑他张开嘴巴就可以亮出獠牙。

“哎呀，原来是这样，棋友啊，我以为怎么回事呢，不过我确实对你没印象，毕竟一起下过棋的人很多啊。”我端起茶杯喝了一口，杯子太小，一口就喝了一杯。

“棋友倒算不上，只能算是棋敌，我从来不把一起下棋的人当朋友，假惺惺的东西实在装不来，我从小就学象棋，拜访过许多名师，我很少输棋，从来没输给过同龄人，我一直梦想着成为胡荣华那样的大师，直到那天输给了你，你毁了我的梦想。”他怨毒地看着我，眼神中透出杀气。

“啊？怎么回事，不可能吧，我怎么能成为梦想终结者呢。”我开始环顾四周，随时准备逃命，看来这次格子山庄杯中国象棋大奖赛完全是假的，这是一个为我设计的圈套。

“你完全忘记了吗，四个大学联合举办的象棋赛，我和你还是校友，你把我杀到只剩一个老将，最后还派上两个小兵来玩我，你真的忘了吗？”他咬牙切齿地瞪着我，嘴角的弧线也不见了，咀嚼肌在两腮鼓起。

“哦，哦！想起来了，原来是你啊，哎呀，久违久违。”我站起身向他走去，伸出手。

“不用握手了，你坐吧，这事情没这么简单。”他从口袋里掏出一把黑色手枪，拍在了茶几上。

“哈哈哈。”我傻笑着重新坐下，“哎呀，真是一场误会啊，我跟你解释一下吧，好不好，不过说来话长啊，是这样的，我喜欢写甲骨文……”

“和甲骨文有什么关系？”他狠狠地打断了我的叙述。

“有关系有关系，都是因为甲骨文引起的啦，你听我慢慢说吧，我每天下课都在写甲骨文，其实我上课的时候也在写，我每天不停地写，同学问我写甲骨文有什么用，我说就是因为没用才要写，我说有用的东西都太俗了，所谓奢侈就是把生命消耗在没用的东西上面。”

“是啊。”他点了点头，掏出一根烟点上，我却闻到了大麻的味道，“比如说吸毒就是奢侈的。”

“哈哈哈，我继续说啊。”他的情绪已经缓和了下来，我觉得自己也许还有救，“我写甲骨文这件事吸引了班花的注意，我真的不是故意的，她问我为什么要写甲骨文，她坐到了我身边，我确实一直暗恋她来着，我当时又刚好被女朋友甩了，女朋友生日的时候我送了一本马尔克斯的小说给她，结果她就和我分手了，总之班花坐在身边的时候我真的有点把持不住，所以我给她说了一个爱情故事，其实要是没说这个故事就好了，但是我确实说了，我说我小学五年级的时候看电视，看到两个语言学家的故事，老人家回顾往事，‘文革’的时候，他们被迫害，被分别关在两个地方，他们还可以互相通信，但是他们的信都会被审查，他们想了一个办法，在信里假装探讨思想改造，然后混入甲骨文，用甲骨文谈情说爱，用甲骨文互相鼓励，两个老人热泪盈眶，他们本来都想自杀，是爱情让他们活了下来，所以他们感谢甲骨文，我说我看了这个电视之后就决定学甲骨文了，我看到班花用袖子在抹眼泪，她说如果她的爷爷奶奶也会写甲骨文就好了，那天我们两个聊了很久，原来班花并不是那么的冷若冰霜，两天后我收到班花的一封信，信里写了二十几个甲骨文字，虽然写得太正了，甲骨文是要写得歪歪扭扭才好的，但是我看得心花怒放，里面每一个字我都认识，但是连在一起却不是句子，她想向我表达什么呢，我以为她喜欢我，她用这样的方式向我发出爱的信息，我想到电视里的两个语言学家，我想我和班花白头偕老的时候大概就是他们那个样子的，如果有电视台采访我们，我也可以讲一段关于甲骨文的爱情故事，我被幸福冲昏了头脑，我马上用神秘的甲骨文写了一封信，然后去花店买了两株百合和两朵玫瑰，饭点时我去女生宿舍楼下等她，20多分钟后她果然出来了，她向我走来，我迎上前去，结果她看都没看我一眼，和我身边一个男生走了。”

“哈哈哈哈。”面前的男人大笑，他已经抽完了，眼神迷离。

“我呆呆地站在原地，宿管阿姨走到我的面前，她说你不知道人家已经有男朋友了吗？我说不知道，她又问我是学什么专业的，我说光学，她哈哈大笑说太光了，你知不知道那女生的男朋友是学什么专业的，是学金融的，阿姨唉声叹气地走回传达室，我记住了金融两个字。”

“我就是学金融的。”男人嘿嘿地笑着。

“没错，所以，当我知道棋桌对面是一个学金融的对手时，我爆发了，我把你当成了那个情敌，我狠狠地羞辱了你，我派上两个小兵去调戏你的老将。”

“我们的比赛还有变态规定，规定不能认输，认输的下一年就不能参赛，说什么培养永不言弃的精神，可是那盘棋之后，我彻底不相信自己了，我学了那么多年棋，却输给了你这样没套路的二流子，输成那个样子，我再也不下棋了，我一坐在棋桌前就会想起那两个小兵，我一看到象棋就没有自信，我完全崩溃了，我大学都没毕业，我开始吸毒，后来我干脆做起了毒品生意，我讨厌这个生意，我用贩毒的钱做期货，做期货就像下棋，可是我讨厌这种棋，这种用空虚玩弄欲望的游戏，我讨厌我自己，我感觉自己的灵魂在不停地透支，我的灵魂本来可以活一万年，可是现在完全没有了，我的灵魂彻底死了，我只剩下肉体，一副正在腐烂的躯壳，是你让我堕落的，你知道吗，是你让我堕落的，怎么办！”他开始对我大吼，又从茶几上拿起了手枪，把枪口对准了我。

“哎呀，不要这样，那句话怎么说的来着，塞翁失马焉知非福啊，做期货多好啊，你本来就是学金融的啊，你要是一直下棋，能有今天的财富吗，下一辈子象棋，能买下你这个客厅就不错了……”

“砰！”的一声枪响，进门处的一个大瓷花瓶应声爆裂，“我不要这些，这一切都不是我的，我会死，我很快就会死，因为吸毒，我得了肝癌，已经晚期了，我不会去做化疗的，我不做手术，那些只能让我更痛苦。”他把枪扔在地毯上，用手捂住脸，“我只想找回我的梦想，我是有梦想的，我的象棋，我的象棋……”

面前的男人呜咽着，我终于意识到自己有罪，五年前的那天我完全是恶魔附体，我平时根本不可能把棋下得那么神乎其神，每一步都像一把匕首，刺向他的内心，我根本没有仔细地计算棋路，却每一步都是阴谋，中盘时整个棋局诡异莫名，双方一个子都没有丢，纠缠在一起，动错一子就满盘皆输，他耗时十几分钟想一步棋，那步出来之后却是一个臭招，于是我咔擦咔擦横扫他的天下，我永远记得那盘棋，我也感觉到那盘棋意味着什么，我却没有记住那个失败的棋友，我只记得整盘棋他都低着头，就像现在这样，低着头。

“别哭了，对不起，我错了。”我就像跟女朋友说话一样对他说道。

“我找你来是要让你给我陪葬的，我死之前一定要杀了你，我让小黄加了你的 QQ 群，又请你来参加象棋比赛，这是一个圈套，我赢了这盘棋。”他捡起地上的手枪，重新变得坚强。

“是的，你赢了，我是一个失败者，我初二开始研究成功学，可是到现在依然这么穷困潦倒，我找不到工作，我什么都没有，这次出门我只带了两条内裤和一本小说，写那本小说的人两年前死了，所有人都有死的那天，我也有，我想最后和你下一盘棋，这边有棋吗？”

6

我们摆开了棋盘，掷子定先手，我执红先行，打出了屏风马，他则开出了当头炮。

先手屏风马很容易走成和局，两匹马支成一个屏障守护中路，打防守反击，我如果赢了他，他恼羞成怒肯定一枪毙了我，我如果输了他，他蔑视我也会让我上西天，所以我要和他来一次旷日持久的拉锯战，最后走成和局。

“如果你让我，就是对我的第二次羞辱。”他说道。

“我知道。”

“别以为输给我或者走成和局我就不会杀你，你死定了，还不如最后赢我一把。”

“你读过《梅花谱》,《梅花谱》里说，屏风马必胜当头炮。”我微笑道。

“我还读过《反梅花谱》，那里面却是当头炮必胜屏风马。”

既然死定了，我就跟他拼杀，我眯缝着双眼，把他引向一个又一个的阴谋，屏风马千变万化，可进可退，当头炮大开大合，如狼似虎，他一轮沿河十八打后架起一个桥头堡，我的双车一东一西深陷泥潭，对调几个子后形势依然诡奇复杂，我的马从左路盘旋到右路，混乱之中一个小兵过了河，我松一口气觉得这盘棋没问题了，结果被一阵将军之后丢了一个炮，形式急转直下，还好他落进我一个圈套，六步之后送还一个炮给我，可是紧接着我的小兵被逼着和他的象同归于尽……

我开始有些烦躁，本以为他是一个很好对付的对手，想怎么玩他都可以，现在看来他技术一点都没退步，他不是很多年没下棋了吗，他不是这么多年来看到象棋就害怕吗，怎么还这么厉害呢，我搓了搓脸，这是我调整心态的方式，不管怎么说都要面对现实，也许他今天恶魔附体了，也许他回光返照了，也许他超水平发挥了，总之我走好自己的棋路就是了。

不知道时间过了多久，没有用计时器，这是一盘不限时的棋局，在一个看不见阳光的地下世界，死神坐在我们身边，坐在一张隐形沙发上打着拍子，时不时冷笑一声，牛头和马面分别站在我们的身后。

“这两个家伙在拖延时间吧。”长着牛头的胖子说道。

“你懂什么，现在到关键时刻了。”长着马面的瘦子摸着超长的下巴。

这一步棋我已经想了20分钟，豆大的汗水一条一条地流下，从我的鼻尖落在檀木棋盘上，他也一言不发地思考着，这是抉择的时候，如果走了马六进七,四步之后我要面临双马一兵士相全对一炮一马两卒缺象的残局，利于守和；如果走了马六平八,六步之后我要面临一马一炮两兵缺相对双马两卒缺象的残局，其中一兵过河条件很好，利于最后赢棋，但是丢了一个相，输棋的可能性也随之增大；如果走了炮四进二……

我忽然发现他有一个妙招可走，他一旦走了，我会崩盘，他甚至可以把我杀到片甲不留，我演算着，希望能找到破解的关口，可是颠来倒去都证明我无处可逃，寄希望于他没有发现这招是不现实的，我斜眼看了看他，他眼神焦急地看着那个妙招的方位，我几乎喘不过气，看来我要输了，这时候我感到了疲惫，我闭上了双眼，太久没眨眼了，眼球酸胀，流下泪水，这看起来就像哭泣，我也确实感到了悲伤，我下这盘棋干什么呢，人为什么要到世上走一趟呢，一切的努力都要化成尘土，甚至连尘土都不是，我的尸体一定会被绑上两块大石，然后在鱼儿的簇拥下沉寂于海底，恐惧挖空了我的胸口，我已经听到了心脏跳动的声音，当枪口指着我的时候，我只是感到紧张，我没有感到恐惧，因为我没有时间思考，我现在开始了思考，我一思考，死神就发笑，我还是停不下思考，思考我曾经奋斗过的20多年光阴到底算什么。

一团黑色的液体模糊了棋盘，恶臭熏天，我精神恍惚地从棋局中醒来，不知道哪里来的这些黑色东西，我抬头看着对面的他，他的嘴角和胸前流淌着同样的黑色液体，我明白了，那是血，我看着他斜斜地向右边倒下，他也看着我，在他的世界里，我正在向左倾斜。

我离开了格子山庄，他死了，我暂时还活着，火葬的前一天，我去殡仪馆看他，我把一叠纸交给小黄，小黄憔悴地看着我，又看了看纸上的文字，不明白我的意思。

“这叠纸要和他一起烧掉，这是我们最后那盘棋的复盘记录，他赢了。”

“只是一盘棋而已。”小黄并不打算听我的。

“相信我，这盘棋很重要，虽然我很难跟你形容，怎么说呢，这盘棋证明了他还没有彻底的堕落，他的棋艺精湛，他在最后时刻救赎了自己，我希望他是一个棋手，他也希望。”

白云女孩

蓝色的天空就像一张巨大的画布，不知道是谁，一笔一笔在上面画出纯白色的美丽图案。

“像一架飞机。”小志想起去年舅舅带回来的照片，从照片上，小志终于知道飞机到底是什么样子的。

“像一朵花。”当然不是路边的那种野花，是舅舅回村看外婆时带回来的白芍。

“像抽象画廊里的老龟。”抽象画廊是小志他们村里的旅游景点，是一个个海边的风化石，千百年来的风霜把这些风化石吹成了奇特的模样，千姿百态，大自然的鬼斧神工把这些石头做成了无数种形象，惟妙惟肖，有悄悄冒出头来的乌龟，有专心梳理羽毛的鸽子，有翩翩起舞的仙女，有喜欢看日出的绵羊，还有盯着绵羊流口水的大鳄鱼，小志想，抽象画廊就像白云，白云也像抽象画廊，它们都是风的作品，抽象画廊是雕刻，白云是绘画。

“傻小子！又坐在这里发什么呆啊？”一群男孩子来到小志身边，他们都是五年级的学生，小志是四年级的，又长得矮，常常受他们的欺负。

“我看看海，看看白云，看看抽象画廊。”小志小声说道。

“傻小子，这些破东西不是每天都有的吗，有什么好看的，快来跟我们踢球。”长得最高的男孩一把拉起了小志，小志只好跟着他们去踢球了。

男孩子们围成一圈，互相传球，让一个人在圈子里面抢球，抢球的人如果碰到了球，抢球的人就可以变成传球的人，他们没有商量，就让小志做第一个抢球的，小志光着脚在水泥地上奔跑，可是他的腿太短，总是碰不到球。

“哈哈，傻小子加油，傻小子加油！”男孩子们玩得很开心，他们不满足于踢地面球，开始把足球踢到天上，小志太矮了，足球还不允许用手碰，小志更无能为力了，他满头大汗，他不服输，小志的眼睛盯着足球不放，他开始判断足球会飞出的方向，提前往那个方向跑去。

“呀！”小志倒地出脚，碰到了足球。

“该换人了。”小志爬起来拍了拍屁股。

“该休息了吧，都累了。”男孩子们收起足球，一个个走远了。

小志重新坐回刚才的大石头上，重新看看海，看看白云，看看抽象画廊，重新在美丽的幻想世界里翱翔，他才不和那些大孩子计较呢，那些大孩子现在去玩水枪了，他们根本没有累。

晚上十一点，小志戴上一个带有手电筒的帽子，提着塑料袋到海边捡垃圾。

海边的垃圾好多，都是白天时游客丢下的，小志喜欢这个工作，这些垃圾可以卖钱，赚来的钱可以买一个冰淇淋，有时候还可以捡到什么好玩的，不过发现好玩的东西时，要注意不要被那些大孩子发现，他们也做这个工作，他们也喜欢吃冰淇淋，他们也想在沙滩上捡到好玩的东西，他们就曾经抢过小志一个非常漂亮的手表。

“有鬼啊，有鬼啊！”一个大孩子惊慌地尖叫着，小志向那里看去，黑漆漆的海面上落下一个白色的人影，人影向海边走来。

大孩子们都跑光了，小志还站在原地，他看到白色的人影其实是一个人，白色的头发，白色的衣服，白色的手臂，海风吹乱她的长发，她前进时似乎是飘过来的。

“你好。”她给了小志一个纯白的微笑。

“大姐姐，你好。”小志不害怕，这个世界没有鬼，即使有鬼也不会怎么坏。

“我是从S星球上来的白云女孩，我可以从你们星球带走一点水吗？”

“为什么呢？”小志问道，“还有，你是不是外星人呀？”

白云女孩笑了，“就算是外星人吧，我们的S星球出现了一个坏皇帝，我们S星球上只有一个湖，皇帝派士兵建造高高的城墙把湖围了起来，只有和皇帝同民族的人才能喝水，我把湖水蒸发起来下雨给其他民族的人们，可是后来，科学家给皇帝出了一个狠毒的办法，他们用塑料布把湖面盖了起来，所以我蒸发不到水了，我可以来你们星球蒸发一些吗？”

“真是一个坏皇帝，自私的皇帝，你当然可以在我们星球取水啦，我们地球人是很无私的哦。”小志笑道。

“善良的地球人，谢谢你，那么要请你帮我的忙哦，等下我沉到海底，头发会浮在水面，当你看到头发变成灰色的时候，请你对我大喊一声，因为，如果我吸收了太多的水，我的头发如果变成了黑色，那么我就飞不回S星球了”

“没问题，请放心。”小志很开心，他觉得自己在做有意义的事情，一件十分光荣而且重要的事情。

当白云女孩的头发变成灰色时，小志就大喊一声，“灰色了！”

白云女孩立刻跳出了水面，她不再是白云女孩，她全身都是灰色的，她变成了乌云女孩。

乌云女孩对小志挥了挥手，就慢慢地飞到了空中，随着一颗流星划过清澈的夜空，乌云女孩消失不见了。

“傻小子，你真是傻小子，连鬼都不怕。”男孩子们重新来到沙滩上，刚才他们都躲起来了，可是还偷偷看着小志这边，“那鬼怎么没把你吃掉？”

“那不是鬼，是白云女孩，她来我们星球取水，她让我帮忙看着她的头发，因为她的头发如果变成了黑色，她就飞不回去了。”小志望着天上的繁星，他想知道S星球在哪里，想知道那些口渴的人们有没有喝到水，他多希望那个坏皇帝可以变成好皇帝，他知道人都是会变的，小孩会长大，大人会变老，白云女孩不是就变成了乌云女孩吗？

那些大孩子可不相信什么白云女孩，他们回家跟大人说看见了鬼，大人们都是同样的态度，就是跟没听见一样。

几天来，孩子们继续踢足球、玩水枪、做暑假作业、看动画片、捡垃圾、吃冰淇淋，很快就把白云女孩的事情忘记了。

一个星光灿烂的夜晚，白云女孩又来了。

“你好，谢谢你们星球的水，S 星球的人们很开心，当然了，除了皇帝之外，他差点气死了，他已经把那个出坏主意的科学家关进了监狱，我想再给 S 星球下一场雨，说不定皇帝就会把湖面的塑料布收起。”

“好啊好啊，太好了，那你赶紧吸水吧，头发变成灰色的时候我就会通知你。”小志非常开心，他觉得自己帮助了 S 星球的人们，可以帮助别人，是多么光荣。

“灰色了！”小志注意盯着白云女孩的头发，他大喊一声，白云女孩就跳出了水面，她又是乌云女孩了，小志向她挥手，乌云女孩很开心，她觉得小志是她的朋友，她在空中给了小志一个飞吻。

小志不明白那个动作是什么意思，不过他知道她是在和自己告别，小志望着她远去，望着清澈的夜空。

“傻小子，那女鬼是你女朋友了呀！”那些大孩子跑到小志身边，这次他们没有上次那么害怕了，因为他们看见上次女鬼并没有伤害小志，这次他们没等白云女孩消失才跑出来，他们对白云女孩做着飞吻，“傻小子，我们都和你女朋友接吻了。”

这次小志生气了，大孩子们在嘲笑白云女孩，他忍住心中的愤怒，咬着嘴唇走开了。

很多天，小志没有和大孩子们说一句话，他们拉他去踢球时他也不去，他觉得那些大孩子心中缺少了什么，他们很奇怪，他们不是自己的朋友。

可是过了一个星期，小志就把那些不开心给忘记了，他总是很容易原谅别人，因为从小奶奶告诉他，我们是大海的孩子，要像大海一样心胸宽广。

这天下午，小志又和他们踢球了，他又是那个抢球的，他又追得满头大汗，有一个大孩子把球踢飞了，球从一个下坡路滚远了。

“小志，去抢球啊！”那个大孩子对小志说道，小志跑去把球追了回来。

“该换人了。”小志捧着球气喘吁吁地对大孩子说道。

“哎呀，我们去玩别的，玩水枪去喽！”大孩子抢过小志手里的足球，都跑远了。

这天夜里，白云女孩又来了，她面容憔悴，似乎是累了。

“我想我还得来这里带最后一次水，那个坏皇帝还没有收起塑料布，不过已经有一个科学家告诉他，湖水是需要阳光照射的，所以估计塑料布很快就会收起来了。”

“没关系，我们星球有很多水，因为我们有大海。”小志笑道。

“谢谢你，可是我发现你们星球有很多水都被污染了，很多工厂为了赚钱，把五颜六色的臭水排进河流，那些工厂和坏皇帝是一样的，你们星球的白云女孩告诉我，她们常常会下酸雨，因为工厂把有毒的气体排上天空。”

小志不太明白白云女孩所说的，他想了想，还是说，“我们有大海。”

白云女孩笑了，笑得很苦涩，笑得很憔悴，“是的，可是大海也被污染了，只是它还用它广大的心胸承受着，请爱护这片全宇宙最美的海吧。”

白云女孩跳入大海，漂浮着她白色的长发，大孩子们来到小志的身边，这次他们完全没有了恐惧，他们觉得白云女孩很好玩，他们好奇地看着那一缕白色的长发在慢慢地变灰，一直到长发的末梢也变成了灰色，小志刚刚要大声地通知白云女孩，忽然，从黑暗中出现两只手捂住了小志的嘴巴。

小志伸手去拉那两只手，可是又有两只手抓住了小志的双手，“傻小子，看看她变成黑色是什么样子吧，哈哈，多好玩呀。”

小志一口咬住面前的手，那手松开了，“快出来！白云女孩！”

小志的声音刚刚传出去，那两只手又重新捂住了小志的嘴巴，海风呼啸中，似乎听到白云女孩出水的声音，一个黑色的影子在慢慢地升起。

“现在是黑云女孩了。”大孩子们向空中做着飞吻，捂住小志嘴巴的那双手也松开了，因为那双黑暗中出现的手也要和白云女孩吻别。

小志望着那冉冉升起的黑色人影，月光洒在她的身上，好像洒上了无数道伤口。

她说过，如果她的头发也变成了黑色，那她就飞不回S星球了！

“白云女孩，快下来！你变成黑色了，你不知道吗？你变成黑色了！”小志向着天空大吼，“快下来！你飞不回去了，你快下来，放掉你身上的水！”小志对着天空怒吼。

海风呼啸着，海浪拍打着，白云女孩听不见小志的呼喊，她知道自己身上已经变成了黑色，当她跳出水面时她就看到了，她还看到捂住小志嘴巴的那双手，那双从黑暗中伸出的手。

白云女孩努力让自己飞得更快一些，她没有办法放掉身上的水，只有到了天上，在天上让自己成为一大片乌云，才能开始放水，她只能拼命地升空，希望在变成乌云之前能回S星球，她知道变成黑色的命运，那就是被一道道闪电劈成碎片，就是一次次承受无限灼热的痛苦。

白云女孩不怪那些孩子，因为她累了，她吸收了太多水分，她太重了，她飞不回去了。

“轰隆隆！”月光不见了，星空遮蔽了，一道闪电擦亮了世界。

大孩子们跑回了家，他们今天晚上不捡垃圾了，因为他们知道，打雷天不能站在树下、不能站在屋顶、不能站在沙滩上，而且看这鬼天气，肯定立刻要下大雨的。

他们没有猜错，滂沱大雨很快就下来了，豆大的雨水落在窗玻璃上，落在固沙密林的叶子上，落在水泥地，落在沙滩，落在抽象画廊，落在五颜六色的河流，落在漆黑一片的海面。

雨落在小志的脸上，雨水和泪水一起在脸上流淌，这个夜晚，小志第一次感觉到了孤独，他决定，真的不再和那些大孩子说话了。

小梦

当小梦站在“母亲”保健会所的门前时，这个静得出奇的小城正在下一场静得出奇的小雨。

小梦的马尾辫已经有些潮湿了，她睁着黑白分明的大眼睛，目光穿过朦胧的雨雾，看着会所门前的招聘启事发怔，“女，30 岁以下。”

非常简单的要求，简单得令小梦不知所措，她完全符合这个条件，小梦才 19 岁，即使要求 20 岁以下，小梦也可以进去试试的。

可是小梦却站在雨中犹豫着，她恐惧这样简单的要求，怎么可以这么简单？似乎只需要她的性别和年龄，她想起上次也是遇见这样一个招聘，她去当了推油师，培训一天便上岗了，遇见的第一个客人是一个 40 岁左右的男人，她把精油涂在手心，摩擦均匀后给男人推后背，推出了烫手的热量，推出了油腻腻的指间，还推出了满手的污垢，好不容易推完了后背，男人说还想推一推前面。

小梦从胸口给他推到腹部时，男人忽然脱掉了裤子。

小梦从来没想到会遇见这样不堪的事，她只能逃跑，逃到了街上，工作也不要了，太可怕了，她发觉自己在哭，于是擦了擦眼泪，却被手上的精油呛了眼睛。

“你站在雨中干什么？”女人的声音打断了小梦的思绪，这女人说话的声音有些尖锐，而且语气中含着明显的傲慢，但却给人一种可以信任的感觉，“是想应聘吧。”

“嗯。”小梦点着头，她感激面前的女人，她实在需要一份工作。

“那就进来吧。”女人脸上没什么表情，说完转身便走进门里，她是出来透透气的，身上还穿着一件粉红色的护士服。

小梦以为那叫她进去的姐姐就是老板，但是穿护士服的姐姐把她带到一个中年女人面前，她指着小梦说，“看看这个。”

老板光着脚坐在沙发里，她把手上的杂志放到一边，板着面孔看着小梦，就这样看了两分钟，这中间什么话都没说，只是桌边的金鱼缸在冒着气泡，忽然老板笑了，因为小梦正紧张地用双手摩擦着牛仔裤的两边。

“你怎么不说话？”老板打破了沉默。

“老板。”小梦不得不开口了，“我来应聘。”

“好，那你应聘成功了，就在我们这边工作吧，我们这边需要催乳师。”

“催乳……是什么？”小梦问老板。

“就是把乳汁挤出来，你好好学学就懂了，我给你安排一个老师。”老板没有多说什么，叫来了一个叫云云的女孩，做了简单的交代，云云就把小梦带走了。

还需要培训一个月呀？上次工作才培训了一天啊，我家以前养着一头奶牛，我经常去挤奶的呢，小梦在心里想着，她当然不敢说出来，默默地跟着云云姐走入一个小房间，会所里员工不多，还有一个叫宋要的，就是小梦在门口遇见的那个，老板知道云云脾气好，适合带学生。

“这里是膻中穴，这里是乳根穴，这里是中脘穴，记住了吗？”云云姐在顾客身上操作着，一边跟小梦说，“对这些穴位，都要按顺时针方向揉，知道顺时针吗？”

小梦点着头，她其实不明白什么是顺时针，她想大概就是往右转圈吧，总之就像云云姐这样做就对了。

顾客笑着说，“哎呀，云云都有徒弟了。”

“什么徒弟，就是带一带。”云云揉完了穴位，“你看好，乳房要分成 ABCD 四个区，这是 A，这是 B，这是 C，这是 D，从 A 到 D 地操作，这里是关键，以后慢慢教给你，张姐，准备好了吗？”

小梦看见躺在床上的张姐咬住了嘴唇，神情凝重，气氛一下子变得紧张。

“开始。”云云用力地抓着张姐的乳房，的确是从A到D地揉，张姐的喉咙发出闷闷的吼声，她的双手抓住了云云的手臂，乳汁还是没有出来，云云更用力了，张姐也不甘示弱，她把手指甲抓进云云的皮肤里，很快就有血汁流了出来。

“啊！”小梦捂住嘴巴，她觉得面前的两个女人是在打架，两个人都面露凶光，一副不把对方弄死不罢休的气势。

“哈，出来了。”云云姐先笑了，一道细细的白线涌了出来，这是左边的，很快右边也出来了，紧接着白线消失，顾客胸前淌着一片乳汁。

张姐大口喘着气，云云姐则跑去洗手，小梦还没有恍过神来，呆呆地望着那片白里泛黄的液体。

“妈呀，痛死我了，痛死我了。”张姐喘完了气开始呻吟，可是她的脸上却带着微笑。

等张姐走了，小梦便开始了第一次工作，她把床上的塑料布换成新的，那个旧的塑料布已经不能再用了。

“为什么那么痛苦，张姐还要来做这个呢？”小梦忍不住问云云姐。

“不做这个，她宝宝就没奶吃呀。”云云说道，她的胳膊上已经留下一块淤青。

“不是可以喝奶粉吗？”

“还是喝人奶的好，谁知道那些奶粉是什么做的呢？至少我们会所的顾客都是相信人奶的，而且哺乳期如果乳汁没有排放出来，留在乳房里面的话，其实乳房很容易生病的，乳汁会在里面腐烂，就像牛奶过期一样，容易繁殖细菌。”

“哦。”小梦没怎么听懂，她上学时就总听不懂老师说的话，不过她可以感觉到这份工作是有意义的，比推油有意义得多。

催乳师的宿舍在会所后面的一个小公寓里，老板在这里给她们租了一个小房间，小房间其实是一个小套房的卧室，里面摆着两张上下铺的大铁床，小梦的床铺就安置在云云姐的下面，晚上十点打烊，小梦就坐在床上发呆。

“怎么样，这工作很不错吧？”宋要一边换着衣服，一边笑着问小梦。

“嗯，不错。”小梦怯怯地小声回答，她有点怕面前这个姐姐，因为她的声音听起来很冷漠，可是脸上忽然带上了热情的笑容，她把身上原本穿着的一切都脱掉，换上的那一套漂亮得有点过分，宋要姐完全变了一个人。

“你可是我拉进来的哦，你没忘记吧？”宋要一边对着镜子涂睫毛膏，一边还斜眼看了一眼坐在床上的小梦。

“谢谢宋要姐。”小梦说道，她的确从心里感谢她，要不是宋要姐，她还真的不一定会进来应聘。

“嗯，很好，也不用谢，就是你要知道我才是对你好的，以后跟着姐，保证你前途光明。”说着宋要扭了扭腰，“怎么样，漂亮吗？”

“漂亮。”小梦由衷地赞叹，宋要穿着一件翠绿色的连衣超短裙，隆起的胸部乳沟逼人，超短的裙摆如同一片荷叶，衬出底下一大片粉白的荷花。

宋要在小梦的脸上看到了崇拜，这令她十分满意，不像那个云云，总是摆出一副不屑的臭脸。

“以后让小梦妹妹也这么漂亮哦，拜拜。”宋要说着就出门去了，云云刚好洗完澡回来。

“她跟你说什么？”云云问小梦。

“没什么。”小梦不知道怎么总结刚才宋要所说的那些话，“主要是说漂亮的事。”

云云一声冷笑，她把毛巾亮起来，就爬到床上去了，“别听那个狐狸精的话，说不定什么时候就被她骗去做鸡了。”

小梦惊呆了，她没想到云云姐说话也会这么凶，“做鸡是做什么？”

“这个你都不知道？”云云有些惊讶，她觉得小梦有点傻，不过云云喜欢这样傻傻的小梦，“你还是不知道的好，总之，好好做人。”

“我们邻居的大伯家，最近盖了楼房，四层的，很漂亮，大伯说盖楼房的钱都是女儿在外地打工赚的，可是我们村里人都说他女儿不是打工，是做鸡，我就是不明白这是做什么。”小梦吞吞吐吐地说着。

“那也不能就这么乱说，你们村的人这样很不好，睡觉吧，累了。”云云打了一个呵欠，小梦不敢再说话，房间里很安静，只剩下天花板上的日光灯在“唧唧”地叫着，小梦忽然想起这灯会影响云云姐睡觉，便去把灯也关了。

小梦躺在床上看着窗帘上透出的微光，她睡不着，这是她第二次在陌生的床上睡觉，上次是跟三个推油师和六个足浴师住一起，小梦不喜欢她们，她们总是那么匆忙，要到半夜三点以后才安心睡觉，小梦喜欢云云姐，喜欢这样安静的黑夜，她希望可以一直这样住下去，她想，一定要学会这个工作。

“怎么样，学会催乳了吗？”又是一个打烊后的夜晚，宋要又开始换衣服。

“不怎么会。”小梦老实回答。

“云云心可贼了，她才不会把真本事教给你呢，就怕你学会了，抢她的活儿，吃她的提成。”宋要压低声音恶狠狠地说着，她还是怕正在洗澡的云云听见。

“哦。”小梦应了一声，不太明白其中的利害关系。

“跟姐姐走吧，就现在，你准备一下。”宋要漫不经心地说着，漫不经心地涂着口红，其实她是精心策划过的。

“去哪里？”小梦问道。

“好玩的地方，还赚钱，有姐姐在，你放心。”宋要已经饰弄完毕，黑漆漆亮闪闪地看着小梦。

“可是我只有这样的衣服，可以吗？”小梦的手掌在牛仔裤上局促地摩擦。

“当然可以，这个没关系，等赚钱了，姐姐就给你买漂亮的裙子，现在就这样走吧。”宋要有点等不及了，她怕云云洗完澡回来，她一把拉起傻坐的小梦，小梦跌跌撞撞就和宋要来到了街上。

她们两人在街上急急地走，宋要始终没有松开小梦的手，好像小梦随时可能迷失在这繁华的街上一样。

小梦在一家 KTV 的楼下看见了强哥，这个男人正流着口水对她们笑，眼睛滴溜溜地看看宋要的胸部，又看看小梦的脸，“性感清纯啊，性感清纯啊！”

宋要对他妩媚地一笑，“受不了你这大色狼，钱带够了吧，别到时候萎了，今天可是要双飞的哦。”

男人哈哈地笑着，这些小梦都听不懂也看不懂，她只是跟着他们进了包厢，听他们唱歌，看他们搂搂抱抱。

“什么时候可以碰你的小妹呀？”几首歌过去，男人有点等不及了。

“别急别急，看起来她还没适应。”宋要咬着男人的耳垂，斜眼看着一边的小梦。

男人唱着一首《西门庆娶媳妇》，真的就以为自己是西门大官人了，他实在按捺不住激动，站起身向小梦走去。

小梦听到这首歌就觉得不舒服，她觉得面前这个男人很奇怪，这个奇怪的男人正在向自己走来，小梦忽然想起那个推油的男人，他们好像呀，都有一种油腻腻的沾满污垢的感觉。

“啊！”小梦拔腿就跑，她觉得可怕，觉得后面有人在追自己，她分不清 KTV 里迷宫般的道路，幸好有一个服务员及时提供了帮助。

小梦终于跑出了这条灯火绚烂的街道，这个小城市只有这么一条街道算得上繁华，如同一把光辉夺目的宝剑插在烂泥当中。

小梦是属于泥土的，是一根嫩黄的小草，她站在熟悉的巷子口，心还在怦怦地跳着。

“你去哪里了？”云云姐就站在她的面前，站在巷子口的风里。

小梦不知道该怎么说，双手又在牛仔裤上摩擦起来，“没去哪里，跟宋要姐出去了。”

“以后出去要跟我说一下，走吧，回去。”云云姐拉起小梦的手，她心里生气，觉得小梦摩擦裤子的动作很难看，她还想说什么，可是忍住了。

“云云姐，对不起。”小梦跟着云云走了一段路，忽然低着头说道。

云云没说话，她觉得这里面没有什么对不起的，她洗完澡，本来应该好好睡觉的，还换上衣服出来找小梦，是自己给自己找麻烦，是她放心不下这个傻孩子，她真的把小梦当自己徒弟了吗？当然不是，自己这点技术水平，哪里能当什么师傅，可能是在心里把小梦当妹妹了吧。

她们没有谈论什么关于宋要的事，云云觉得是应该给小梦说一点宋要的坏话的，可是云云又觉得不想说，回到房间她们就睡觉了。

这天晚上，宋要凌晨三点多回来，在卫生间吐了半个小时，小梦跑了，宋要少赚许多钱，男人看出她心情不好，做完事后就请她吃烧烤，宋要难以拒绝男人的好意，毕竟小梦跑了，宋要也觉得对不起男人，可是烧烤吃多了要长胖，所以回到卫生间，她就用牙刷刺激咽喉，把肚子里的东西全吐出来。

“云云姐，宋要姐生病了吗？”小梦问云云，她们都醒了，其他房间的房客也都被宋要惊天动地的呕吐吵醒了。

“她是心里生病，管不了她。”

这件事之后，宋要就不和小梦说话了，不过她还是没有放弃开发小梦，她是想用沉默向小梦施加压力，小梦的清纯可爱是可以卖大价钱的，虽然胸小了点，可是小梦圆鼓鼓的臀部还是不错的。

中午休息时间，云云脱了衣服躺到床上，“小梦，你在我身上试试。”

小梦的双手在护士服的下摆上摩擦着，她就是伸不出手，她只是觉得云云姐真漂亮。

“你在干吗，连我都不敢下手，以后怎么做顾客？”云云又好气又好笑，“你这傻孩子。”

小梦只好动手了，她先按揉几个穴位，膻中、乳根、中脘……

“啊！”小梦刚开始揉云云的乳房，轻轻一碰，云云姐就惨叫了一声。

“怎么了？”小梦退后一步，在护士服上摩擦着双手。

“没事没事，可能是我的问题。”云云的额头上已经冒了一层汗，她穿好衣服，看小梦还一脸的紧张，只好勉强挤出一点笑容，“没事的，是我的问题，你又没怎么用力，是吧？”

云云自己的乳房不能给小梦练手，云云只好去拜托住在同一个套房里的一位大姐，大姐人还是不错的，云云告诉她这个有保健的作用，还预防乳腺癌，大姐就很乐意让小梦练手了，十点打烊后，小梦就在大姐的房间练了一个小时，云云坐在一边指导。

这样过了一个星期，宋要决定卷土重来了。

“小梦，你就这么不喜欢你宋要姐吗？”有天中午，宋要终于在卫生间逮到了小梦。

“没有，不喜欢。”小梦说道。

“到底是喜欢还是不喜欢？”宋要讨好地问道。

“喜欢。”

“嗯，这就对了嘛，以后中午的时候都来我这边，我教你点真本事。”宋要拍了拍小梦的肩膀，把她带到了自己的工作间。

中午是要休息一个小时的，不过催乳师不能离开会所，有时候这个时间也会来顾客，所以所谓的休息时间其实并不真的休息，宋要在这个时间脱掉衣服让小梦在自己身上练习，是可能会错过接手顾客的机会的，错过一个就要少赚20块钱的，不过宋要觉得值得，只要把小梦再带出去，那就不是什么20块钱的事情了，那钱就得二百二百地算了。

“你这个手法，就跟没学过的一样啊，应该这样，这样乳汁才出得来。”宋要耐心地手把手教着小梦，小梦觉得宋要姐也挺好的，这样和她学习，比在大姐身上学方便很多。

“顾客的乳房里面一般都有块状的东西，我这里没有，到时候你给顾客操作的时候，要注意揉开那些乳块，这个云云跟你说了吗？”

“说了。”小梦点着头。

“云云的乳房有病，我都看出来了，她自己还不知道，呵呵。”宋要冷笑一声。

“什么病？”

“你可别跟她说这个事，她会不高兴的，我也是乱猜的。”宋要穿起衣服，“晚上就不用练了，跟我出去吧。”

“去哪里？”

“不去上次那个鬼地方了，小梦不喜欢唱歌，我们去泡脚吧，享受一下。”宋要摆出一副很享受的样子，“哎呦，很爽的哦。”

“很贵的吧？”小梦还是有些害怕。

“不用我们出钱，我叫个帅哥来请客。”

“云云姐要我出去都要跟她说，我去问问她。”说着小梦就出了宋要的工作间，真的去问云云了。

云云当然是白了小梦一眼，“天上不会掉馅饼的，你别信她的。”

宋要自然知道云云会跟小梦说什么，小梦一跑出工作间，宋要就知道这次又要白搭了，白白让小梦练了半个小时，虽然不会痛，可是怪不舒服的，现在还觉得难受，宋要从心底讨厌那个云云。

又过了几天，云云要小梦开始在顾客身上操作，毕竟小梦已经学了大半个月了。

小梦在顾客身上揉着一个个穴位，云云在一边紧张地看着，比自己操作紧张多了，自己操作的时候真是得心应手，顺其自然，可是看着小梦操作，心就要提到嗓子眼。

小梦做得还不错，毕竟不是白练的，终于到了最关键的部分，小梦的手上都是汗，她在护士服上狠狠擦了一把，然后抓住了顾客的乳房。

小梦是很想把事情做好的，她知道能不能做好这个工作，能不能以后靠这吃饭，就看这次了，她在心里念着菩萨，愿乳汁可以顺利涌出来。

小梦按照ABCD的顺序开始操作，顾客的手指甲掐进了小梦的肉里，顾客是下意识地想拿走小梦的双手，因为实在太痛了。

乳汁没有出来，想把乳汁弄出来，需要技术，需要催乳师手上的感觉，甚至需要一点灵感，有时候还需要运气。

小梦确实只有技术，技术还是不错的，可是缺少一点感觉，更谈不上灵感，运气也不好，乳汁没有出来，顾客开始骂人了，开始不客气地一道道抓破小梦的手臂了，小梦还不想放弃，还揉着，可是云云姐把她推到了一边。

云云姐一上手乳汁就喷了出来，一道细细的白线喷得很高，正喷在小梦的脸上，然后白线消失了，大面积的乳汁流淌着。

云云姐去洗手了，小梦也去卫生间洗脸，小梦没能忍住自己哭泣的声音。

“傻孩子，你怎么哭了？”云云姐赶紧擦干自己的手轻拍着小梦的背，“没关系的，我第一次上手也这样，都这样的，哪里会那么顺利，顾客很痛，骂人也是正常的，要理解。”

小梦用力点着头，用力洗着脸上的泪水，她不哭了，她刚才是对自己没了信心，她以为自己完了，她干不好这个工作了，她喜欢这个工作，她觉得这是很有意义的工作，比推油有意义得多。

在云云姐的鼓励下，小梦没有失去信心，而是更加认真地练习，体会每一次用力的感觉，体会那所谓稳定精准渗透的微妙之处，小梦和云云一起努力着，希望一个月的培训期结束，小梦就可以成为一个合格甚至优秀的催乳师，可是一个月的实习期还没到，小梦就得正式工作了，因为云云忽然要离开会所。

老板舍不得云云，她希望云云还回来会所，云云跟老板借了一万块钱，她说她当然会回来，她笑着说以后还得回来干活还钱呢。

“我走的这段时间，你要好好工作，要相信自己，你会做得很好的，还有，别跟宋要去任何地方，好好做人，不要学坏。”云云姐抓着小梦的手臂，眼眶湿润了，她真的喜欢面前这个傻孩子，她担心她，她舍不得她，她真想把一个月的培训完成后再离开，可是她却知道自己不能再坚持，她也相信她，小梦已经很优秀了。

小梦点着头，牢记着云云姐的话，流着泪水。

“你有钱吗？借姐姐一点。”云云的嘴巴开了又合，合了又开，终于说出了借钱的话，她真的太需要钱。

小梦打开行李，从最底下的一条牛仔裤的裤管中，掏出了一个钱包，她把钱包里的所有钱都给了云云姐，一共2000块，这是小梦从家里带出来的钱。

“你不留一点？”云云姐把钱推了回来。

“这边有吃有住，不需要钱。”小梦微笑着，把钱塞到了云云的手上。

云云离开了，小梦要独立面对顾客了，宋要提出要带小梦，可是老板拒绝了，老板需要小梦撑起云云留下的工作。

第一次独立接手顾客，小梦没有那么紧张，她在心里想着云云姐，云云姐就好像还在身边，好像自己就是云云姐了。

顾客是一个漂亮的年轻妈妈，保姆和孩子一起来了，孩子哭着，要奶喝，保姆抱着孩子晃着哄着，说着奶就要来了，就要来了。

小梦不慌不忙地揉着穴位，年轻的妈妈面容憔悴，她面色十分温柔，闭着眼睛，对小梦非常信任。

小梦在心里念着菩萨，念着云云姐，她开始按照ABCD的顺序操作了，她的手臂没有被痛苦的顾客抓住，年轻的妈妈正紧紧抓着床铺的边缘。

一道白线，两道白线，小梦有技术，手上有感觉，还有一点灵感，运气也是不错的，乳汁泛滥而出，小梦笑了，她觉得自己是一个有用的人，做着一份有意义的工作。

孩子吃到奶了，年轻的妈妈微笑着，保姆在一边托着孩子，嘴上还说，“没骗你吧，没骗你吧，这么快就有奶吃了吧。”

小梦没有去洗手，她在一边看呆了，她忽然感觉到了什么是母亲，她忽然明白了会所的名字为什么叫“母亲”，小梦好想也做一个母亲，她想用自己的乳汁去养育一个孩子，她庆幸自己是一个女人，她摸了摸自己的胸口，幸福地笑了。

“我们小梦妹妹第一天上岗，就水到渠成了，是不是应该庆祝一下啊。”晚上十点，宋要又开始换衣服了，她今天特别开心，倒不是因为小梦上岗，是因为云云不在了。

“不用庆祝。”小梦不知道怎么回答宋要。

“庆祝庆祝，姐姐请你吃烧烤去，姐姐自己花钱请你吃，不叫什么帅哥来付账。”宋要觉得这回肯定能请出小梦了，到时候让男人半路杀出来，小梦就跑不掉了。

“我累了，想睡觉。”说着小梦就躺倒在床上，闭上眼睛，想着白天的工作，她做了五个顾客，都成功催出奶水了，她觉得自己是一个还不错的催乳师，她觉得这已经够开心了，不需要庆祝。

“对了，云云是远走高飞了，骗了老板一万块，还骗了你的2000块，我说你也真傻，她行李都带走了，不是明摆着不回来了吗？老板被骗了是不了解情况，怎么你也被骗了。”

小梦睁开眼睛看了看宋要姐，宋要姐今天穿一件西瓜红的连衣裙，非常鲜艳，小梦想跟她说云云姐绝对不会骗人，但是小梦觉得说了，宋要姐也不会相信，所以小梦就不说了。

“傻孩子啊傻孩子，还不知道钱有多重要啊，随便就被人骗走，还不跟姐姐去多挣一点，不想像姐姐穿漂亮衣服吗，拿好手机吗？改天姐姐带你也去烫个头发，弄精神一点。”

小梦重新闭上眼睛，她真的不想那么多，她只想好好工作，想以后做一个幸福的妈妈，不过想到这里，她又想先要有一个好丈夫，一个不会油腻腻的满是污垢的、干净的丈夫。

半年后的一天，这个静得出奇的小城正在下一场静得出奇的小雨，一切如同半年前的那一天，只是暮春的温暖换成了晚秋的寒意，一个女人走进“母亲”会所，那是云云。

“云云姐，你回来了！”小梦紧紧抱住了云云。

“怎么样，工作做得怎么样？”

“很好，谢谢云云姐教给我的本事，我喜欢这个工作。”小梦比以前会说话了，她说话的声音比以前大声了一些，那是因为她有了自信，她觉得自己是一个有用的人，她不会再紧张地把双手往牛仔裤和护士服上搓，她会微笑着面对一切。

“很好，长大了。”云云笑着。

“好像不太一样。”抱住云云姐的小梦松开了双臂，看着云云的胸口。

云云笑了笑，“是的，没有了。”

那一年的冬天，宋要离开了会所。

她没有告别，一个平平常常的夜晚，她精心化妆后穿一件酒红色大衣出了门，从此没有再回来。

老板报了警，警察认为宋要肯定是出了什么意外，警察说，出这种意外的人已经不少，他们一定会尽力搜寻。

每当小梦手上有空的时候，她常常到会所门前透透气，她相信没有任何人可以在大地上消失，她想，也许有一天，也会忽然看到宋要姐的。

虎符

西南三百里，曰女床之山，其阳多赤铜，其阴多石涅，其兽多虎。

——《山海经》

1

我们村和别的村离得很远，出了村口是几公里的荒原，村口还有一道天险，那是一道悬崖，夜晚时只有最好的猎手敢不打手电走那条路，别村的人很少来，如果来，他们会说上山，我们常常去镇上卖野物，去卖野物的时候，我们就说下山。

他们说我们村的人都是老虎，因为我们村的人有一个标志，我也有，那就是明显的抬头纹，我们的眼睛都养成半睁半闭的习惯，因为我们一旦完全睁开，额头上就会写出一个“王”字，在村口那个天险的旁边有一块大石，三人多高，是一个虎头的形状，不是人刻的，自古以来就是那个样子，所以人们叫我们村为虎村。

虎村的男人都是猎手，女人也有几个很能打的，不过大多数女人还是种地，虎村的女人不能自己下山，一方面路不好走，她们也懒得出去，一方面男人觉得外面的世界很乱，坏人多，女人自己出去很危险，结果是别村的女人都不敢嫁过来，村里的小伙子越来越多是单身。

猎手是靠山吃饭，我们村靠着广大无边的女床山，女床山有五座山峰，分别叫作龙、雀、熊、虎、蛇，他们说龙那边穿山甲和蜥蜴多，雀那边什么鸟都有，熊那边当然有熊，虎那边呢，最好不要去，蛇那边是偷懒的时候去，因为随便就能抓到蛇。

我们怕那座叫虎的山峰，因为那里确实有虎，每年春节那几天，我们都能听到虎的咆哮，小时候，每次过年我都要躲在墙角发抖，父亲和哥哥就握着猎枪坐在我身边，他们说不用怕，有我们呢，其实我发现他们的小腿也在抖，睁大了眼睛，像两头虎。

“其实那不是虎的声音，是风。”我 11 岁那年，庄老师进到我们村，他开了一家诊所，成天穿着白大褂，他还是我的老师，是父亲带着我去拜的师。

“是虎的声音，如果是风，为什么平时我们听不到呢？”我仔细思考之后回答他。

“告诉你，当你们听到虎的声音时，我没听到，我只听到了风。”

“为什么？”

“这就叫作心理作用，你们总觉得有座虎峰，就一定会有虎，告诉你一个传说，你知道为什么春节我们要叫过年吗？因为古时候有些地方把虎叫作‘年’，春节的时候会听到年的声音，所以要放鞭炮，盖过去就好了。”

“我们村不许放鞭炮，会烧山的。”我赶忙说道。

“其实，不会烧山，之所以不让你们放鞭炮，是因为老人们要听虎的声音，春节那段，老人们到了晚上就一动不动，他们在等虎，他们把虎当作神。”

2

我们村不欢迎外人，女人除外，庄老师不是女人，进村的时候他 26 岁，相貌堂堂，村里人总觉得他别有用心。

“你好好的到我们村干什么？”总有人这样盘问他。

“你们需要一个医生，所以我来了。”庄老师总是不厌其烦地这样回答，但是一支考察队的出现还是差点让庄老师被赶走。

庄老师进村半年后，一支十几个人组成的考察队也来了，以前从来没有来过这么多外人，还带着那么多设备，更可疑的是，他们还带着枪。

考察队找哥哥帮忙，希望他叫几个年轻村民给他们带路，他们的队长十分强壮，但是父亲知道他的来意之后，还是把他推出了家门。

考察队在邻村找到了向导，那几个向导也是猎人，他们把考察队带到了虎峰，他们遇到了我的父亲，父亲带着村里所有的年轻猎手站在山口，手里的猎枪闪闪发亮，我相信村人睁开眼睛后的虎纹一定让考察队感到了畏惧。

“这座山不能进。”父亲说道。

“我们是来找老虎的，已经有人发现了老虎的脚印。”队长说道。

“你们想怎么样？”

“我们不会杀害老虎，老虎是国家级保护动物，我们的枪都是麻醉枪，我们是要把老虎带去动物园……”

“滚！”父亲几乎要忍不住开枪，他去过省城，听说动物园里可以看到老虎，父亲就去了，回来以后气得吃不下饭，还时不时吼两声。

考察队就地搭起帐篷，要跟父亲打持久战，那个夜晚忽然暴发山洪，考察队被冲走了，死了两个人，村人觉得是报应，是虎神显灵，于是对虎峰更加敬畏，哥哥偷偷跟我说山洪是他和父亲发的，不过他常常讲恐怖故事吓我，所以我不怎么相信他，他说半夜时父亲先把自己人都带到安全的地方，然后带着哥哥爬上虎峰山顶，在那里烧了一把火，父亲在火堆前念咒语，咒语念了一会儿就有云飘来，云聚集在山顶下起了暴雨，那暴雨就像灌水似的，于是发了山洪。

3

考察队被冲走以后，我的老师庄医生就倒霉了，哪里有这么凑巧的事情，为什么他前脚刚来考察队后脚就到，这里面肯定有某种联系，他们怀疑就是庄老师去通风报信，甚至庄老师就是考察队的一分子。

哥哥却意外站出来为庄老师说话，他喜欢按照直觉行侠仗义，他说庄老师看起来不像坏人，父亲也说村里确实需要医生，他们说好了如果考察队出现第二支的话，就赶走庄老师，庄老师不同意，因为考察队和他无关，无论是第一支还是第二支。

几年之后的一个中午，我在庄老师的卧室读书，他去外屋给人打针，他的书架上有一本书叫《三个火枪手》，我翻开了那本书，我感觉书页里有一个硬硬的东西，翻过去一看，是一张照片，照片上是一个脚印，照片上有自动印上去的日期，日期差不多就是当年考察队进山的日子，照片后面写着一个字，虎。

庄老师轻松打败了村里的神婆，感冒头疼肚子痛，他随便开点药就能轻松解决，骨折他都能接，连生孩子这种事情最后也落到了他的头上，有一次神婆叽里呱啦生拉硬拽无能为力的时候，庄老师拿着一个铁家伙出现了，他说那个东西叫作产钳，他一上手，孩子就出来了，从此神婆一旦五分钟搞不定，人家就会跑去找庄医生。

村人对庄老师越来越信任，觉得有这个穿着白大褂的先生在村里，生活放心了不少，可还有一些人对庄老师心存芥蒂，他们从来不找庄老师看病，还围在一起说他的坏话。

“我刚才去看那个庄轻松啊，我问他，为什么听姑娘胸口的时候比听男人的久。”

“哈哈，他怎么说的？”

“庄轻松装得很轻松的样子，说姑娘胸口比较厚，听不清。”

“哈哈哈……”一群人笑得前仰后合，他们在说庄老师的听诊器。

“我又问他，这样的话，为什么听年轻姑娘的胸口还是比听奶奶的久？知道庄轻松怎么说吗，他说哎呀，姑娘胸口还是更厚啊。”

有人开始臭骂庄老师了，说要找这个色狼算账，我对他们喊道，“庄老师不是那种人！”

“你懂什么，等你嘴上长毛了你就懂了。”他们根本不把我放在眼里，不过哥哥就站在我身后，他对他们说，“庄医生是结了婚的，他老婆死了，他对女人没兴趣。”

哥哥的嘴上是有毛的，而且用一米九的身高俯视他们，虎背熊腰天下无敌，他们只能闭嘴了。

庄老师有结婚这件事还是我最先知道的，我在他的卧室学习，他的卧室里摆着一个相框，相框里有一个很漂亮的女人，我问她是谁，庄老师说那是他的妻子。

“妻子，是老婆吗？”

“是啊。”庄老师笑了笑，摸了摸相框。

“那她为什么不一起来，是不是觉得我们这边不好。”

“不是的，她也来了，在我的身体里面，她死了。”庄老师说话的声音越来越小，我还是听清了，我把这件事告诉了哥哥，哥哥告诉给村里人，村里人对他就多出一分信任。

神婆是一个善良的奶奶，她说自己很敬佩庄老师，庄老师的地位越来越高之后，她就没什么事可做了，她已经70岁，她现在只需要教一些男孩子学汉字和简单的算术，为的是他们以后到镇上做买卖，我以前也和她学过几年，她教得很慢，汉字的读音也不标准，孩子们先把字写在沙地上，熟练了以后写到纸上，她已经看不清孩子们写的字，庄老师送她一个叫作眼镜的东西，她一戴上就笑了，她平时很少笑的。

有一次我肚子上长了一条“蛇”，又痒又痛，母亲还是找来了神婆，因为神婆以前治这种“蛇”很厉害，不会比庄老师差。

神婆晚上的时候来我家，我躺到床上掀起衣服，神婆把一个镜子摆在墙上，然后点起了一根蜡烛，烛火和镜子里的火光一起对住了那条蛇，神婆念叨着咒语，我的肚子很热很舒服，那条蛇扭动着，它无处可逃，因为左边有火，右边也有，它分不清蜡烛上的火和镜子里的火哪个是真的，于是它被烧得半死，我的肚子也好多了。

我把这件事告诉了庄老师，庄老师笑了笑，“你现在还有点不舒服吧，我再给你治一治。”

“得晚上的时候效果好。”我说道。

“一样的，来吧。”

我躺到诊室的床上掀起衣服，那条“蛇”还在，颜色比之前浅了许多，庄老师扯起一团棉花，把一团棉花拉成长长的丝，把丝放到了“蛇”的上面，然后拿出一个打火机，棉花丝在我肚子上烧了起来，感觉和神婆的蜡烛差不多，庄老师就这样一连烧了几次，我感觉肚子上完全不痒了，脓也完全不流了。

“怎么样？”

“很好，庄老师你好厉害。”

“哈哈，没有啦，只是我想告诉你，我们要相信科学，神婆阿姨那些咒语和镜子是没用的，她却以为有用，其实是这个火在起作用，有火就行了。”

“科学？”

“是的，科学，你好好读书，明年就可以去城里读中学，以后还要上大学，学科学，科学是好的，虽然也有人用科学做坏事，但是科学是好的。”

庄老师在卧室里还装了一个小电视，学完功课我就得和庄老师一起看新闻，他说这也是功课的一部分，在电视里我知道了世界上有许多国家，村外的世界说有多大就有多大，有许许多多不一样的人。

4

之所以我能一直跟着庄老师学习，是因为我已经被放弃了，我根本不能打猎，摆弄机关的时候简直自己就是中招的猎物，瞄准的时候枪口抖得厉害，扣动扳机的瞬间还要把枪口上抬半米，进山的时候看到挂在树干上的蛇我就转身狂奔。

还好我有一个全村最能打猎的神枪手哥哥，他从小跟着父亲进山，他们两人能打到别家四个人的收货，所以我不能打也没关系，而且父亲似乎早就有让我出村的打算，他说过，“一个听到虎啸就躲到墙角的男人，不配住在虎村。”

这个话听起来是在奚落我，不过那是说给别人听的，父亲悄悄跟我说的时候，是说外面的世界才能过上好日子，打猎太苦了。

说我不配住在虎村是真的，说外面的世界能过上好日子也是真的，其实父亲还是失望更多一些，作为最好的猎手，作为虎村的村长，他对我充满了无奈和担忧。

庄老师的出现扫除了他的担忧，在庄老师的身上，他看到了一个能带我出山的恩人，这也是全村人排斥庄老师，而父亲却要保护他的原因。

14 岁那年，庄老师带我下山了，那天阳光很大，地面的热气烘得人呼吸困难，庄老师穿着短袖白大褂走在我的前面，我回头看到远去的虎村，它在一座山上，我看到一个虎头，我忽然看出来了，其实那座山就是一头老虎，被更高大的女床山压住，虎村人生活在这头虎的背上，我们也被压住了，而我今天要站起来，要走出去。

我一边走一边感到了自己的使命，哥哥也经常出山，但是他卖掉猎物之后又会回来，他一直在打猎，只要他还打猎，他就没有走出女床山，就依然是一头被压住的老虎，而我不一样，我要努力，不能让父母和庄老师失望。

步行过几公里乱石丛生的荒野之后，有一辆越野车等着我们，那是我第一次看到汽车，一个叔叔给我们开车，我后来才知道庄老师的经历，他原本是一个大医院的医生，他父亲是教育厅厅长，他和一个青梅竹马的女人结婚，女人死了，庄老师给自己换了一个名字叫“轻松”，别人觉得他疯了，他果然干出了疯事，跑到一个穷乡僻壤去开诊所，那个穷乡僻壤就是虎村。

我去了市里最好的中学读书，由于是庄厅长的儿子介绍来的，老师对我很重视，但是我和其他同学实在合不来，我很难理解他们的想法，我是他们当中最穷的一个，衣服和他们很不一样，我一开始不懂他们的规矩是每天都要洗澡，因此浑身冒着一股他们不能接受的味道，同学不会错过任何一次欺负我的机会，我被叫作傻大个，我都只能忍着，在村里的时候别人都怕我，因为我有一个威猛的哥哥，但是我注意到哥哥到了市里也害怕。

两个月后庄老师到市里看我，他还穿着白大褂，其他同学都在一边笑我们，庄老师给我买来沐浴露和洗发水，还给我 2000 块钱，我从来没拿到过这么多钱，我不要他的钱，我知道他很穷，比我们猎人穷，在虎村开诊所根本赚不到钱，他笑着说这钱不是他的，是教育厅发给我的助学金，我不太明白，不过我收下了。

“你可是虎村的孩子啊。”临走时他拍了拍我的肩膀，“我本来希望你忘了这个身份，但是现在我觉得你应该记住。”

我睁大了眼睛，抬头纹显了出来，其实我也长得挺壮的，我应该更加坚强，我发出一声低沉的虎吟，然后我们两人都笑了。

哥哥半个月就来看我一次，一次回家，一个女人跟上了他，一直从市里跟到了镇上，哥哥问她到底想怎么样，女人说她喜欢上我哥哥了，哥哥震惊地睁大了眼睛，然后女人说她喜欢老虎，直接就把哥哥抱住了，于是那个女人成了我的嫂子。

母亲觉得这个女人皮肤太白，细皮嫩肉的不太靠谱，父亲也觉得这个女人身上散发着一股狐狸的气味，但是哥哥实在喜欢她，什么都听她的，为了这个女人，哥哥开始进熊峰打猎，他真的打过好几头熊，他开始变得残忍，他在山里布置了更多的机关，没办法，他的女人喜欢高跟鞋，喜欢手提包，喜欢化妆品，这些东西都很贵。

终于有一天家里的两只猎狗死了，那天哥哥在山里遇到一头大熊，他开了一枪，子弹打在熊的肩上居然没造成多少杀伤，只是激怒了那头大熊，它向哥哥扑来，这时候猎枪却卡壳了，家里的两条猎狗一起扑到了大熊的身上，等哥哥重新装好弹药再打出一枪，两只猎狗已经被咬死了。

那时候我放暑假在家，我真希望自己当时不在家，我不愿看到它们鲜血淋漓的样子，哥哥抱着它们一路哭着回家，母亲像安慰一个孩子一样拍着他的背，父亲走进自己的房间关上了门，这是我们家第一次有猎狗死去，猎狗是我们的亲人，嫂子却在一边笑了，她说不就是两条狗吗，你哭成这样是何必。

霉运找上了我们，家里的猎狗继续死去，有一只在不该它冲上去的时候冲上去，被一头野猪咬死，有一只追野兔的时候掉下了悬崖，还有一只畏首畏尾，哥哥忽然暴怒，一枪把它毙了。

当父亲知道哥哥杀害猎狗的时候，他叹了一口气，他只说了三个字，“你坏了。”

那一年父亲去世了，他肚子痛已经很多年，越来越严重，庄老师要带他去医院他却不肯，庄老师觉得是癌症，因为他只有用止痛药才能缓解疼痛，去世那天父亲不停吐血，他拿出一个巴掌大的铜片，把它交给了哥哥，“这是虎符，半块，传家宝，好好留着。”

按照规矩，父亲葬进了虎峰，这里有一块平地，我们虎村的仙人都在这里，虎神掌管着我们的生死，全村人都很难过，他们在父亲的墓碑上刻了“王”字，这片墓地中只有五块墓碑上有这个荣誉。

庄老师告诉我，虎符是古代时调兵遣将用的，上级那边留半块，下级那边留半块，只有上级那边的半块虎符传到下级手上，两块虎符合成一块，才能出兵，所以虎符又被称为兵符。

《三国演义》里就有一段关于虎符的故事，曹操因为赤壁之战兵败退回北方，诸葛亮趁着南郡空虚让赵云夺城成功，并且俘获守将陈娇，拿到虎符，然后用这个虎符诈调荆州守军，号称带他们去救南郡，于是张飞拿下了空城荆州，接着再用同样的方法调出襄阳守军，关羽又拿下了空城襄阳，可见虎符的重要性，谁拿到虎符，谁就拿到了兵。

嫂子对这个虎符很感兴趣，捧在手上一直说它漂亮，没事就拿出来看两眼，母亲很不放心，觉得虎符总有一天会被这个“狐狸精”偷去卖掉，最后哥哥还是把虎符交给了母亲保管，他说他连自己老婆都管不了，就别管什么传家宝了。

5

其实嫂子并不是那种会偷卖传家宝的人，本质上讲她还是善良的，而且是真的喜欢哥哥，但是她在虎村待不住，总是偷偷下山，她几乎每次回来都会带着一双新买的高跟鞋，高跟鞋没办法在我们村里穿，因为路不好，但是她去城里就需要那样一双鞋子，好像没有高跟鞋就不是女人一样，她的高跟鞋已经装满了柜子，终于被母亲拿去扔掉。

嫂子确实很漂亮，她在村里又喜欢穿一种叫睡衣的衣服，肩上只系着两条绳子，领口特别低，布料特别薄，站直的时候看得到乳头，弯腰的时候看得到乳沟，她就穿着那样的衣服拖着拖鞋出门，我立马就追上去，走在她前面，挡住那些男人贼溜溜的目光，她去打水，井边就不远不近站着几个假装看天的男人，想到我常常不在家，想到哥哥总是去打猎，我就一肚子火。

她把勾引男人当成一种游戏，我跟她一起打水回来，刚准备坐下读书，她又笑嘻嘻地说，小保镖，我又要出去啦，我知道自己根本不是她的对手，连哥哥都管不住她，何况是我。

村里的男人还是不敢和嫂子离得太近，他们知道哥哥是会杀人的，谁要是敢把嫂子怎么样，哥哥一定会在山里把他杀掉，男人们没有贼胆却又贼心不死，他们开始议论哥哥那里不行，因为结婚这么久了，嫂子还没有怀孕。

有一次嫂子出山一个月才回家，回家之后哥哥就把她吊在房梁上打，嫂子惨叫着，终于恶毒地喊出想不到你这么高大，那个东西却一点力气都没有，村里人都躲在房子外面偷听，嫂子的声音又特别大，从此谣言得到了验证，村里人开始看不起哥哥，虽然表面上还恭恭敬敬，哥哥开始把猎物的生殖器砍下来炖汤，却没有效果，后来他终于找到了庄老师，庄老师带他去了一趟县城的医院，医院说哥哥根本没有问题，庄老师说那就是心理的问题了。

“你太怕她了，你怎么不想想，那时候是她死皮赖脸要跟你的呀。”

哥哥很自卑，他觉得嫂子是市里来的，他对市里的一切都感到害怕，包括女人，庄老师让哥哥喝点酒，喝醉以后就会忘掉那些不该记得的东西。

庄老师的方法很有效，嫂子真的生了一个男孩，皮肤红通通的，大家都笑说他是酒喝多了，原本以为大功告成，今后他们会好好过日子，可是孩子刚满一岁，嫂子又下山去了，她说村里的生活会把她闷死，母亲告诉她只要愿意种地就不觉得闷了，嫂子说她宁肯死也不会种地的。

哥哥再也不会打嫂子，似乎有了儿子他就对嫂子感恩戴德了，他开始说自己对不起她，说让她嫁到虎村是委屈了她，哥哥给她很多钱，让她在城里好好玩，然后自己就每天喝酒，甚至醉醺醺地就提着猎枪去打猎，还好山里的世界他最熟悉，路不用看都能走得好，可是有一次他在山里睡着了，那天没有带猎狗，村人发现他的时候，一条碗口粗的青蛇正缠住他的大腿，他自己还睡得鼾声如雷，村人拿树枝逗那条蛇，趁那条蛇挺起头的时候一刀砍了它。

哥哥并不感谢别人的救命之恩，他讨厌村里所有的男人，他说那条蛇绝对不会咬他，因为那条蛇和他是同类，村人很不高兴，他们知道哥哥是为什么变成现在的样子，他们说那条蛇就是他的老婆。

6

我考上了省城的大学，哥哥和庄老师一起把我送到了火车站。

“都长这么高了，在省城能找得到路吧。”庄老师拍着我的背，我也已经和哥哥一样高，只是我比他瘦很多。

我握着庄老师的手，实在舍不得离开他，如果没有庄老师，我不知道自己现在是什么样子，估计只能去充当一个不合格的猎人，甚至只能和女人们一起去种地。

“这个给你。”哥哥掏出了那半块虎符，“记得你是虎村的人，虎符在身上，虎神一定会保佑着你。”

我接过了虎符，从此以后它一直在我的口袋，它是我的父亲，我的哥哥，我的祖先，我的村庄。

每个月哥哥会给我打500块钱，在他心中这个数目的钱是很多的，他问我够不够用，不够就要说，我跟他说够用，我不能再给他增加负担，他已经有了儿子，还有一个那样的嫂子，不过据说嫂子说她以后不买高跟鞋和手提包了，她说因为弟弟上大学了。

我正打算平时去打工，卡里却多出了1000块，去银行查，汇款人的名字是庄重，我知道这肯定是庄老师，他每个月都打1000，每学期我还能拿到1600块的一等奖学金，学费用助学贷款，每年3000块的助学金是投票决定的，所以我没有拿到，因为人缘不够好。

钱是很够用的，我不买新衣服，不用电脑，买了一部手机，寝室同学怂恿我去追一个女生，我笑一笑说没兴趣啊，他们要我一起玩网络游戏，要借给我电脑，我笑一笑说还是算了，这都是我人缘不好的原因，他们觉得我这人太无聊。

我学的是广告专业，大二时有一门课程是符号学，老师说符号简单地说就是意义的表达，一个符号可以表达一个意义或者一组意义，符号是什么呢，他举了一个例子，“《三国演义》第六回，孙坚焚烧汉室皇宫之后，找到了秦汉皇位的玉玺，此玉玺是绝对皇位真传的证据，军阀之间为此大开战，孙坚也是因为这个传国玉玺死的，从物质的角度看，那只是一块玉而已，据说就是那块传说中的和氏璧，可是这块玉却成了一个符号，很厉害的符号，它的意义是整个国家，谁得到这块玉，谁就得到国家。”

我摸了摸口袋里的虎符，我只有半块虎符，如果我得到了另外一半，是不是我就会有一支军队呢？不会的，符号是会过时的，传国玉玺现在也没有那个效果了，在三国时代传国玉玺就已经失去了魔力，还不如挟天子以令诸侯，其实天子也是一个符号吧，似乎一切都是符号，不同的符号召唤不同的意义。

“你们能不能也举几个例子，符号是什么。”老师在讲台上问道。

同学们沉默着，很多人在玩手机，我站起来说了那个关于虎符的故事，“我也讲《三国演义》里的事情，是虎符，曹操因为赤壁之战兵败退回北方，诸葛亮趁着南郡空虚让赵云夺城成功，并且俘获守将陈矫，拿到虎符，然后用这个虎符诈调荆州守军，号称带他们去救南郡，于是张飞拿下了空城荆州，接着再用同样的方法调出襄阳守军，关羽又拿下了空城襄阳，虎符就是符号，代表了军权。”

“没错，很好。”老师很欣赏我的样子，“你能把《三国演义》记得这么清楚，厉害啊。”

“老师，我觉得，太阳和月亮也是符号。”前排有一个女生说道，“太阳代表了白天，月亮代表了黑夜，可以这样说吗？”

“可以可以，越说越玄乎了，讲到宇宙就有争议了，有一些学者认为宇宙中的一切都是符号，但是这就有了以人类为中心的自大感觉，好像我们可以规定宇宙的一切，好像太阳和月亮是为了我们而存在，好了，我们还是慢慢讲吧，说点和生活贴近的，生活里面的符号有很多啊，红绿灯就是符号，方向灯是符号，那么，我想问，不亮的方向灯是符号吗？”

“是的。”还是前排那个女生回答，“它代表了现在不转弯。”

“很好。”

我喜欢上了那个女生，我还没有看到她的脸，我不确定她的名字，我只听到了她的声音，可是我心里翻滚起爱的感觉，后来她成了我的同事，应该说我成了她的同事更准确，我是因为她而去了那个公司。

7

庄老师不仅帮助我上学，而且带人到虎村安装信号塔，办了几次充话费送手机的活动，村里人都有手机了，出了村口的那片原野也修了一条水泥路，几乎家家户户都安装了电视，以前庄老师是用一个大锅盖接收电视信号，现在已经不需要那个东西了。

村里的男人开始出外打工，他们觉得打工来钱稳，嫂子也怂恿哥哥去打工，只要哥哥去打工她就跟哥哥好好过日子，哥哥真的去了，但是干了不到一个月就跑回了山里，他不愿意听别人的指挥，看到老板就来气。

我们想凑合着生活，但是周围人却严酷地要求着我们，纸终于没能包住火，一次哥哥和村人喝酒，村人终于嘲笑起了哥哥，说他穷，说他的女人跟城里的男人睡觉，哥哥当场掀翻了酒桌。

哥哥在山里失踪了几天，回来之后他下定了决心，他给嫂子发了一条短信，说他快死了，快回来交代后事，然后哥哥提着猎枪躲在了村口那个虎头石的后面。

嫂子是坐着汽车回村的，她的男人通常不会和她一起来，也许是为了死在一起，也许是因为以为哥哥要死了，他们可以无所顾忌了，那个男人挽着嫂子的手臂爬上那个天险。

天险已经不险，修了一条石板砌成的阶梯，阶梯一共65级，确实比较陡，那一男一女走得气喘吁吁，他们终于爬完了最后一级，终于可以松一口气，哥哥开了两枪，双管猎枪有两个扳机，哥哥扣动了两次，虎村的神枪手弹无虚发，枪枪毙命。

杀了人，哥哥逃进了山里，警察联合了几个县的警力，封锁附近可以下山的道路，可是女床山跨越了两个省，警察不可能完全围住这座大山，他们让母亲给哥哥发短信，要他回来自首，本来以为哥哥可能收不到短信，结果哥哥还回复了，他说，“你不要担心，你儿会在山里好好过日子的，这里很好。”

警察对这位天生的猎人没什么好办法，悬赏村人去找哥哥，只要抓到哥哥，赏金两万，真的有几个村人辞掉镇里的工作进山去了，有一个村人看到哥哥设的机关，他就埋伏在机关附近等哥哥，哥哥总是会回来的，回来看看机关有没有逮到野物，村人一定喜出望外，他觉得这个机关就是用来逮哥哥的，一头价值两万的猎物。

哥哥确实出现了，他从背后抓住了那个村人，抢走了他身上所有的东西，连裤子鞋子都没有留下，哥哥需要这些东西，他把那个村人打了一顿，用村人带来的猎枪顶住村人的脑袋，他没有杀他，让他滚回村里，从此村人不去找哥哥了，他们终于想起了一个问题，自己从来就不是哥哥的对手，更何况还进城荒废了几年。

警察只好自己上山，可这山哪里是外人能进得来的，有一个警察差点摔死，他掉下悬崖，幸好被一个树干卡住，他们终于放弃在山上抓住哥哥的打算，哥哥会下山卖野物和药材，他甚至在理发店出现过，但是他每次都出现在不同的县甚至不同的市，神出鬼没。

哥哥逃亡的日子里，我每个月依然能收到他寄来的500块钱，他生活在山里和生活在村里其实没有多少区别，只是现在下山的时候需要多加小心，特别是到银行打钱，这应该是超级危险的事情，警察可以从他汇款的地点判断出他的走向，这也许正是警察没有封锁他账号的原因，我用一个陌生号码告诉他不需要打钱，我这边钱很够用的，他后来变成半年打3000块。

嫂子的死是一个悲剧，我非常难过，我以为我一直很恨她，我在学校收到过几次她寄的衣服，那衣服比我自己买的好得多，但是我从来不穿，我觉得那衣服来路不正，八成是用其他男人的钱买的，我讨厌她买的东西，可是当她死的时候，我还是忍不住哭了，我去参加了她的葬礼，她的家人也都住在农村，他们村有大片的麦地，他们村的年轻人都出去打工，都出去上学，嫂子是其中的一个。

我被嫂子的家人打了一顿，我就是来找抽的，我的哥哥杀了他们的家人，我的哥哥逃走了，我想替我的哥哥赎罪，可是法院不需要我，可是嫂子的家人需要。

他们把我打到爬不起来，嫂子有一个哥哥和一个弟弟，他们够狠的，简直要把我打死，终于嫂子的家人都被他们村的人拉开，嫂子外面有人这件事我早就知道了，我读高中时就看到过她和一个男人在一起手拉手走路，其实哥哥也知道，一个女人在外面住上一个月才回家，外面肯定是有人，我们想装不知道混过去，可是村里人步步紧逼，按照村里的规矩，哥哥应该用一个烧红的烙铁阉掉嫂子的阴部，哥哥绝对下不了这个手，所以他才选择了杀人。

我终于知道，我们的村庄是野蛮的。

8

大学毕业以后，我留在省城工作，由于我设计的商标常常被客户选用，公司挺器重我，薪水不低，还发了几次数额不小的奖金，我给“庄重”打了四万块，然后租了一套两室一厅的房子，把母亲和侄儿接来一起住。

大学同学羽是我的同事，我们的办公室有三个人，其中一个基本上都在外面跑业务，所以我也算是和羽共处一室了，她每天都趴在电脑键盘上，像一只小猫，桌上摆着五六个酸奶纸盒，上面都插着吸管，纸盒里都是空的，她总是懒得丢垃圾，用过的纸巾也和纸盒混在一起。

有一次我趁她上厕所的时候帮她把那些垃圾拿去扔掉，抱着那么多纸盒也不容易，中间还掉了一个，她回来之后发现桌子不一样了，怀疑地看着我，“该不是你扔的吧？”

“是啊，我刚才去扔东西，顺便……”

“以后不要这样。”她很生气，还做了几次深呼吸，好像真的是气得不行。

我很少和她说话，总是开不了口，开口之前要想很久很久，说了以后她只会有最低程度的反应，字字珠玑，但是老板来的时候她就很热情，因为她说话得体，聪明伶俐，酒量又好，人很漂亮，老板常常带着她去见重要客户，我知道这样的女人不适合我，就像嫂子不适合哥哥，可是我还是喜欢着她。

我的喜欢开始变得扭曲，有一次我假装匆忙跑到传达室，把一个信封交给保安，说是别人给羽的信，保安上电梯之后，我从楼梯上去，等到我来到办公室，保安已经离开，羽正在拆那封信，我很镇定地在自己桌前坐好，然后看到羽把那封信揉成一团，并且破天荒跑去扔垃圾，因为那封信上写着，“虽然我只是一个普通的保安，但是我爱你，我会用我的一生来保护你。”

我知道羽不会声张，不会去找那个保安算账，其实她并没有生气，就是觉得很尴尬，我想用自己的名义给她写一封，可是我知道，如果用我的名义写，她就会调到其他的办公室去。

就这样过着情感折磨的生活，我已经习惯了，母亲总是着急我找对象的事，我也只能笑哈哈地敷衍，后来大学同学带我去夜店，我在那里认识了一个很好玩的女人，每周我去她住的地方见她一次，我被安排在周六下午三点到四点，如果提前去我可能可以遇到一个刚准备离开的男人，原本我每个月会剩余 2000 块钱的工资，为以后买房子做准备，现在我每个月都不剩钱了，发来的奖金我也给那个女人买礼物，有了礼物她就会对我更好一些。

我是这个城市的白领一族，我还是这个城市的堕落一族，我不知道自己是怎么改变的，好像一切都自然而然，没有人看得出我的改变，母亲都看不出来，她不了解城市，她看不懂，其实我一点都不堕落，之所以残留一丝罪恶感，完全是虎村在作祟，我已经不是虎村人，我有全新的生活，我在这个城市没有归宿感，这是正常的，因为城市不会用一套野蛮的规矩束缚我，地球用地心引力束缚人类，因此我们称为地球人，束缚和归宿是同一回事，我不需要束缚不需要归宿，我是自由的，可是我的自由却是现在这个样子，我对自己不满意，我没有得到自己想要的，我甚至不知道自己想要的到底是什么。

就在这种时候，哥哥的短信来了。

9

“来一趟虎峰，带上虎符。”

他没有多说什么，我没有多问什么，我只给他回复了一个字“好”，哥哥已经换了号码，他没有在短信里说他是我的哥哥，但是我知道那就是哥哥发的，哥哥的短信是一个召唤，我已经等了太久，我已经四年或者五年没有见过他了，这世上只有两个人可以把我从茫然的日常生活中拯救出来，一个是庄老师，一个是哥哥。

我翻了几个抽屉才找出了那半块虎符，在网上买了一套标准的登山装备，写了辞职信，用自己的名义给羽写了一封告白，发短信告诉那个好玩的女人这个周六不用等我，然后坐上长途客车，回到了虎村。

没有人认出我来，现在陌生人也经常出现在虎村，我一看就是个登山爱好者，村里的人我也觉得陌生，我讨厌他们，庄老师的小诊所还在原来的地方，我路过的时候他不在。

我来到了虎峰，我小时候来过几次，路还是认识的，但是进山之后还是战战兢兢，我想着哥哥，我觉得可以接他去省城了，警察应该把他忘了吧，他应该看看母亲，看看他的儿子。

“来了。”有一个高大的男人坐在一个矮树杈上笑着，长得就像年轻时候的父亲，我也笑了，“哥！”

我们并没有痛哭流涕，而是不停地笑着，哥哥看起来并没有受什么委屈，他身上的衣服很干净，头发剪得很得体，看起来就是一个普通的猎人，他的脸确实沧桑了一些，不过这是因为年龄的增长，他的眼神很纯净，那是因为我自己心里有了杂质的关系。

我告诉哥哥母亲身体很好，侄儿很可爱很聪明，他笑着，带我进到密林深处，一直到一块大石面前。

“来吧，虎符给我。”哥哥说道，从自己的口袋里拿出了半块虎符。

“你那是虎符？”我惊讶地看着他手上的东西，确实是虎符，我的虎符上是虎的腰部和后腿，他的虎符上是虎头和前腿。

他拿过我手上的虎符，把两块虎符拼贴在一起，缺口合缝的瞬间居然跳起了火花，一头完整的老虎出现了，黑色的，看不到它的花纹，因为它是一个影子，一个符号。

哥哥把虎符翻到了背面，上面有一段文字，不是汉字，我看不懂，可是哥哥似乎看懂了，他发抖着声音说，“没错，果然没错！”

“怎么回事，什么没错？”

“这半块虎符是祖先留下的，最后是父亲传给了我们，另外这半块，是我挖陷阱的时候得到的，上面的文字是一段咒语，你记得吗，你还小的时候，有一支考察队来抓虎，结果被山洪冲走了。”

“记得，你说是你们发的山洪。”

“是的，那时候父亲念出了咒语，他念咒语的时候身上就藏着半块虎符，这些年，我没什么事，一直在回忆那时候父亲念的咒语，我几次做梦时回到那时候，终于被我背下来了，更巧的是，我找到了另外半块藏在虎峰的虎符。”哥哥捧着完整的虎符，向大石头走去，小心地把虎符放了上去，然后自己也爬上了大石头。

“你要干什么？”我奇怪地问道。

“等下无论发生什么，你都不要害怕，没关系的，告诉你，虎符会召唤出虎兵虎将，那是我们的军队，所以你不用害怕，军队出来以后，我就是虎神教的教主，你就是副教主，我们一起去打天下，摧毁那个由狗男女组成的世界，好了，你不要说话，我要开始了。”

我目瞪口呆，哥哥该不是疯了吧，他闭上了眼睛，盘腿坐在虎符的后面，他念起了咒语，正午的阳光原本穿过树叶洒下一个个小光点，一阵凉风吹过，也许是有云挡住了太阳，密林里变黑了。

开始地震，轻轻地摇晃，我怀疑是自己的身体在晃，可是震感越来越强，枯枝败叶哗啦啦地落下，忽然一声巨大的咆哮像山一样把我压倒，我爬起来，跪在地上，有虎走出来，只有一只，一只就够了，因为它太大，它慢慢地张开嘴巴，它的嘴巴就在哥哥的身后，它的嘴巴和盘腿坐着的哥哥一样大。

虎并没有吃掉哥哥，它低吟着趴在地上，我知道了，每年春节时传来的虎啸就是它发出的，村口那块巨石的形状就是它的轮廓，它是力量的化身，是祖先是神。

森林中有摩擦的声音，有落叶被踩碎的声音，是脚步的声音，无数脚步正在靠近，难道那真的是军队吗？难道哥哥说的是真的吗？他真的可以成为教主，他真的要去打天下？

脚步声越来越近，不是巨响，越来越响，来自各个方向，哥哥闭着眼睛，嘴巴还在不停地念咒，可是我已经听不到他的声音，他身后的虎眼睛半睁半闭，我分明感觉到了邪恶的气息。

我真的要去当什么副教主吗？为什么要摧毁现在的世界，那个世界逼着我哥哥逃亡，我的生活也不如意，如果我和哥哥打下了天下，成为世界的王，我们就可以过上好的生活，羽肯定从此会对我热情有加。

我真的要去当副教主吗，哥哥真的要当教主吗？“教主”“王”这是什么时代的语言符号，这不是文明世界该出现的符号，打天下，那是不是要杀很多的人，是不是要回到古代，回到原始？

我真的要去当什么副教主吗？我想起了庄老师的白大褂，他说，要相信科学！

我真的要当什么邪恶的副教主吗？不，我不当，而且我不能让哥哥当，因为我是虎村人，所以我要和邪恶的虎神作战！

脚步声已经离我不远，我甚至看到森林中有许多身影闪现，我站起身，向虎符扑去。

一声震耳欲聋的虎啸化成一阵火一般的热气吹过我的身体，在我扑向虎符的瞬间，哥哥身后的巨虎也扑了过来，它没来得及把我干掉，我碰开了两块虎符。

我趴在大石上，我不敢睁开眼睛，我仔细地听，那些广大无边的脚步声消失了，我怕是自己的耳朵已经坏掉，我仔细地听，有风吹树叶的声音，有飞鸟振翅的声音，我的耳朵没有坏，它们确实消失了。

我知道哥哥会怪我，他可能会把我打一顿，我愿意让他打，但是我要跟他说清楚，他那一套是不行的，虽然现在的世界有种种不好的地方，但是它依然是有史以来最好的世界。

哥哥一直没有说话，我爬了起来，看到了他，他倒在石头上，眼睛鼻子和嘴巴都在流血，还有耳朵。

10

是我杀了自己的哥哥，我知道。

我把哥哥埋在虎峰那块祖先留下的墓地，埋在父亲的身边，我没能给他弄一块墓碑，我把两块虎符分别放在他左右两边的口袋，这就是他的墓碑，他是虎神的传人，他拥有两块虎符，拥有一块完整的虎符，他念出了咒语，我本来是把两块虎符一起放在他的胸前，但是我怕会发生什么不测。

我回到了虎村，庄老师坐在诊室看书，我走了进去，他一眼就认出了我。

“你脸色很不好啊。”庄老师说道，给我倒了一杯水。

我一口气全部喝下，“庄老师，昨天这边有地震吗？”

“有一点，怎么了？”

“看来是真的。”我在墓地睡过一觉，醒来之后觉得昨天发生的一切全是噩梦。

“什么是真的？”庄老师严肃地看着我。

“没有啦，地震是真的，我还以为是幻觉。”我傻笑着，又忽然严肃了下来，“庄老师，您怎么知道这边有虎？”

“是啊，因为有虎。”庄老师叹了一口气。

“十几年前的那支考察队，是你带进来的？”

“是的。”

“你来我们村之前，就去过虎峰，在那里找到虎的脚印，然后你才决定到我们村来。”

“是的，假装开一个诊所。”

“是你毁了虎村，你看你找人修的那条路，你看那个信号塔，你看他们的手机，还有他们家的电视电脑，你还帮村人找工作，还有，让我去上学。”

“是的，我就是为了毁掉虎村而来，你后悔了，你不喜欢现在的生活？你恨我。”庄老师看着我，充满了哀伤。

“不，我感谢你，你救了很多人，只是，可是……”

“可是？”

我不想说出哥哥的死，他没死，他还在山里逃亡。

“女床山里还藏着真正的虎，1922 年，一个矿物学家在河南找到了‘中华古老虎’的化石，中华古老虎才是真正的虎，300 万年前灭绝，其实他们没有完全灭绝，有一部分进化成虎人，200 万年前人类进化出来，虎人就和人类生活在一起，越来越像人类。”庄老师摸了摸我的额头，“虎人的后羿，有这个标志。”

“为什么女床山里那头虎没有变成人？”

“它不愿意，不知道为什么，它永生不死，所以它是虎神，我已经不想找它了，因为不可能找得到。”

我昨天看到过它，但是我不想告诉庄老师，他放弃了很好，那头虎不该看到，没什么好看的，而且，想看到它，需要虎符，想要虎符就要挖开哥哥的墓，还有父亲和哥哥脑中的咒语。

11

我回到了熟悉的城市，我没有回家，我不知道怎么面对母亲，我杀了她的儿子，我不敢面对侄儿，我杀了他的父亲。

我穿着登山装在街道乱走，今天是周六，我可以打电话问一下羽，问她是否可以出来喝一杯咖啡，她如果同意，也许就说明我的告白信起了作用，可是我没有打，因为一定是被拒绝，我还可以发短信给那个很好玩的女人，告诉她我回来了，下午三点可以过去，但是我没有发，她应该已经安排了别人，而且我已经对她彻底失去了兴趣。

我迷迷糊糊走到了动物园门口，我上下班时都会路过这个动物园，我第一次买票走了进去，我想起很多很多年前父亲曾经来过一次，他来的应该就是这个动物园，他看到了被关在笼子里的老虎，把他气得吃不下饭。

我应该看不到父亲看到过的那头老虎，老虎的寿命是 20 多年，不过我可能可以看到那头老虎的后代，其实它们都不是真正的老虎，它们是“中国古猫”的各种变种，真正的老虎不在笼子里，真正的老虎只有虎符可以召唤得到。

动物园里有三头老虎，其中一头可以和人拍照合影，我去交了 200

块元，走进了一个很大的房子，我在墙上看到一张海报，一个身穿比基尼的女人坐在老虎的背上，海报上写着美女与野兽。

亲爱的老虎蹲在一个台上，被一条铁链拴住，我走到它的身边，摄影师告诉我不要紧张，要微笑，离虎这么近，它身上的花纹看得我眼花缭乱，不过我不害怕，它在我心中只是一只大猫。

一个身穿红色文胸和红色短裙的美丽女子站在老虎的面前，她的文胸带着许多红色丝带，飘逸在她白皙的身上，她披散着长发光着脚，手上握着一根铁棒，铁棒指着老虎，女子和老虎之间有眼神的交流，我有点忌妒这头大猫了，它成天无所事事，像明星一样跟人合影，还有美女驯虎师陪伴，300 万年前，我的祖先真是失算了，何必进化成人呢。

“你可以把手轻轻放在它的背上。”摄影师站好之后又对我说道。

我把手放上了老虎的后背，一股热气笼罩了我的手掌，有力量通过我的手臂传入我的内心，我忽然想跟身边这头金黄色的家伙打一架，我知道自己打不过它，我希望它能把我吃掉，我忽然明白自己的归宿在哪里，那就是成为老虎的食物，它像我的祖先，它最接近我的祖先，我是祖先的叛徒，我杀了自己的哥哥，我有罪，这头老虎可以为我赎罪。

摄影师把手放上了快门，我的手掌积蓄着力量，只要闪光灯咔擦一下，我就会抓起一把虎毛，只要我抓起虎毛，它就会发怒，它会找回它自己，我也是。

我想到了母亲和侄儿，他们需要我，我不能死，不应该受伤，我笑了笑，眼前出现一道白光，我轻轻摸了摸那片绚烂的花纹，照片很快交到我的手上，照片里的我笑容可掬，身边的老虎爱理不理，我带着照片回了家，我丢了父亲传下来的虎符，换了一张色彩斑斓的虎照，我把照片给了侄儿，侄儿很兴奋地大叫，“老虎！老虎！”

戒烟

1

家庄敬老院坐落在海滨的山坡上，风景秀丽，人烟稀少，这里本来是一家宾馆，宾馆生意不怎么样，就把山景房做成了敬老院。

山景房就是不对着大海的那一边，与之相反的是海景房，海景房依然当作宾馆，这样的设计让老人比较没有住在敬老院的感觉，所以老人都挺喜欢这里。

老张是敬老院里的一位老人，今年83岁了，他却住在海景房，费用比较高，需要多付一份宾馆的住宿费，老张的二儿子有钱，老张喜欢看书，二儿子希望他边看书边看大海。

其实老张对大海没什么兴趣，哪有边看书边看大海的，他看书的时候很认真，唯一稍微需要分心的是抽烟，一根接着一根，打开陀思妥耶夫斯基的《卡拉马佐夫兄弟》，把烟雾喷在书页上，读书就像烘烤面包一样惬意。

老张来敬老院一年了，他只带了两本书，这两本书都厚得可以，一本是《红楼梦》，一本是《卡拉马佐夫兄弟》，烟却是每天好几包，香火不断，把烟喷在大观园，把烟喷在贾宝玉的名字上，林黛玉又不停咳血了，卡拉马佐夫一家不和，老宅都起火了。

桃花和小琪是敬老院里的两朵花，她们身穿粉红色护士服，走到哪里哪里就是一阵春风，不仅老爷爷们喜欢她们，老奶奶们也喜欢，桃花比小琪早来一年，对每个老人都更熟悉，好几个老人已经把她认作孙女了，不过熟悉也有熟悉的坏处，小琪更年轻，更漂亮，更有新鲜感，现在小琪已经追过了桃花，甚至一个桃花的干爷爷已经不喜欢跟桃花说话了，总是“小琪”来“小琪”去，还有一个老爷爷瞒着子女在遗嘱里写上了小琪的名字，这可是桃花不曾经历过的。

“我们来打一个赌。”桃花坐在小琪的面前，严肃地看着小琪，她对这件事已经盘算了很久，终于决定说出口了，“谁输了谁就离开敬老院。”

“怎么回事？”小琪有些吃惊，这简直是来决斗的架势啊。

“没怎么回事，我们两个必须走一个，你敢跟我打赌吗？”桃花想到遗嘱上小琪的名字就来气，那个名字怎么可以出现在那里，应该写上的是桃花，再让小琪待下去，说不定还有第二份，第三份，她还找到正义的理由，为了老人的子女们，也必须赶走小琪。

“打什么赌？”小琪睁大了纯洁无瑕的大眼睛，她也想赶走桃花，这桃花成天给自己找麻烦，见不得自己好一点，到处说自己的坏话，虽然老爷爷们都不相信桃花，但是说多了难免会产生点效果。

“这么说，你愿意跟我打这个赌了？”桃花挑衅地看着小琪。

“你得先说说看，怎么赌。”

“戒烟。”

2

敬老院里有不少老烟枪，小琪挑了爱看书的老张，桃花挑了爱下棋的老李，他们两人的烟龄差不多，都是60多年，烟也不需要真的戒掉，只需要一个星期，谁先让老人戒一个星期烟谁就是本次决斗的胜者，胜者光荣留下，败者卷铺盖走人。

小琪走进海景房老张的房间时，老张恰好没有抽烟，他被小说里的情节吓到了，他把半支烟掐灭在烟灰缸里，惊叹陀思妥耶夫斯基变态的心理描写，老卡拉马佐夫被杀了，凶手很多，虽然动手的只有一个，杀死人的绝不是手上的力气，更不是刀子的锋利，而是隐藏在黑暗中的那股无形的邪恶势力，所以小说中真正的凶手没有受到审判，无法审判。

“张爷爷。”门没有关，小琪一直走到了老张的面前，由于海景房的地上铺着地毯，小琪脚下没有声音，就像一个美丽的幽灵。

“啊！”老张被吓了一跳，他正在专心致志地思考何为邪恶的问题，书掉在了大腿上。

“对不起对不起，张爷爷，我不是故意的，我以为您知道我进来了呢。”小琪发出可爱甜美的声音，用这样的声音不管说什么都好听，更何况她正在道歉。

“没事没事。”老张笑着，把书合起放到了桌上，敬老院里他最喜欢的就是小琪，小琪会和自己谈论《红楼梦》里的各种人物，他们还开玩笑说要一起续写《红楼梦》，有时候讨论小说里的机关暗道可以讨论一个多小时，那个桃花就不行了，换换床单倒倒开水还可以。

“张爷爷，您这本书看到哪里了？”小琪在老张面前坐下。

“差不多快看完了，你知道吗，我想到一种续写《红楼梦》的方法，用陀思妥耶夫斯基的方法。”老张激动万分，他和小琪说话的时候都难免这样，何况他现在来了灵感，“贾宝玉和薛宝钗结婚，林黛玉忧愤之下不小心杀了贾母，然后林黛玉投河自尽，贾宝玉崩溃了，他一口咬定贾母和林黛玉都是薛宝钗杀的，但是没有证据，于是贾宝玉出家当了和尚，最后了悟自己也是凶手之一。”

“啊，太可怕了，太可怕了，不要这样。”小琪摇着头，显得惊恐万分。

老张嘿嘿地笑起来，能把小女孩吓成这样老张觉得很得意，得意的时候自然要抽烟，他从桌上的烟盒里掏出一支，正准备点火的时候，小琪伸手握住了他的手。

“怎么了？”老张看着小琪，她天真无邪的眼睛正看着自己，她不说话，似乎在犹豫着什么。

“张爷爷，我给您看个东西，您先别抽，好吗？”小琪终于开口了，她从护士服的大口袋里掏出了手机，打开相册，摆到了老张的面前。

“这是什么？”老张看着两个黑乎乎的东西。

“这是抽烟的肺。”小琪确定老张已经记下了烟肺的样子，滑动手指，换了一张，“这是没抽烟的肺。”

“哦。”老张点了点头，不知道小琪想干什么。

“您觉不觉得第二张里的肺比较好看，粉红粉红的，多健康啊。”小琪收起手机。

“好看？哦，是，好看。”老张觉得肺好看又怎么样，又不是脸蛋，“我知道抽烟有害健康，这烟盒上不是写着吗。”

“对啊，那您为什么还要抽呢？”小琪乘胜追击。

老张思考片刻，叹一口气，“到了我们这个年纪，开同学会时就常常少人，我很多朋友都是戒烟之后几年得了癌症死的，所以我总结了经验，戒烟是会得癌症的，年纪轻的时候可以戒，那时候身体好，顶得住，年纪大了，真的不行啊。”

“不对，您这是弄错了啦，是抽烟导致了癌症，如果早戒烟的话，就能晚得癌症哦，您把因果关系弄反了。”

“没有，真的是这样的，以前书本都被禁的时候，医书还可以看，所以我那时无聊读了挺多中医书的，用中医理论来看，抽烟是给肺提供高热量，是火的力量作用于金，这个力量原本是心脏来给的，抽烟之后心脏就不给了，因为已经太过了，长期下来，心脏就彻底忘记了要给肺提供热量这回事，如果戒烟，那肺就会缺少热量，没有热量就会引发癌症，阴冷的地方自然会生长出不好的东西，阳光之下就会健康。”

“哎呀，张爷爷，不是我说，中医有些东西是伪科学啦，您去问问医生，随便问，都会告诉您抽烟有害健康，刚才的照片您也看到了，差别真的很大，那么黑，想到您胸口挂着两个那么黑的东西，张爷爷，您不觉得不好吗？”小琪撒娇一样地说着。

“张爷爷我已经这把年纪了，抽死算了。”

“不行，您不能这么说，您一定要好好活着，健健康康的，好不好？”小琪心疼地握住老张的手，把他手里的打火机和香烟拿走，“您戒烟，答应我，好不好？”

老张泪眼蒙眬地看着小琪，原来这世上还有人关心自己，老伴前两年去世之后，二儿子就给自己雇保姆，保姆不尽心就算了，还经常带一群老乡来家聚会，吵得书都看不下去，后来二儿子就把自己送到了这个敬老院，每个月就送一堆烟过来，送完就走人，说什么公司很忙，对待自己就像对待一个烟灰缸，大儿子就更不靠谱了，快60岁的人还成天环游世界，根本不知道自己还有一个老爸活在世上，小琪的笑容，小琪柔软的小手，是这个晚年最美的存在。

“答应我好吗？”小琪见老张光是看着自己不说话，又问了一遍。

“好。”

3

戒烟的第一天真的很痛苦，老张一个早上刷了六次牙，每次烟瘾发作到一定程度时他就去刷牙，到了下午刷牙也没用了，第七次准备刷牙时他看到镜子里有一个可怕的黑影，当然仔细看了看后就知道那黑影是自己，但是他还是吓了一跳，所以就不刷牙了。

老张尽量认真地看书，希望通过小说分散注意力，《卡拉马佐夫兄弟》到了末尾，亲爱的阿辽沙正在布道，阿辽沙是这本小说里唯一一个正面人物，读到阿辽沙这个名字老张就有一种想哭的感觉，阿辽沙正在为一个孩子举行葬礼，老张心想自己如果是那个孩子就好了，老张发现自己已经有了自杀的冲动，书页上滴落几滴液体，滴落的地方颜色变深，晕开一点一点，老张以为自己真的哭了，其实不是，那都是口水。

《卡拉马佐夫兄弟》只剩下最后一页，老张下意识地合上了书，他觉得自己走到了故事的终点，如果真把书读完，自己可能就要和老卡拉马佐夫一样一命呜呼了，而且还不知道自己是被谁所杀。

“张爷爷，感觉怎么样？”门没有关，小琪径直走到了老张的身后，她早晨把四条香烟和打火机放到休息室的抽屉时，还给了桃花一个胜利的微笑，桃花没有说动老李，所以小琪已经抢得先机。

“还可以吧。”老张发抖着嘴唇，口水和鼻涕直流。

“张爷爷，如果真的很难受的话，我们就不戒了，好不好。”小琪看着老张痛苦的表情，也有些害怕。

“怎么，要放弃了吗？我老张什么时候认输过！”老张很激动，小琪吓得退后了一步，老张从来都是温文尔雅的，标准的老知识分子，现在身体难受，情绪难免不受控。

“是，张爷爷。”小琪掏出手帕给老张擦掉嘴角和下巴上的口水，她真心佩服老张，她也感激老张，看来除掉桃花已经指日可待了。

“当年那么苦，我都没有认输过，区区一点烟瘾算什么，休想战胜你张爷爷！”老张器宇轩昂地站起身，打起了太极拳，原本还双手发抖，蚕丝劲一出来，就稳稳当当了。

小琪在一边的椅子上坐下，仰着头，崇拜地看着老张，老张看到小琪的眼神，觉得自己真是老当益壮，更加自信满满，这样过了一天，还算顺利。

第二天老张重新不停地刷牙，小琪买来戒烟药，口香糖棒棒糖，流口水的问题还是很严重，吃糖的时候就像洪水决堤，所以老张只是用了戒烟药，那药只是起了心理作用，第二天的症状多出了流汗和喘气。

“你知道我为什么会流口水吗？”老张不好意思地对小琪说道，“实在是没办法呀。”

“我知道的，没关系啦，又不会怎么样。”小琪又用手帕给老张擦掉口水，手指温柔体贴，一点嫌弃的感觉都没有。

“会流口水，说明肺真的缺少阳气，阳气可以温阳化水，肺主制节，肺的功能正常的话，就可以控制住口水。”

“哦。”小琪听不懂老张在说什么，估计又是那一套理论吧，小琪猜测流口水是身体在排毒，那么黑的肺，肯定有很多毒需要排的。

老张忽然大口地喘气，哈呼哈呼，小琪赶忙跑去找来一个干净的塑料袋，把塑料袋套在老张嘴前，老张要用手推开，心想自己都快窒息了，她怎么还拿塑料袋来套自己的嘴巴。

“张爷爷，您这是过度呼吸综合症，用塑料袋套一会儿，就会好的，相信我。”小琪把塑料袋套好，把塑料袋的两个提手挂在老张的耳朵上，老张哈呼哈呼了一会儿，真的平静了下来。

“不错啊，是一个好办法。”老张拿下塑料袋，欣赏地看着小琪。

“当然啦，我们上学的时候都有教过的。”小琪微笑着，打出一个胜利的手势。

老张又开始打太极拳，这回双腿有些发软，打了半小时，过度呼吸综合症又开始发作，他只好又拿来塑料袋套上，他觉得自己就像一匹套上笼头的马，就快累死的一匹马，不过没关系，如果骑在马上的是小琪，这匹马无论如何都要跑下去。

4

桃花已经不跟老李说戒烟的事情了，那老李固执得很，嗜棋如命，说什么不抽烟的话怎么赢棋，不赢棋的话活着干屁。

粗话都快出来了，桃花只怪自己看走了眼，以为老李平时和自己关系好，软磨硬泡说说好话就可以搞定，想不到一点商量的余地都没有，小琪的进度已经到了第三天，现在最关键的是小琪一定要失败，如果小琪成功，那现在自己做什么都来不及。

第三天早晨，老张正在套塑料袋的时候，桃花趁着小琪不在溜进了老张的房间，她从口袋里掏出了烟盒，慢悠悠地抽出里面一支香烟，老张正在拼命地喘气，怒目圆睁地看着桃花。

老张没办法说话，肩膀一耸一耸的，桃花微笑着，修长的食指中指夹着白花花的香烟，在老张的眼前晃动，老张不为所动，认真地喘气，想着小琪，想着小琪解释塑料袋缓解过度呼吸综合症的原理，套住塑料袋呼吸，塑料袋里的二氧化碳就会不断增多，当身体发现自己只能吸入二氧化碳的时候，它就没有呼吸的兴趣了，过度呼吸就停止了。

桃花发现老张意志坚定，只好来一个更狠的，她掏出了打火机，把香烟含浸了嘴里，桃花没有抽过烟，点了几下都没点着，她不知道点火的时候还需要吸一口气，不过多烧一会儿好歹还是冒烟了，她装出一副悠哉的样子抽了一口，咳嗽了起来。

一边咳嗽桃花一边还笑着，“张爷爷，抽一根吧。”

老张的过度呼吸刚好缓解了，他拆下塑料袋，对桃花大吼一声，“滚！”

桃花灰溜溜地逃开，她也不敢得罪老张，要是老张去院长那边投诉的话自己也吃不了兜着走，小琪在附近房间给人换枕套，听到了老张的声音，她匆匆忙忙就跑了过来。

“张爷爷，刚才是怎么了？”小琪已经猜到了几分，她在走廊上看到了桃花。

“没什么……没什么。”老张喘着气，这回不是过度呼吸，而是生气，自己正在戒烟，那桃花居然无耻地拿着香烟来勾引自己，太恶毒了太恶毒了，他不知道小琪和桃花之间的赌局，只是觉得这个桃花实在卑鄙。

“张爷爷，我们去海边走走吧。”小琪拉住老张的手，兴许去海边走走可以消消气。

老张答应了，小琪去换了一套连衣裙，他们坐电梯到了楼下，在传达室登记了“海边散步”，再走下一个山路十八弯的木质楼梯，就来到了沙滩上。

沙滩很美，海天一色，有人在拍婚纱照，有幼儿园的小朋友围城一圈做游戏，一条白色的大狗还跑到小琪面前摇尾巴，老张大声地笑了，握紧了小琪的手，“你看，连它都喜欢你。”

小琪的脸都发热了，连它都喜欢，这个“连”字好像有点意味深长呀，他们两人在沙滩上来回走了走，又找了一片树荫坐下，小琪放下马尾辫，披散开长发，波西米亚的花裙子露着肩膀，裙摆刚到膝盖，充满了活力，海风吹拂着，她的大眼睛半睁半闭，坐在老张对面，老张又有点过度呼吸了，这次不是过度呼吸综合症，是看小琪看得有点喘不过气，平时只能看到小琪穿护士服的样子，虽然穿护士服也很好看，但是毕竟看得多了，哪里是这花裙子能比的。

中午他们在餐馆吃了海鲜，老张是有带钱出来的，出门前他特意把几张百元钞和一张银行卡塞进了口袋，吃完饭后他们又回到树荫底下，老张真的不想回去，他又给小琪买来爆米花和果汁，真希望可以永远和小琪这样在一起，如果自己现在只有30岁40岁，老张真的会鼓起勇气向小琪求婚，可是老张想到自己已经83了，他也听说过有90岁富豪娶20岁少女的事迹，但是那毕竟是富豪，老张没有那么多钱，只有一肚子不值钱的学问，越想越觉得挫败，觉得自己荒唐，不过想到只要一直住在敬老院就可以每天看到小琪，老张还是释怀了不少。

这一天情况很好，去海边走走真的很有效果，虽然口水依然一直流，虽然塑料袋还是拿出来用了两次，但是症状明显比前几天缓解许多，晚上小琪离开房间之后，老张把《卡拉马佐夫兄弟》最后一页读了，小说结尾非常感人，老张是流着眼泪读下来的，光明的天使阿辽沙笑着说，“我们去吧，现在我们手拉着手一起前去。”

5

戒烟的第四天，凌晨，老张死了。

小琪在早晨八点时发现，她慌慌张张地告诉了院长，院长不慌不忙地通知了家属，敬老院有老人忽然去世并不是太大的事情，老张的家属很快就到了，一辆奔驰车刚刚停稳，老张的二儿子和孙子就打开车门冲进了敬老院，两人趴在老张床前痛哭，院长默默离开，让家属尽情发泄心中的悲痛。

趁着四下无人的时候，一个女人溜进了老张的房间，她怀里抱着四条红通通的香烟，把它们一一摆开放在了床头柜上。

“这是什么？”老张的孙子问道，抹掉泪水，恍惚地看着四条红通通的香烟。

“张爷爷的烟。”

“我爷爷的烟怎么在你那里？”

“张爷爷前几天说要戒烟，烟都交给小琪了，小琪是我同事，现在张爷爷走了，我把烟拿回来。”

“我爷爷为什么要戒烟？”老张的孙子站起身，盯着桃花，他感觉到这里面隐藏着某种诡异的东西，烟就是爷爷的命，他根本不可能会戒烟。

“小琪要张爷爷戒烟，张爷爷最听她的话了。”桃花躲开老张孙子那寒光逼人的泪眼，终于把想说的说出了口。

“小琪？！”老张的孙子知道小琪，以前看到过她，当时印象很深刻，还觉得小琪可爱善良，想不到是一个魔鬼，他确信爷爷就是因为戒烟死的，他知道小琪的休息室在哪里，立刻就冲到了小琪的面前。

小琪正坐在椅子上发呆，她心里很难受，已经哭了两次，眼眶都是红的，老张的孙子抡起胳膊就要打小琪，幸好被后面赶来的男护理一把抱住。

“为什么要我爷爷戒烟！”老张的孙子怒吼着，小小房间里显得格外大声，桃花躲在房间门口，也听得心惊肉跳，不过还是觉得痛快更多一些。

“抽烟本来就不好。”小琪心里很害怕，慌张之中想起了这么一个理由。

老张的孙子飞出一脚，只差两厘米就踢到小琪，男护理把他继续往后拉，结果绊了一下，男护理和老张的孙子一起摔倒了。

小琪被开除了，老张的孙子本来要敬老院赔钱，老张的二儿子说算了，敬老院没有损失，所以院长也没有太责怪小琪，他只是跟小琪说，“很多事情都难以预料啊。”

真的难以预料，桃花明明就要输了，可是留下的人却是桃花，小琪最后到那片沙滩上走了走，把行李包当作枕头倒在沙滩上，对着傍晚的天空尽情地流泪，她不知道自己是不是凶手，到底谁是凶手，她觉得自己可能真的是凶手，可是自己真的是凶手吗，凶手是什么呢？

天黑了，没有月亮，没有答案，但是累了，心想算了，肚子很饿，小琪拍去身上的沙子，背起行李，她不知道自己应该去哪里，但是总之是要去个什么地方，小琪迈开了脚步，大海在身后永远地咆哮，有一群人在沙滩上大笑。

驽马难得

早晨，我开回一辆吉普，雄赳赳地停在家门前。

“这就是我们的车。”我对妻说，打开四个车门，请妻检阅。

“很帅哦。”妻非常满意，她对我做的事情一向放心，与其说我们情投意合，不如说她是对什么都乐观接受。

“嘿，你要干什么？”妻从手提包掏出一根粗壮的油性笔，她已经打开了笔帽，我赶忙叫住了她。

“给我们的吉普取一个名字呀。”妻理所当然地说道，询问地看着我，我知道，当她这样看我的时候，我一定得屈服了。

“哪里有人给车取名字的？”我叹一口气，妻就喜欢干些不必要干的事，上次我从超市买了十袋方便面回家，她居然把十袋方便面都摆在地上，将方便面按照口味分成三排，然后和它们说话。

“好吧，你取吧。”我倒是很好奇她会写上什么。

“驽马难得。”她在车屁股上写道，她写字还是很让人放心的，白色的车屁股上有了四个从左下斜向右上的黑色大字，吉普一下子熠熠生辉起来，所谓取名字就是这么一回事，仿佛生命就此降临。

“不知道这名字什么意思？”我问道。

“没什么，就是很可爱的意思。”她套上笔帽，将笔收入手提包，对着名叫驽马难得的吉普微笑。

“我去街上遛一遛，你也一起上来。”我钻入驾驶室，探出头来问她。

“不了，我去打扫卫生，二楼脏得简直一步一个脚印。”她对我挥了挥手，继续一副神秘的表情。

我没有和她多说，打扫卫生是好事，二楼的确太脏了，驽马难得喘着气，还打了两个响鼻，已经催促我上路了。

上路后便发现，吉普和原来大不一样，至于说哪里不一样，那是一种微妙的感觉，就像一首俗气的歌曲终了，立刻换成了莫扎特的交响曲，世界从庸俗和猥琐中解脱而出。

不消说我是很开心的，兴奋的心情源源不断地从方向盘上传来，引擎仿佛一把小提琴，韵律渗透指间关节，占领整个手臂，进而穿越颈椎，进入大脑的某个区域，驽马难得，驽马难得，这是我的爱车，我生命的一部分。

我打开音响，圣桑的《骷髅舞曲》十分欢快，我的双脚不由自主打起节拍，闭上眼睛沉浸在诡异的旋律之中，这当然是不允许的，在二楼那尘土飞扬的客厅想干什么都行，可是在街上，在驽马难得的背上却不可以。

驽马难得忽然停下了脚步，我觉得应该不是操作失误，因为它停在了可以停车的位置，我当然可以转动方向盘把驽马难得开走，可以跟它说，嘿，驽马难得，我们要继续闲逛，你还没有走遍县城所有的道路，你还没有记下这座小城的样子，你不应该偷懒，不应该要起小脾气。

我正准备掉头，前面一辆宝马车里下来一个女人，她身穿白色毛呢大衣，下摆几乎盖过膝盖，她把墨镜随手丢进车里，然后关上车门，向我和驽马难得这边走来。

她简直是一个模特，长发和她的脚步一起舞蹈，驽马难得自惭形秽地低下头，却依然瞪着眼前的女人。

“咚咚。”我全身震颤了一下，这不是驽马难得的窗玻璃在响吗？

“咚咚。”是那个女人在敲门，我收起安全带，但又觉得这个动作纯属多余，我想把安全带重新系上，可是她又敲了第三次门。

“你好，有什么事吗？”我放下窗玻璃，装出一副很酷的表情。

“可以一起喝杯咖啡吗？”她微笑着，眼神却是哀伤的，她抬手指了一下旁边的咖啡厅，“就在这边。”

我升起窗玻璃，我想拒绝她，可是她脸上那挥之不去的哀伤就像二楼那尘土飞扬的客厅，我无法拒绝那种安详和静谧，于是我拔下钥匙，打开车门，和她走进了咖啡厅。

“你的车很有趣。”等待咖啡的时间，她先开口了。

我笑了笑，“你是说驽马难得吗？”

“是啊，怎么会取这样的名字？”我注意到，当她说到驽马难得这个名字的时候，脸上就会扬起一种类似幸福的神情。

“妻子取的名字，她直接写上去的，没和我商量，我问她这名字是什么意思，她也不告诉我。”

“驽马难得，是堂吉诃德的坐骑。”她笑了，是一种真正的笑，像一个中学生。

“那么，堂吉诃德又是什么？”我依然很困惑，不过她既然这么开心，我也很欣慰。

“是一个骑士，历史上最崇高的骑士，所有崇高的骑士，都可以用堂吉诃德来冠名。”她说道，认真地看着我。

我吃惊地看了看她，看了看落地窗外一脸自豪的驽马难得和她那辆颓唐的宝马，“可是，崇高又是什么？”

“崇高啊？”她皱了皱眉，服务生端来两杯热气腾腾的摩卡，她礼貌地微笑道谢，然后等服务生走远之后，她继续说道，音量降低了一半，“崇高这个东西，是一种秘密，如果别人知道我们正在谈论崇高，人们一定会在心中嘲笑我们，就是这么一个东西。”

“那么堂吉诃德岂不是很惨？”我吹了吹面前的咖啡，忽然意识到了点什么。

“恩，没错，常常受伤，常常闹笑话。”她眨了眨眼睛，用小勺搅拌咖啡，发出三角铁般悦耳的声音。

“好吧。”我苦笑，想不通妻的深意，何苦说我是堂吉诃德呢，难道我心中还残留什么崇高不成，我想应该不至于才对，毕竟我根本不知道什么是崇高。

“这音乐怎么样？丽丽克劳斯 1967 年东京现场弹奏的舒伯特。”她问道，重新打破沉默。

“很不错，原来是舒伯特的，可是你为什么连版本都这么清楚呢，难道是音乐家？”我坐直了身子，对她肃然起敬，说实话我一直感觉面前的她是什么富豪包养的情人，她身上有一种富豪喜欢的颓废气息，一种艺术的气息，富豪无论如何用金钱买不来的，却因此而憧憬的，而她又恰恰需要奢侈的物质来喂养自己的颓废。

“不是，这家店是我设计的，我设计的咖啡厅，包括音乐这个项目，音乐是填满空间的，无有入无间的，说起来可能比这一切摆设和灯光更重要。”她喝了一口咖啡，我点着头，“音乐必须是现场弹奏的钢琴曲，而且作曲家只限于舒伯特莫扎特德彪西和肖邦，他们都有一颗堂吉诃德的心……”

田园风光般的钢琴声中，响起不和谐的另一段乐声，原来是她的手机响了，我的心莫名地揪紧，她叹了一口气，接起电话，对方似乎说了许多，她默默看着窗外的阳光，最后只说了一声“好的”，然后挂上电话，将手机塞回包里。

空气中掺入恐怖的沉默，我坐立不安，而她似乎对此完全若无其事，我思索着可以打破沉默的语词，可是语言就像坚冰下的鱼儿一样无可奈何，撞碎身上所有的鳞片也打不开一丝裂缝。

“有机会的话，很想坐你的驽马难得去兜风，高速公路，开到 200 迈。”她说，对我微微一笑，似乎重新在意识流中发现了我。

“可以啊，可是我从来没开过那个速度。”

“那就我来开好了，你坐在副驾驶，不过让堂吉诃德坐在旁边总觉得哪里不对，所以还是得你来开哦，160 迈还是可以的吧。”她说着，从桌上撕下一张便签，写下一串数字，递给我。

我接过，是她的手机号码无疑，号码下写着一个名字，丽丽。

她站起身，对我无声地挥了挥手，然后走出门外，开走驽马难得身边的宝马，驽马难得虽然怅然若失，却找不到任何挽留的借口。

她的车消失在路上，仿佛上了一条履带，舒伯特和咖啡的香气笼罩着我，我在玻璃的保护下暂时避开了尘世，可是却如同琥珀里的一只蚊子，她的出现和她的离开一样突兀，只是一缕琥珀鉴定师的目光。

她的咖啡几乎没喝，我把剩下的一半一饮而尽，温度很高，说明我们谈话的时间并没有多久，我看了看便签，丽丽？丽丽克劳斯？现在正是丽丽克劳斯在演奏舒伯特，琴声如诉，我想丽丽这个名字肯定是化名，是她突发奇想随手取的，她甚至可以叫克劳斯。

我把便签塞入口袋，到柜台结了50块钱的账，当我重新坐上驽马难得，身体的重心就回来了，毕竟这是一辆有名字的车，和一位使用化名的陌生女人毕竟不同。

我不想在马路上行驶，我很了解这样苍白的传送带可以去往何处，于是驽马难得开进了一条小巷。

进了小巷我便后悔，没开多久，前方一辆黑色小车挡住了去路，上面有人，可是小车纹丝不动，我没办法超车，小巷狭窄得只容一辆小车，掉头无从谈起，小巷里还有行人，我又不能直接开倒车。

我按了两下喇叭，驽马难得礼貌地向前方嘶鸣两声，它的嗓音不错，口吻也非常得体，俨然一位外交家，而前面的黑色小车却完全无动于衷。

我重新打开音响，《骷髅舞曲》虽然好听，毕竟名字不怎么吉利，所以我换了一首，圣桑的《动物狂欢节》开始了，驽马难得喜欢这个曲子，兴奋地摇起尾巴。

我这样等了五分钟，猜想着曲子里的乐声模仿的是何种动物，虽然这样等着也不碍事，因为我根本没有事，不过我忽然想知道那黑色小车之所以不能前进的原因。

我打开车门跳下车，走到黑色小车的驾驶室前，小车的玻璃窗已经放下了，一个男人轻蔑地看着我，嘴上叼着一根烟。

“老子等人。”他说道，面无表情，说话声音含混不清。

“哦，这样啊，需要等多久？”我尽量保持微笑，传达着友好。

“不关你的事。”他说道，把烟头丢了出来，正落在我的脚边，火星四射，为了防止火灾，我帮他把烟头一脚踩灭。

驾驶室的男人升起了玻璃窗，后座的玻璃窗却随之降下。

“小子，老实点，如果不想死的话！”后座有两个男人，一个尖嘴猴腮，一个满脸横肉，和我说话的是尖嘴猴腮，我苦笑了一下，走回驽马难得的身边。

我没有坐进车里，靠在驽马难得的身上，抚摸它的鬃毛，时间如同鬃毛般在指间流逝，我要和那三个男人一起等待某人，不知道那即将出现的某人是何等样的人物，不知是怎样的人物，能配得上四个人的等待。

驽马难得低头看着蚂蚁搬家，我眼睛微闭看白云在睫毛间飞翔，这样过了十分钟，某人出现了，小平头，戴眼镜，脸部微黄，身穿笔挺西服，无论如何看不出和车上那三人有何共同点，不过当他打开车门坐进副驾驶，他便和他们融为一体了。

黑色小车终于开动了，我重新进入驽马难得，紧随他们的车后，我当然不希望跟在他们后面，可是小巷是真正的传送带，始终没有超车的空间，容不得选择。

黑色小车开得很慢，俨然一只受伤的大海龟，走走停停，用最后的口水抱怨自己口渴，认为自己的丑陋和缓慢是一种成就。

尖嘴猴腮常常从车窗探出头来看我，不如说他是想让我看到他的尖嘴猴腮更为准确，他一会儿龇牙咧嘴，一会儿做嘲笑状，一会儿挥舞着拳头，他好像一直在说着什么，但是他的声音扎实地被《动物狂欢节》盖住，我不明白他和他们想表达些什么，也许表达是他们寻找存在感的唯一方式，而他们恰巧逮到我这么好的观众，总之，很让人担心他的尖嘴猴腮会被路边的某根电线杆卡住。

终于，前方出现一片空地，大概是拆迁后留下的，这对我来说非常宝贵，我踩下油门，驽马难得，都看你的了，摆脱庸俗和猥琐，超过前面的黑色乌龟！

驽马难得非常擅长这项工作，自从它拥有了驽马难得这个名字，就被赋予了光荣的使命，它的提速非常优越，黑色小车也同时加大油门，可是驽马难得还是轻松地穿越到了前方。

我松了一口气，以为自己终于可以顺畅地前行，可是今天皇历上也许写着不宜出门，我拐过一个弯，这弯是不得不拐的，因为除此之外没有路可走，可是一拐弯我便看到一辆摇摇晃晃的三轮自行车，车上载着一些纸箱，纸箱垒得和汉子的肩头差不多高，看上去很重的样子，因为踩车的汉子似乎已经筋疲力尽了。

三轮自行车动作迟缓，我只好将车速降到最低，黑色乌龟跟在驽马难得的屁股后面，它疯狂地按响喇叭，完全是鸣笛哀悼的架势。

他们或许觉得我是报复他们，他们并不知道我前方正有一辆三轮车在艰苦地跋涉，其实我怎么会报复他们呢，我并不是他们那样的人，可是他们觉得我一定会报复，因为他们是那样的人，那样的人只能用那样的眼光看待所有人，如果有谁胆敢堵他们 15 分钟，他们一定会堵回 30 分钟。

空地不是随处可见的，眼前的三轮车演绎着绝望的脚步，时间就像一根渐渐融化的冰棍一样令人担忧，他们在我身后愤怒地咆哮，“砰！”驽马难得痛苦地震颤，它的屁股被狠狠地撞了一下，从后视镜上，我看到黑色小车的车头已经有点变形，他们根本不心疼一点修理费用，毕竟他们的财富都是用来侵犯别人和报复别人的，在侵犯和报复中享受他们的乐趣，我很理解，我知道还有许多人为了报仇付出生命，为了仇恨牺牲什么都在所不惜，仿佛他们是为恨而生。

我把《动物狂欢节》的乐声开到最大，希望驽马难得能得到一点安慰，既然它已经被赋予驽马难得这样崇高的名字，那它也该对人类抱有同情心才是。

“砰！”这下还伴随哗啦啦的玻璃破碎声，从右边的后视镜里，我看到那个穿西服的男人正手握棒球棒，我可以理解尖嘴猴腮和满脸横肉做这样的事，可是偏偏是这位长着工程师模样的家伙，他自豪地横举棒球棒站在路边，摇晃着脑袋，一副盖世威武的样子。

我忍无可忍，我觉得必须让他们明白事情的真相，我打开车门，跳下驽马难得。

“你去看看，前面是不是有辆三轮车挡住路了。”我对西服男喊道，他开始原地蹦跳。

尖嘴猴腮和满脸横肉也下车了，手里同样握着棒球棒，他们佝偻着背走到驽马难得前面，三轮车正在艰难地离开我们，那位汉子的背影在画面中沧桑地缩小，他难免消逝的命运，但此刻他还在为生活而奔波。

“轰！”驽马难得的前车窗应声碎裂，因为是带胶的所以没有玻璃飞溅，“啪、啪”驽马难得的两个耳朵被干脆地剁下，颤动着扑闪着，它不明白发生了什么。

“小子，我们就是看你不爽，和三轮车没关系！”尖嘴猴腮对我叫道，声音尖锐得如同猴子本身，“我们老大从来没干错过人！”

黑色小车的司机也来了，他脚步沉重拖沓，走过之处扬起尘土，他顶起驽马难得，开始卸驽马难得的四条腿。

他们一起动手，卸得很快，很明显经验丰富，他们站成一排，互相对看一眼，“一、二、三”，把卸下的轮胎同时向前滚去，四个轮胎就在驽马难得的眼前蹦蹦跳跳地前进着，直追三轮车而去，我注意到工程师滚得最远，《动物狂欢节》还在演奏着，为他们伴奏，驽马难得却无论如何高兴不起来了，它难过地趴在地上，用舌头舔着胸前的伤口。

我掏出口袋里的便签，我注意到便签在哗啦啦地颤抖，我深吸一口气，慢慢地恢复了理智，心跳也渐渐地回到正常的速率，看着上面的号码，我想给她打个电话，想问问她，作为堂吉诃德，此时应该做些什么。

我没有给她打电话，驽马难得受伤了，没有驽马难得的我，对她没有任何价值，说不定她此时正在某人的怀里，这样的画面挥之不去，一个男人正抱着她问道，怎样才能让你开心点呢？

最后，我还是给妻打了电话。

“二楼打扫得怎么样了？”我问道，想起那尘土飞扬的客厅，多么安详和静谧。

“哦，还是明天吧，今天不想弄了。”她懒洋洋地说，她又一次把今天推往明天，“明天”是她最常用的一个词。

“嗯，没错，明天再说。”

新世纪聊斋

1.公务员考试

谭生考公务员已经考了四年了，无奈一次也没有考上，他没有去找别的工作，父母非常支持他的考试，告诉他复习就是最好的工作。

这一回又是紧张的省考，谭生复习到凌晨一点才入眠，他暗暗下定决心，这一次必须考上，如果这一次没考上的话，以后就再也不考了。

入眠后谭生就开始做梦，不知为何谭生十分清楚这就是梦，只是梦的地点就在自己卧室这点稍微令人不安，一个年轻女子坐在自己书桌前的椅子上，拧开台灯，正在哗啦哗啦翻阅他的复习材料。

虽然是在梦中，谭生还是起床检查了一下卧室的门锁，明明是锁上的，他又拉开窗帘检查了窗户，防盗网同样安然无恙。

“你是怎么进来的？”谭生问道。

女子转身看着谭生，眼眸清澈，秋水中带着点哀伤，红唇开合，“你是要考公务员吗？”

“是啊。”谭生点点头。

“那么，就是说你以后要当公务员了？”女子天真地问道。

“是啊，如果考上的话。”

“那么，有件事想拜托你，不知道你愿意不愿意。”女子用一种十分信任的眼神看着谭生。

谭生觉得莫名其妙，不过毕竟是一个妙龄少女的请求，自然不能随便拒绝，“你说说看，是什么事情，如果能办，我一定尽力。”

“三天后乌有州要大地震，是地府里的邪恶军队战胜了正义军，他们要炸掉一根地柱，一旦成功引爆可以发生八级以上的垂直地震，破坏力可想而知，由于胜利在他们手上，人间一有人死去魂魄就归邪恶军所有，因此他们要赶紧在人间多弄死人，这样他们的军队就可以扩充，一次地震就可以扩充好几万，一旦他们扩充成功，正义军就再也没有翻盘的可能。”女子认真地说着，口气中饱含焦虑。

“用地震来征兵？”

“是的，所以，想请你去帮忙，我们一定要在地震前战胜邪恶军，不能让地震发生。”

谭生起先轻声笑了笑，后来忍不住哈哈大笑，这梦做的也真有意思，什么地震什么地府的，“为什么偏偏请我，说实话，我可以算是手无缚鸡之力，除了这些材料之外什么都不懂。”

“你谦虚了，据我了解，你具有独立思考的能力，之所以每次面试失利，就因为常常回答出非同凡响的观点，和社会不合拍，可是又和愤青不同，你不抱怨，一心希望社会进步，包容不同意见，之所以锲而不舍考公务员，就是想为人民办事，这样的人千金难求，所以我找到了你。”

“可是我一个大活人，实在不想去什么地府，等我死了再说吧。”谭生挥了挥手，“你快走吧，不要影响我睡觉，我三天后就要考试了，我的最后一次考试，如果没考上的话，我四年的努力就付诸东流，你可知道什么是四年的努力？我的同学都已经在工作赚钱，结婚的结婚，没结婚的花天酒地，有一个酒后驾车飞到桥下轰然死去，连他都不如，四年来一事无成，这就是我四年的努力。”

女子欲言又止，悲伤地看着谭生，但是看出来谭生态度坚决，只好遁窗而去。

谭生白天睡醒后仔细回想梦中情景，觉得真是可笑，这些年来说乌有州要大地震的谣言传得沸沸扬扬，真是无稽之谈，谭生起床看了看复习材料，他昨天夜里是翻到第六章的，现在第八章的标题却醒目地摆在面前。

谭生心想自己也太糊涂了，想必是复习得太晚，昏昏欲睡之中翻到第几章都不知道了，这样下去，这次考试又要泡汤了。

这天谭生又继续从白到黑从早到晚地复习，照例凌晨一点入睡，入睡后又照样梦见了那位女子。

同样是在自己卧室，吊灯已经打开，女子就躺在自己身边，身上一丝不挂，熠熠生辉。

谭生赶忙躲到床角，“你要干什么？”

“为了拯救正义，为了拯救城市，我愿意随你……只要你愿意和我一起去一次地府。”女子坚决地说道。

谭生不为所动，眼前女子虽说貌若天仙，但是明明是鬼，“我真的不想去地府。”

“战胜邪恶军之后，你就可以回来了，完全没有影响，而且，你真的愿意看着我们的城市毁于一旦吗？我的父母还活在人间，当然我可以通知他们，让他们赶紧逃走，但是还有无数的父母在这个城市啊，还有无数的孩子，难道你真的无动于衷吗？邪恶军如果彻底占领了地府，彻底消灭了正义军，人间的邪恶和恐怖都要成倍地增加，他们还可以制造更多的灾难，难道你不担心我们的世界最终落入黑暗的手中吗？”

“可是我一个活人去地府，就能战胜邪恶军吗？”谭生无奈地说道，看来女鬼已经缠住了自己，还用如此义正词辞的口气跟自己说话，都不知道如何反驳了。

“活人的魂魄去地府，可以刀枪不入，希望你能冲入敌营，杀掉他们的首领，这样正义军一定能反败为胜。”

“这样啊，可是我就是不想去，说实话，我不相信你，这里面一定有某个地方是谎言。”谭生说道，如果答应了她，那自己的智商肯定有问题，“你快走吧，我不会相信你的。”

女子沉默了五秒，痛苦地看着谭生，忽然哀伤地流泪，“的确，的确有欺骗你的地方，但是我也是迫不得已，如果你不和我去的话，两天后就要大地震了，我告诉你实话，你去了地府不一定能刀枪不入，但是能力很强是一定的，你也不一定能回来，也许就死了，如果最后正义军没有胜利的话，那么回来的出口就会被控制，你可能就成了阶下囚，这就是实话。”

“哦？”谭生看着女子，全身打了一个寒战，女子认真的表情绝不是说谎，绝没有恶意，他开始相信地震一事也许是真的，但这毕竟只是一场梦，“你先回去，我考虑考虑，不是还有两天时间吗？”

女子点了点头，“我明天晚上再来找你，你好好考虑一下，我相信你。”

白天醒来，谭生直挺挺躺在床上反复回想梦中情景，她的声音还是那么真切，连眼泪的光辉都还记忆犹新。

谭生吃完饭就出了门，他不想再读那些复习材料了，他已经读了四年，他受够了这四年，不知从何时开始，他已经没有好好看看这个世界了，他站在天桥上看车来车往，步行到 91 路随人潮涌动，坐电梯到最高层看整个城市笼罩在烟雾之中，黄昏在东湖躺上小舟随波逐流，夜晚在湖边看远处的灯火阑珊，晚风安详地吹着他的脸，他决定，要为这一切的美好战斗。

晚上谭生凌晨 12 点就睡下，他一直睡不着，明天早上就要公务员考试了，也许自己已经参加不了那最后一次，可是如果地震的话，考上又有什么意义呢，作为公务员，不就是为了这个城市而奋斗吗，那么地府那一战，就是最好的考试。

谭生始终无法入睡，他压抑不住激动的心情，他怕睡不着的话就不能梦见那女子了，可是越担心就越睡不着，幸好女子还是来了，原来根本不是梦中相遇，而是现实。

“我们赶紧走吧。”谭生对女子说道。

“你考虑好了？”女子沉重地看着谭生，压抑着心中的欢喜。

“是的。”谭生坚决地点头。

女子让谭生重新躺下，然后拉住他的手，拉出了他的魂魄，他们一起遁入地面，无数绚烂的色彩在眼前飞过，最后是一片火海。

两队人马正在厮杀，围绕着巨大的地柱，邪恶军在内围，正义军在外围，正义军根本打不进去，而邪恶军正在给地柱安装炸药。

“邪恶军的首领在那边，他也是一个活人的魂魄。”女子指着不远处那倒挂在空中的家伙，活脱脱就像一只该死的蝙蝠，他不时会俯冲入正义军中，杀掉一个正义军的将军，正义军正在不停地损耗。

谭生捡起地上的两把刀，杀入了敌营，所向披靡，很快为正义军打出了一个突破口。

忽然谭生感到背上一痛，原来是那蝙蝠人来和自己交战了，谭生转身杀去。

但是没打几个回合蝙蝠人就飞到了空中，谭生再厉害也无能为力，而且背上受伤之后，砍杀时就传来剧痛，邪恶军的小兵如苍蝇般嗡嗡直叫，把谭生围得水泄不通，切断了正义军对谭生的掩护，谭生原本就没学过武术，砍杀没有章法，后背不停地受伤，他几乎要倒下了。

这时候蝙蝠人抓住空当向谭生俯冲而下，手中的利刃正对谭生的后心，打算把谭生一击毙命。

“小心！”谭生的身后传来女子的尖叫，谭生转身一看，女子正抱住了蝙蝠人，原来她早已偷偷爬到了高处，一跃而下加入了战斗。

蝙蝠人的双臂被女子死死抱住，他还来不及挣脱，谭生已经一刀砍下了他的头颅，黑血在空中飞舞，那一瞬间谭生闭上了双眼，他重新睁开的时候，正看到一把刀砍在了女子的脖颈上。

谭生心中一痛，他大叫一声冲入邪恶军中乱杀乱砍，完全忘记了伤口的剧痛。

当胜利来临的时候谭生已经筋疲力尽，他靠在石头上看着正义军拆下地柱上的一堆堆炸药，正义军拥戴谭生做他们的首领，谭生笑了笑说，“我还要回去考公务员呢，应该还没有迟到吧。”

正义军没有挽留，说好等谭生阳寿结束后再来上任首领，谭生并不觉得荣耀，他走到女子的尸体前，跪在地上，在她的伤口上轻轻一吻，谭生感到无限的悲伤，他第一次爱上一个女子，可是她却已经非人也非鬼了。

谭生回到人间时全身无力，母亲用力地拍着房门，“快起来了，快起来了，要迟到了。”

谭生勉强爬起，去参加了考试，写字的手没什么力气，心中却明晰如镜，笔试第一名，几周后参加面试，他的回答照例天马行空，考官们却一致觉得此人今后一定大有作为，都给了他最高分。

走出考场那天，谭生看到一个女生站在空荡荡的大厅，她和她映照在瓷砖上的影子一样静谧如画，相貌酷似那地府的女子。

“记得地震的事吗？”谭生走到女生面前说道。

“什么？”女生笑了笑，“最近没有地震啊。”

谭生点了点头，“的确，那都是因为我们相信正义的结果。”

谭生考上了公务员，几次出人意料的破格提拔令他平步青云，还有，他的妻子就是那天在考场外遇见的女生。

2.失魂的画家

林生从小就跟爷爷学画，林生认为他爷爷是世上最伟大的画家，但是这个世上好像只有他一人这么认为，连他老爸都常常抱怨自己老爸成天画的不是东西，林生的爷爷不以为然，他会笑着说，“当然，我画的是画，不是画东西。”

林生的爷爷生前没有卖出一幅画作，看上去他对此也抱以全然无所谓的态度，谁也没想到，爷爷在临死前烧掉了所有的画，他说他不想死后成名，这句话他是带着嘲讽的口气说的，他最后把一面镜子递到林生的手上，他让林生把耳朵对住他的嘴巴，把镜子的用途告诉了林生，然后他用画家最后的视线环顾病房，闭上眼睛，安然死去。

那一年林生 24 岁，刚刚从美术学院毕业，他没有去应聘任何工作，而是在城市里租了一间带窗户的小房间，就是他的卧室和画室。

林生的模特基本是自己的同学，房东和房客也都被他画过，他们都没有跟林生要过酬金，一来林生也给不起，二来当林生的模特并不费事，站上五分钟就可以搞定，而且不用脱衣服，只是画完后看不出画上的人物和模特之间有什么相似之处这点令他们有些失望。

“你画这样的东西，要模特干什么呀？”他的同学做完模特后总会这么问道。

“你就当我在画抽象画吧，每个人物都有不同的抽象，我画的就是那个东西。”林生总是这么回答，同学还有些困惑，不过他们知道这世上什么先锋画家都有的，就用一种宽容艺术家的表情理解了林生。

其实林生没有说实话，他画的是他们的灵魂，每次画画，林生都把一面镜子夹在画板和画布之间，把镜子的正面对准模特，那面镜子会收走模特的灵魂，此时画布上就会显现灵魂的样貌，林生其实只要描摹就行。

描摹灵魂也不是那么容易的事情，需要把颜料用得无比空灵和精确，然而林生从小和爷爷学的那一套运笔的手法就是专门描摹灵魂的，林生才明白爷爷烧掉画作的用意，自己和爷爷已经没有任何差别了，爷爷愿意让林生成为独一无二的灵魂画家，因此烧掉了自己的作品。

起初林生是有些害怕的，收走别人的灵魂，别人会不会生病，灵魂是在人体的哪个器官寄居？笛卡尔说是松果体，还有人说是在脊柱的骨髓当中，那么收走了灵魂，会不会影响智商，会不会内分泌失调，会不会得白血病？

难怪爷爷从来不用自己家人当模特呢，不，爷爷给自己画过一张，那是林生十岁的时候，死皮赖脸要爷爷给自己画一张画像，那张画十分正常，是用正常的手法画的，也就是说爷爷没有使用那面镜子，那幅画现在还挂在林生自己家里的卧室，爷爷根本不把那幅画当作自己的画作。

林生的心中充满了罪恶感，晚上常常做噩梦，梦见同学的灵魂来找自己算账，他后悔自己总是找同学做模特，但是不找同学他又没钱找别人，同学都被自己画过了，现在的模特都是在同学那边蹭的，同学总说顺便让你画五分钟又不费事，但是林生知道同学肯定是要多给模特一点钱的，同学们总是这么照顾自己，可是自己却收走了他们的灵魂。

还好同学们都没有生病，事业都发展得很好，他们班的同学成为这个城市的生力军，一个个年轻有为，开同学会的时候，酒店的停车场都被他们的名车占满了，还有大批的记者闻风而来，他们的同学会，就是青年艺术家的聚会。

混得最差的是林生，几年过去，他还住在那间小出租屋里，近百张作品无人问津，家里已经不给他经济支持，希望他赶紧回家做点有意义的工作，他们不希望家里又出一个神经兮兮的画家，林生还是坚持着，在同学那边借钱周转，混得最好的那个同学还帮忙联系画廊，给林生办了人生中第一次个人画展，林生精心挑选了30幅参展，结果一张画也没卖出去，有评论家来看过，都说笑掉了大牙。

那次画展刺痛了林生的心，他很绝望，夜深人静时抱着那面镜子饮泣，他仿佛看到了爷爷，爷爷笑着说，“这点打击算什么，看看我是怎么过来的吧。”

得不到社会的理解，林生更加坚定了信念，他不能认输，不能用别人的眼光来衡量自己，他相信这是最好的画，这个世上可曾有人直接画过灵魂？绝无仅有！塞尚说过，观看是想象的过程，林生明白，在这个缺乏想象力的世界，只有通俗明了的画才能被观看被理解，他当然随时可以选择平庸，但是选择了平庸，就对不起这面镜子，对不起灵魂，对不起艺术，对不起爷爷，也对不起自己。

这天同学又打电话来说有模特了，林生匆忙准备好工具就赶到了同学的画室，同学总是笑着说画板画布这边什么都有，不过林生总是坚持自己带上，因为画板里面得夹着镜子呀。

林生很快就看到了灵魂，林生并不担心别人看到自己画画，因为不知道的人会以为上面的灵魂是用铅笔先素描上去的轮廓，很快林生就画完了，他告辞先走，回到出租屋一看，林生吓傻了。

当他拆开画布的时候，看到了自己的脸，那张恐惧变形失魂落魄的脸，他居然把镜子对住了自己，居然把镜子给放反了，他刚才画的根本不是模特，而是自己的灵魂。

林生一屁股坐在地上发抖，身体确实没有什么异常感觉，如果不知道灵魂已经不在的话，的确一切都照常进行，但是林生知道，他知道自己也变成了没有灵魂的躯壳，他看着那张灵魂自画像，如同一缕缓缓消散的青烟，原来这就是自己的灵魂，也许这也是自己的命运。

林生坐在出租屋里吃了一个月泡面，足不出户靠在窗前发呆，同学叫他去画画他也不去了，他想自己该回家了，爷爷临终时告诫过，“保护好自己的灵魂，没有了灵魂，就用不了这个镜子，就画不出有灵魂的作品，就不应该再画画。”

林生的房租多付了一个月，他想最后再画一个月吧，画什么呢，就画爷爷吧，爷爷不是用正常的手法画过自己吗，自己也画一画爷爷吧，一个月时间，林生画了三幅，题名为“老艺术家”，想象爷爷在天堂作画的样子，在天堂爷爷不需要那面镜子，因为所有灵魂都已经脱离了肉体的遮蔽，三幅画充满了怀旧的气息，林生常常一边画一边哭泣，他对不起爷爷，对不起艺术，这是他的绝笔之作，当一个青年艺术家要告别艺术的时候，笔触之中自然就显现了超越时空的透彻。

林生把三幅画交给了一个同学，告诉他卖掉的钱都用来还钱，这些年在外闯荡，他欠了同学们将近两万，回到家后林生去培训班应聘当了老师，空闲的时候他也随便画上几幅，但是他从此不画人物了，曾经画过灵魂的画家，让他画看不到灵魂的人物实在是无比痛苦，林生从此画起了昆虫，主题是“变形记”。

一年后同学来了电话，“钱还清了，哈哈哈，林生啊，你他妈的早干什么去了，能画这么好的画，以前居然画那些乱七八糟的东西，《老艺术家》第一幅就卖了两万，在小圈子里一炮打响，第二幅卖了 20 万，老同学我卖画是有一套的，当然不能三幅一起出啦，第三幅你知道卖了多少吗，哇哈哈，200 万。”

当时林生正在自己的卧室，听着电话，看着墙上那幅爷爷的画，画上，十岁的林生傻乎乎地笑着，画下，林生泪流满面。

从此林生成了著名的画家，他的“变形记”系列卖出了更高的价钱，连之前无人问津笑掉大牙的灵魂画作也从此成了名画，他捐出自己所有的钱和画，再也不画画，他一切的努力是为了证明自己是对的，证明爷爷是对的，证明灵魂是有意义的，可是他发现自己无法做到。

林生是我们这个时代最能穿透灵魂的画家，他的早期作品展现了后印象派非凡的想象力，只是带着年轻气盛的用力过猛和哗众取宠，急于表现而流于表面，现在的作品关注现实，关注资本对人的异化，用高超的技巧、精确而空灵的线条、出神入化的色彩变化直击灵魂，只能用四个字形容，惊心动魄。——《精神艺术报》

从标新立异走向现实主义，从无病呻吟走向观看当下，从先锋到回归，从躯壳到灵魂，林生的蜕变可喜可贺，他的早期作品艺术成就不高，我们只挑选早期的两幅，重点欣赏他后期的灵魂画作。——《灵魂画报》

3.老唱片店

上初中的时候特别喜欢听歌，在那个阳光明媚又阴雨绵绵的年纪，许多的快乐和惆怅都需要在音乐中寻找出口和入口，青春简直就是一盘磁带，可惜的是这盘磁带不能快进也无法后退，只能尽力唱出自己喜欢的歌。

我有三个抽屉用来存放音乐，两个抽屉是磁带，一个抽屉是 CD，常常为了一首歌就可以买一张碟，尽管那张碟里的另外九首都已经有了，但是喜欢的歌曲必须得拥有，想到那首歌此时就在我的抽屉，绝不会觉得浪费了九首歌的钱。

因此那几年花了不少钱，然而有音乐的岁月是无价的，我基本都是在同一家唱片店买磁带和 CD，是那家某某唱片，说某某并不是不想说出唱片店的名字，而是唱片店的名字的确就是某某。

某某唱片的老板是一个女人，大概应该说女生，她比我大上五六岁吧，当年也就是 20 岁左右，她总是坐在一张真皮沙发上发呆，几年来一向如此，起初我并不认为她是老板，也许的确不是，老板是她老爸，因为偶尔还有一个中年男人坐在另一张真皮沙发上。

女老板的下巴很尖锐，的确可以用尖锐形容，被她那尖下巴撞一下的话说不定还能流血，她戴着一副白色的宽边框眼镜，那个年代这么戴的人不多，配上她的尖下巴，我总觉得她很像狐狸。

当然，她像狐狸还是像熊猫都不影响我买唱片，我在店里的时候她常常闭着眼睛，听着她自己放的音乐，我想当唱片店的老板还真不错，以后我有钱的话最好也开一家唱片店。

她很少说话，当然偶尔也是要说的，不过说出来的话通常又无关紧要，毕竟价格方面没什么好谈的，唱片店不是讨价还价的地方，我把找来的 CD 或者磁带给她，她接过后先放在桌上，然后掏出一个印有“某某”两字的塑料袋，我把钱拿出来放在桌上，她装好袋后交到我手上，记得她一边装袋一边跟我说过一句话，“明天天气还好吧。”

“应该还好。”我看了看门口刺眼的阳光。

“嗯，我想也是。”她把装有磁带的袋子给我，我接过。

初中毕业的暑假家里有了电脑，我开始在电脑上听歌，也许是新鲜感的缘故，我觉得电脑上的音乐好像更好听，还可以更换各种各样的播放器，播放器还可以改变皮肤，因此唱片店就去得少了，有一次路过时店里的音响正在播放《以父之名》，前奏里那段鬼叫般的女高音在那时听起来特别哀伤。

我走了进去，女老板依然戴着白色宽边框眼镜，其实也就几个月不见而已，当然不会有太大的变化，只是原来总是每周必见的，因此有阔别重逢的感觉。

我在一个个架子前徘徊，实在找不到一张想买的碟，当然有许多喜欢的歌曲，但是电脑上都可以下载，似乎没有必要买，当然买一张也未尝不可，总不好空手离开，但那段时间钱都用来买书了，那个暑假忽然冒出要当作家的天真想法，因此口袋里的确钱不多，总之，我什么都没买，三首歌播完，我就准备离开。

“等等。”她说道。

我看了看周围，的确店里只有我和她，因此的确是跟我说话。

“这边再坐一会儿好吗，听一首歌。”她指了指另一张真皮沙发。

我在沙发上坐好，她在CD机换了一张碟，音乐响起后我才放松身体靠在了靠背上，很好听的一首歌。

“如果有一天。”她说道。

“歌名吗？”

“是的，听得出来谁唱的？”

“梁静茹嘛。”我说道，笑了笑。

听完歌后就无话可说，我们都属于不会说话的类型，她没有继续播放下一首，休止了几十秒后我终于站起身。

“下次再来。”我想了想，很不自然地说道。

“好。”她笑了，我第一次看到她笑，看起来有些神经质，那么尖的下巴稍微圆润了一些，笑容让脸颊产生一些纹路，看起来更像狐狸了。

后来我们搬了家，到了另一个社区，加上高中和大学都在外地读书，因此再也没有去过某某唱片店，其实也没去过其他的唱片店，抽屉里的唱片也没拿出来放过，扔掉了一些，剩下的都是收藏品，想不到那一天就是和唱片店的诀别。

几天前却在朋友家里遇见那个唱片店的老板，她还是那么尖的下巴，这是当然，眼镜换成酒红色的宽边框，还是像一只狐狸。

“嘿，还记得我吧，某某唱片店哦。”她坐到我旁边说道。

“是啊，某某唱片店。”我笑道，说起来这家店在我生命中非常重要。

“知道你现在都在写小说，我在书店还看到过你的书。”她说道，她的声音和以前大不相同，我其实根本不记得她以前的声音，但是她以前那么慵懒的神情是完全不见了。

“书上是不是有两层灰尘。”

“为什么是两层？”

“那就一层好了。”我笑道。

“不会那样啦，你有没有把小说发在网上？”

“网络上不适合我那种小说发展。”我想了想，“其实哪里都不适合。”

“还有那样的小说？”

“是啊，对了，某某唱片店还在原来那个地方吗？”我话一出口就有些后悔，这个年头哪里还有唱片店，但是我的确太怀念它了。

她微笑着看着我，让我想起十年前她的另一个微笑，她还是那么瘦，似乎比以前更瘦。

“当然还在那里啦。”

“还在那里？”我有些激动。

“嗯。”她很肯定地点了点头。

隔天下午，我特意去了那条街，天上有火烧云在翻滚，吹来的风让我想起中学时代的夏天，下课时用复读机听过的音乐，周杰伦、五月天、蔡依林、梁静茹……似乎连他们也不一样了，似乎过去的一切是因为他们的改变而遥远。

“手工肉圆。”原本是某某唱片店的地方，是手工肉圆。

八度空间

也许爱在梦的另一端，无法存活在真实的空间。

——《回到过去》

专辑名:《八度空间》

歌手：周杰伦

发行时间: 2002 年

歌曲总数: 10 首，此文小标题皆为专辑内歌曲名，按原顺序依次写下。

1.半兽人

有一天，很多人现出了原型。

谁也没有想到，平时和蔼可亲的大妈会变成一只蟒蛇，平时温文尔雅的大叔变成了猛虎，平时温柔可爱的小文变成了一只巨大的蜘蛛。

木水四没有变形，他属于幸免的少数人。

地球变成了动物园，这是公元前 2015 年。

还没有变形的人们坐在一起开会。

“我们必须查明原因。”会议主席说道，摆出一张忧心忡忡的脸。

“是的，查明。”这个人刚刚说完话，忽然变成了一只巨型老鼠，事情总是来得这么突然，还好老鼠兄很懂礼貌，它立刻退席。

“是转基因技术出了差错。”木水四歪着个头，用手顶住太阳穴，他好像快睡着了。

“其实，所有人本来就是各种动物。”

“可是你的转基因技术剥掉了人的外形，大家是经历了几百万年才修出了这个形。”木水四腾空而起，原来他是一只秃鹰。

秃鹰没有老鼠那么礼貌，它用爪子抓住了会议主席的衣领。

一个人，一头鹰，飞过一座大山，穿过一片白云，消失不见。

2.半岛铁盒

鲁宾斯坦弹奏着肖邦的《夜曲》，每一个音符都敲进听者的脑袋，鲁宾斯坦当然知道我们什么时候会被塞满，所以他总能在我们爆头之前卸掉一些音乐。

小文在书架上看到一本名叫《半岛铁盒》的书，她踮着脚尖伸出手臂，恰好勾到了书的边缘。

“同学，这本书不能随便打开的哦。”木水三已经准备很久了，他在离小文不远的地方假装翻阅杂志，似乎是一本军事杂志。

“为什么不能随便打开？”小文看着木水三，她的眼神中居然没有一丝防备。

“相信我，你需要做好心理准备，这里面有一个暗号，是一个秃鹰和人的图案，如果看到了这个暗号，那么……”木水三有点编不下去了，他根本没有看过这本书，“那么，就要接受使命，是的，就是这样。”

小文笑了，从来没有听过这样的无稽之谈，她打开书的封面，“好重啊。”

“铁做的，不然怎么对得起这个书名。”木水三在一边思考该如何继续扯下去，怎么说也得把电话号码弄到手吧。

“啊！”小文尖叫一声，差点把铁盒掉在地上。

“怎么了？”木水三赶紧帮忙扶住了书本。

“你看，2015 页。”小文指着书本的右下角，“这明明就应该是第一页呀，怎么会这样，而且这个书最多也就 300 页。”

“不，你看，前面还有一个‘–’，是负数，负 2015 页。”

“‘–’出现在页码是很正常的，页码哪里有负数的。”

“页码的‘–’应该是数字的左右两边都有，这里却只是左边有，不正常哦。”

小文笑了，这有什么好一惊一乍的，出版社和读者开个玩笑而已，“我知道了，这个叫后现代文学。”

木水三也笑了，笑声有点冷，小文听不出他的笑声是什么意思，她随手往后翻过书页。

一个人一头鹰，就是这么一个图案。

“你看页码。”木水三全身发麻，他想起刚才自己说过的话，还想起刚才自己莫名其妙的笑。

“2015。”

3.暗号

1880 年的一天，爱迪生把一只芭蕉扇的边缘撕开，抽出一根普通的细丝，他将这根细丝碳化，制出了人类历史上第一个白热灯，竹丝灯。

1908 年，钨丝取代了竹丝，电灯正式在世界上大放异彩，爱迪生是伟大的发明家，可是他不是哲学家，更不是小说家。

木水二的偏头痛又开始发作了，他独自坐在摩天大楼的天台边，望着城市的一片灯海发呆发愁。

时空由光组成，我们的世界，就像投影仪的画面被投放在屏幕上，只是一些光而已。

爱迪生每天工作 19 个小时，不辞辛苦发明了电灯，他知道电灯将改变世界，可是他没想到会改变得这么彻底。

远处摩天楼的灯塔向天空扫射着蓝色和绿色的光芒，将夜晚切成满天碎片，那灯塔就像一个摇头晃脑的巨人，木水二的头更痛了，他真想变成一只秃鹰，飞过去和灯塔决一死战。

“明天早上，地球就要脱离轨道了，因为地球本身发出太多不正常的光，可是所有人还在浑浑噩噩歌舞升平。”木水二只恨自己先知先觉，为什么要先知先觉？有什么意义吗？能改变什么吗？

木水二感到绝望，蓝色和绿色的光芒在引诱着他，用仇恨做成诱饵，终于，木水二向前跳去。

30层的高度，足够木水二完成一个飞翔的梦想，不，他真的飞起来了，他变成了一只秃鹰。

世界上所有的山谷都振动了，无数的煽动飞出无数的秃鹰。

木水二的变形是一个暗号，或者，木水二的跳楼是一个暗号，或者，木水二的偏头痛是一个暗号，或者，木水二这个名字就是一个暗号，或者，木水二的出生就是一个暗号，他的身体，他的面貌，他说话的语调，他脑袋里的各种胡思乱想，他喜欢穿的衣服、他喜欢的球队、他暗恋的女孩，就是说，他的一切都仅仅是一个暗号。

总之，发出了暗号，所有的城市的摩天楼的灯塔都被秃鹰破坏了，秃鹰们战胜了那些摇头晃脑的巨人，秃鹰们拯救了世界。

清晨，人们依然看到太阳从东方升起，只是路上广场上平房的屋顶上，多了一些秃鹰的尸体，木水二瘫倒在公园的长椅上，他的偏头痛还有一些，现在最不舒服的便是全身酸痛了。

4.龙拳

他们是颓废的一代。

他们成天抱着破木吉他在地下室尖叫，他们一共五个人，所以一个针管要给五个人使用，每个人只能推进五分之一的冰毒。

木水一是他们的老师，说起来木水一也才二十几岁，不过当这几个中学生的老师已经可以了。

做老师的关键不是年纪要比学生老，主要在本事，不过木水一并没有本事，还好中学生要学的是颓废，木水一是很颓废的。

这个颓废首先体现在外表，头发当然很长，衣服和裤子当然很破，口袋里当然不能塞手机，钱包里当然什么都没有，花钱一定用现金。

木水一上课还用教材，教材只有老师有，就是一本杰克凯鲁亚克的《在路上》，这书前些年还拍成电影，网络上还有完整版与和谐版两种。

“生活就像一条被摩托车碾过的死狗。”这是木水一的开场白，这句话《在路上》里面没有，木水一忘了是从哪一本书里看来的，“一次一次一次地碾过，碾过的瞬间死狗会动弹一下，可是不要就以为它活了。”

“生活就像一条被摩托车碾过的死狗。”五个中学生不整齐地喊一遍，上课前和老师打个招呼。

“今天讲小说的写法，什么是颓废的写法？”木水一随手翻到讲偷车贼的一章，于是他说，“就像偷车一个样。”

“偷车是什么样？”一个学生问道。

“嗯？嗯。”木水一抓着头发随便思考了一下，“是这样的，就是，你要让读者就像车被偷了一样，什么样呢？他会到处看看，认为自己肯定是把车停在了别的什么地方，当然他找不到，后来他可能会觉得自己根本没有开车出门，当然，当他回家还是没看到自己的车时，他就当自己从来没有车好了。”

“不明白，你能不能把两者关系扯近一点儿。”

“悟性太差了，总而言之，就是不能给读者留下什么，还要带走读者原本的，这就是颓废。”

木水一对自己的扯淡很满意，他开始给学生发冰毒，这些学生之所以爱戴他，全是因为免费的冰毒。

木水一其实根本没有钱买这么多冰毒，还免费提供给学生，其实针管里都是葡萄糖，反正这五个学生都没打过真的，所以假的就是真的。

木水一发现这五个学生的时候他们正在流浪，13 岁出门远行，从山里跑出来，他们不愿意回去，说是来寻找自由，可是举目四望，哪里有自由这个鬼东西。

木水一给他们饭吃，给他们补充葡萄糖，给他们上课，木水一想，颓废的一代也得培养下一代呀。

等他们长大一些，就可以不管他们了，木水一之所以要管他们，是怕他们被挖了器官，他听说有些人专门做这种器官生意。

木水一记忆力不怎么好，所以他在那本教材的最后写着一句话，“离开他们的时候，告诉他们冰毒是假的，颓废是假的。”

龙拳呢？龙拳是木水一的摩托车，前段时间被偷了，那天他开摩托车去超市买黄瓜，摩托车没有锁，结果出来就找不到摩托车了，他以为自己把车停在别的什么地方，可是到处都没有，于是他握着一根黄瓜走回了地下室，就当自己从来没有摩托车好了。

5.火车叨位去

木水二从长椅上爬起来的时候，正好看见了小文。

木水二滚到了地上，然后站了起来，他觉得自己要散架了，昨天夜里他作为一只秃鹰在空中盘旋，绕了地球一圈。

他觉得自己飞了十年，其实只是一夜，最后他一头撞在一面玻璃墙上，回到了原点，打回了人形。

卡夫卡说一个笼子在等待一只鸟，木水二觉得，一面玻璃墙在等待一只秃鹰。

小文已经快走远了，木水二忍痛跟了上去。

木水二只是看见她的背影，至于她长着怎样的一张脸并不知晓。

木水二觉得自己喜欢上她了，喜欢一个人，有时候只是因为一个人的名字，有时候只是因为一个人的一个动作，有时候只是因为头发恰好被风吹出的弧度，总之，就是一个暗号和另一个暗号对上了。

木水二觉得小文和其他人有点什么不同，当然，每个人都和每个人有点不同，但是小文的不同超过了人类的极限，她所走过的路好像都留下一根细丝，无形的丝，照此推论，最后岂不是要织出一张无形的网。

木水二在她的丝上行走着，他忽然想起有首歌叫《丝路》。

该不该走到她前面去？看一眼她的芳容，也让她看一看自己，可是想到自己会被看到，木水二放弃了，没有被看到，就不会在她的世界里存在，在别人的世界里存在是一件尴尬的事，因为自己只有一个，却还要分一部分到别人的脑中，当然，木水二也许是太自恋了，人家未必会注意到他，即使注意到了，一秒钟后就立刻忘记，即使他的存在超过了一秒，或许他还哗众取宠地做出一些令人惊讶的行为，可是那又怎样？也许晚上小文和朋友聊天时会说一个有关木水二的笑话，一个笑话而已，隔天就忘了。

木水二跟着小文来到了火车站，他这才注意到她的手中握着一张火车票。

小文忽然站住了，站在火车站的门前，火车站有20个门，这个门是10号。

看样子，小文在思考着什么，木水二只好站在她身后三米远的地方，他抽出一根烟，点上。

无数人在进出10号门，可是没有人从小文和木水二之间穿过，这仿佛是三米禁区，禁区的气氛剑拔弩张，香消玉殒，兵戎相见。

“为什么你也在这里？”小文回头问道。

木水二觉得自己又撞在玻璃墙上了，偏头痛又发作起来，一不小心把烟头吞进了胃里，灼痛从胸口缓缓穿过。

十年之前，十年之后，绕了地球一圈，同一面玻璃墙，一个鸟笼在等待一只鸟，一面玻璃墙在等待一只秃鹰。

“对了，今天天气不错。”木水二傻笑着，嘴巴冒着烟。

“嗯，乌云密布，快下雨了吧。”

“火车叨位去？”木水二后悔自己问了这个问题，问她火车要去哪里，意思不就是让她赶紧走吗。

“嗯，是的，我赶时间。”小文挥了挥手，“火车去另一个空间，说不好是哪里，拜拜。”

“拜拜。”木水二转身就走，他觉得自己应该上一趟医院，十年前，木水二死皮赖脸跟在小文后面，想知道她家住在哪里，小文到家的时候对他挥了挥手，就像刚才那样，挥了挥手。

那时候，没有一列准备开走的火车，这时候，火车就要开走了。

6.分裂

书店的音乐换成了理查德克莱德曼，是一首《星空》。

“使命。”木水三认真地看着小文的眼睛。

“什么？小无赖，我没时间和你开玩笑。”小文横了木水三一眼。

木水三没想到事态会急转直下，他只好傻笑，“其实，我是一个画家，我想，请你当模特。”

小文更生气了，她气得发抖，因为她听说当绘画模特基本上意味着脱衣服，于是，小文举起手里的《半岛铁盒》，手起书落，木水三便躺在了地上。

当木水三从恍惚中醒来时，小文已经不在，空气中依然弥漫着《星空》的音符，想来自己没有晕过去太久。

“我真的是一个画家。”木水三自言自语地爬起来，四周的人们都斜眼偷看着他，在书本的掩护下偷笑。

木水三摇摇晃晃地走出书店，他明白这个世界始终对艺术家保持着误解，所以他不以为然，他走到一家小超市的门前，发现了自己的摩托车。

这摩托车是半年前丢的，如今不期而遇，真是一见如故。

木水三站在摩托车前发呆，回忆着以前骑着它的岁月，他曾经用这辆摩托车载过多少模特呀，模特中，有卖甘蔗的大妈，有眼镜店里的老兄，有戴假发的乞丐，自从没有了摩托车，木水三就没有模特了，木水三心想，如果刚才自己有摩托车的话，小文一定会和自己走的。

于是木水三跨上了摩托车，他从口袋里掏出车钥匙，为什么口袋里有钥匙，因为牛仔裤半年没有换了，为什么这把车钥匙依然可以开走这辆摩托车，因为这辆摩托车是木水一的。

木水三骑着摩托车回到家里，他觉得自己载回了一个模特，他从来没有载过这么漂亮的模特。

木水三请模特坐在一把露出铁钉的木凳上，然后摆开了画布，调开了颜料。

“不，不需要脱衣服。”

“是的，我可以隔着衣服画出灵魂的美丽。”

“哦，不，是你美丽的灵魂包藏不住。”

木水三开始画了，屏住呼吸，二氧化碳飘浮在天花板上，氧气沉淀在模特的睫毛之间，她眨了眨眼，木水三瘫倒在时空的边缘。

模特走了，一个美丽的灵魂定格在木水三的世界里，在以后的无数个平淡日子里，木水三会在清晨给她一个微笑，会在午后用口琴为她吹一首《同桌的你》，会在黄昏陪她吃饭，会在夜晚给她讲《一千零一夜》的故事。

她在他的世界里长生不老；他在她的书柜里留下一本被迫买下的、封面破损的《半岛铁盒》。

有一天，木水三正津津有味地对画布上的她讲童年的趣事，忽然，模特来了。

没有敲门，不需要开门，而是直接走到了他的身边，站在他的面前。

“你觉得你分裂了？”

“可是，她只是存在于画布。”

“你的生命不够完整？因为有一部分被我偷了？”

“怎么能说偷呢！”

“你说我分裂了？没有，没有，我没有分裂！”

“好吧，我知道错了，那，你带走吧……”

7.爷爷泡的茶

南方有佳木，那么，北方呢?

如果没有北方的凛冽寒风，又怎么能体会佳木的苦涩呢。

木水四一壶一壶地喝着茶，把开水倒入茶壶，然后把茶倒入口中。

他已经喝了一天了，水还在烧着。

“小朋友，在这里干吗?”一个老人坐到了他的面前。

“啊?没干吗。”

“能不能聊聊天?”

“随便啊。”

“你这么喝茶，不觉得烫吗?”

“自从木水二吞下了烟头，我就感觉不到热度了。”

“木水三偷了木水一的摩托车，木水二烫伤了木水四的消化系统，怎么会这样。”

“你说错了吧，是木水一先偷了木水三的摩托车。”

“我们无法回答先后的问题，比如是先有鸡还是先有蛋，所以我们不能确定是谁偷了谁的摩托车。”

“比如现在是西元前2015，还是西元后2015，我也搞不太清楚，我所知道的，就是爱在西元前，不在西元后。”

“反正都一样，先后只是错觉，是一种偏见，轨道是圆的，向前走就是向后走。”

“嗯。”

“你干吗一直喝茶?”

“因为苦闷。”

“为什么不喝酒?”

“喝酒是一种损失，喝茶不会失去什么，当茶喝完的时候，再倒入开水，开水又会变成茶。”

“很神奇，就像人类一样。”

“人类？”

“一代人死了，把开水倒进去，又一代人来了。”

“茶在三泡以后就变味了。”

“人也在变。”

“据说十泡以后，茶水就有不好的成分出现了。”

“哈哈。”

“怎么办呢？”

老人拿过木水四的茶壶，打开盖子，倒掉里面已经泡烂的茶叶，然后从一边的铁罐里掏出一包新的，撕开，把茶叶倒入茶壶，老人抬头看了看木水四。

“就这么简单？”

“就这么简单。”

8.回到过去

“……也许爱在梦的另一端，无法存活在真实的空间……”

9.米兰的小铁匠

木水一没有结婚，这是预料之中的事情，结果他有时候会去红灯区休闲一下，这有点出乎我们的意料，不过也在情理之中。

这天木水一往口袋里面塞了一张百元钞，就来到了一家休闲会所，这里是他常来的一家，老板已经有点熟了，不过这次他一进门就觉得不对劲。

该不是被扫黄了吧？木水一心想，因为这次没有热情的美眉来接待，却是一个忍俊不禁的男人。

按照以前的程序，他可以先挑选一下工作人员，不过照现在的情况看，他只能跟着这个男人进房间了，估计要给他强制安排一个，也许现在只有一个工作人员处于空闲状态也未可知，其实不能挑工作人员也没关系，本来就没什么好挑的，只要不是和这个男人工作就行。

木水一没有想到，他今天要栽在一张床上，他一进门就被另外两个男人控制了，于是他被掀开了外衣，切开了表皮，在他的背后，永远留下了两个空洞。

木水一的一个肾最后安装在一个少女的左腰上，拯救了她；另一个肾被安装在一位富婆的右腰上，也许木水一的肾知道木水一不喜欢与富婆同在，所以产生了排异反应，富婆后来只好换了别人的肾。

当木水一重新站起来的时候，他觉得过去与未来折叠在了一起，如同一个磁带里的歌词本，如同一个卫生间里的滚筒卫生纸，他没有觉得后悔，没有觉得怅然，他只是想，就当自己从来没有肾好了。

木水一走在了路上，他没有回地下室，没有去拿那本《在路上》，因为他觉得自己对不起那五个学生。

木水一走进书店，他买了一本村上龙的《无限近似透明的蓝》，他把100块递给书店的服务员，服务员找回他71块，还递给他另一本叫《星期八》的小说。

“这是赠品。”她说。

木水一翻开那本赠品，看到他常常说的一句话，生活就像一条被摩托车碾过的死狗。

木水一走向远方，把一本书献给了天空，把一本书献给了大地，把71块送给一个街边卖唱的小弟。

木水一来到了意大利，就如同马可·波罗来到了中国。

亚平宁半岛的这个国家，是地球上最闪耀的宝石，在这里，但丁打开了文艺复兴的大门；帕格尼尼用24首随想曲切割了头壳的内容，用小提琴划分出大脑、中脑、小脑、间脑、脑桥和延髓，再将大脑的额叶小心地切下，仿佛切下一块豆腐；达·芬奇在笔记本上演算着《蒙娜丽莎》所需要的各种颜料，红色24g，绿色27g……他将各种颜料放在一个个天平上，不允许色彩的重量有一丝偏差；卡尔维诺趴在拉开窗帘的窗前，写着一个只有盔甲，没有身体的骑士，写着一个被炮弹炸成两半，这两半却各自生活的子爵，写着一个一辈子生活在树上，年老时被热气球带走的男爵；巴里科让1900降生在一艘船上，然后弹钢琴，弹了一生，没有下过陆地和地狱，1900说，他的陆地在世界的某处，在一个北方男人的歌声里。

就是这么一块土地，非常适合木水一，他在这里生根发芽，蔚然成荫。

木水一在巴洛克建筑的街道徜徉，走过一家家烟雾缭绕的酒馆，他在米兰的陋巷里，闻到了烟火的气息，一个小铁匠在火炉前弹琴，弗拉门戈的舞曲。

"哈哈，欢迎光临。"小铁匠的脸蛋通红，蓝色的大眼睛像地中海一样不着边际。

"嘿嘿嘿。"木水一苍老地笑了，他坐在小铁匠的身边。

"我等你们很久了，你要的莫邪剑立刻要成了。"小铁匠一直没有停下吉他的声音，仿佛这就是他打铁的利器。

"谢谢你。"木水一看着熊熊燃烧的火焰，无法聚焦视力的中点。

"木水一、木水二、木水三、木水四，哈哈，帕格尼尼的四根手指，一只可以同时按住四个八度音的魔手。"

"一般人可以按住几个？"

"一个或两个吧，想按住四根琴弦的八度，食指和小指之间需要拉开20厘米的间隔，太难了。"

"哦，还好吧。"木水一叹一口气，"帕格尼尼的200首吉他曲你会弹几首？"

"我把200首合成了一首。"小铁匠微笑着，自豪地握着琴头。

"这曲子叫什么？"

"《莫邪》。"

说完，小铁匠跳入火炉，炙热的火焰，将一切燃烧成灰烬。

只留下一把寒冷的，刃。

10.最后的战役

黄昏，漂浮着熊熊燃烧的云，不过天知道，那些云都是冰做的。

四只秃鹰站在圣彼得大教堂的屋顶，这是四只大秃鹰，身高175cm，体重60kg，木水一略轻，因为肾脏的重量是150g。

“这圣彼得大教堂是谁设计的来着？”木水二问道。

“米开朗琪罗。”木水三回答。

“你们会不会觉得，这屋顶很像什么？”木水二继续问道。

“不知道，你说说看。”木水一说道。

“乳房。”木水二像个孩子一样开心，手舞足蹈。

“你们看，她在那里。”木水四说道，指着金色的天空。

小文坐在那里，坐在一片虚空之中，她的长发轻轻飘扬，她冷冷地看着前方，她的眼中没有那四只秃鹰，没有圣彼得大教堂，没有梵蒂冈没有亚平宁没有欧罗巴没有这世界所有的陆地，只有，一抹残云。

她想到了什么？想到了童年的泪水，想到了少年的失眠，想到第一次考100分时的自豪，想到宣纸上一抹沾上太多水的荷叶，想到下雨天飞翔的纸飞机，想到他傻傻地看着自己，想到那些在台上唱过的歌，想到时光的余温，想到被延后的过去，被提前的未来。

“哎呀，你们三个。”木水一只能叹息，这二、三、四一看见小文就傻了，“我告诉你们，一张无形的网已经捞住了这个星球，绳头就在她的手上，她就要带走这个世界。”

“那又怎样？给她好了。”二三四同时说道。

木水一拿出了莫邪，在虚无中挥出虚空的一剑，在虚空中划断虚无的网线。

什么都没有变，看上去，什么都没有变，是小说要结尾了，是那个网破了，是那个时间在那个空间崩塌了，是那个空间在那个时间静止了。

帕格尼尼还是没有戒掉赌博的恶习，他连小提琴都输出去了，没有了小提琴，那四个手指还存在吗?

在的在的，哈哈哈哈，木水一在某个城市的钢筋水泥中写着网络小说，木水二做起了电工，修理那些常常被秃鹰破坏的灯塔，木水三当然还是画家，不过他最近不需要模特，他向达·芬奇学习，每天画不同的鸡蛋，最后让同一个鸡蛋展现不同的微笑，木水四是音乐家，出了一张专辑，结果别人都说他在模仿，他一气之下就封喉了。

小文呢?这，这个，这个是不能说的秘密。

九个太阳

“只能给你 20 秒的时间哦。”

我看着聊天版上的文字，不知道该喜还是该忧，这 20 秒里我可以做任何事情，但是不能走出火车站，于是我选择了拥抱。

“你想对我做什么？”

“拥抱。”

“哦？为什么是拥抱。”

“这里面很复杂，你真的有兴趣了解吗？”

“你说说看，毕竟要抱的人是我。”

“因为拥抱的性质会因为时间而改变，一秒钟的拥抱是友情，五秒钟的拥抱可能是深厚的友情，20 秒的拥抱，一定是爱情。”

“好吧，拥抱，20 秒。”

她的名字叫萍，也许是名字的缘故，她喜欢这种 20 秒的游戏，萍水相逢，感受剧烈的快感，太短暂，然后开始发酵伤感，20 年后的某一天忽然想起，还要让人怅然，名字是每个人最好的注解，不由自主地就用名字来演绎自己的人生，她不会伤感，因为她是萍，而我，是以恒。

第一次看到她的时候，她正在读我写的小说，那是一本文学院的文学刊物，我虽然是心理学专业，也写了一篇去投稿，想不到真的发表了，由于是第一期，他们文学院举办了一个发布会，我就是在那个发布会上遇到了萍。

那篇小说讲一个关于催眠的爱情凶杀案，一对情侣之间出现了一个挖墙脚的男生，女孩对墙脚男若即若离当断不断，男生非常生气，他认为女生是在找备胎，于是男生用出了催眠术，他把女生催眠，女生在意识的世界里看到墙脚男在公交车上伸出咸猪手，性侵一个60岁老太太，用这种方法来给女生留下恶心的印象，催眠后两小时，他们得到消息，墙脚男因为性侵一个女高中生被叫进了派出所，女生却没有因此远离墙脚男，男生继续催眠，奇怪的是，每次催眠都能变成现实，虽然有所出入，他让墙脚男成了小偷，被关在超市，成了暴力狂，忽然对食堂的阿姨扇一耳光，最后他要让墙脚男成为杀人犯，让他永远离开女生，离开这个世界，那天他们在小树林的长椅上，男生用催眠的语言小心地给她描绘着恐怖的画面，墙角男动手了，一块砖头砸在男生的后脑勺，他死了，凶手正是墙脚男。

就是这样一篇小说，我注意到她很认真地看着，我坐在她身边，等她看完，我问她，“觉得这篇写得怎么样？”

她笑了，窗外的阳光十分明媚，“挺好的，就是太惨了，那女生醒来之后怎么办呀。”

“哦？是啊，女生会怎么样呢，我确实没想过这个问题。”我十分佩服地看着她。

“该不会，作者是你吧？”她睁着大眼睛看着我。

“是啊是啊。”我傻笑着，我知道了她的名字，她的手机和QQ，她不在长春上学，在北京，她这次是来长春找她的高中同学，她的高中同学是那个刊物的副主编，所以她才来参加了发布会。

我无可救药地爱上了她，从30度的夏天走到零下30度的冬天，再经过一个带有情人节的春天，一年，365天，我得到了一个20秒的拥抱。

想到她，我就想到一个白雪皑皑的冬天，全身发冷，头脑却还是热的，她身边有许多男生，随便出个门都有人来问电话，有一个男生总是陪她跑步，有一个男生没事就请她看电影，有一个男生无论什么节日都送她一盒巧克力，还有更多，只是没有告诉我。

20秒，可以是一个终结，也可以是一个开始，她喜欢萍水相逢，我喜欢持之以恒，于是我找到了我的研究生导师。

“哈哈，以恒啊，你也有今天。”教授幸灾乐祸地看着我。

“怎么办？”

“你想怎么办？”

“让 20 秒成为永恒。”

“你很有野心。”教授严肃地看着我。

“我真的爱上了她。”我尴尬地低下头，整个脸充血严重，“老师，给我一个救赎的方法。”

“那就，梨花落木吧。”

“什么是梨花落木？”

“用眨眼的方法将对方催眠，这招最能超越时间，动作要领，眨眼的频率需要稳定，一秒钟眨眼 5 次，你如果能更快当然好，但是要知道每秒的眨眼次数必须相同，眼神需要深邃，否则她会以为你眼皮在跳财或是跳灾，她会笑的，她如果笑了，你就完了。”

“那我得好好练习。”我兴奋地笑了，站起身准备离开。

“想速成的话，贴着镜子练，但是也要小心，贴着镜子眨眼 1000 遍，你会看到一个陌生人，然后那个陌生人会尝试把你催眠。”教授认真地看着我，挥了挥手，转过脸去喝茶。

我开始了练习，一秒眨眼 5 遍并不难，难的是每一秒都是 5 遍，5 秒之后眼皮就开始麻木了，我揉一揉眉头，又继续对着镜子疯狂眨眼，哪里需要 1000 遍，眨眼超过 100 遍，我就觉得镜子里的人越来越陌生，那是我的眼睛吗？它冷冷地看着我，看透了我，它只是眼睛，眼睛后面没有视神经，没有大脑，是镜子背后的一片虚空，它开始深邃了，来得越来越早，100 遍的时候，50 遍的时候，10 遍的时候，终于，在火车即将开动的那一天清晨，我觉得我不需要眨眼也有深邃的眼神，我似乎不再是我，我可以在我之外看着我，我和这个世界有了距离，是超离是超脱，所有的紧张都烟消云散，在我眼睛的背后什么都没有，只剩下一片虚空。

23 点 13 分，我在长春站登上了火车，9 个小时后我会在北京站看到萍，票是硬卧，爬到上铺，我又拿出镜子看了最后一眼，那一眼，我确定自己已经不需要练习了，我一定会成功，只是我已经没有爱情的感觉，那 20 秒的拥抱是为了什么，为了实现一个挑战，只是挑战，挑战时间，挑战那设定时间的神。

睡过一觉，摇摇晃晃，调整好状态，萍看了一眼时间，我抱住了她，天气很热，她穿得很薄，抱得太紧，呼吸困难，轻轻松开，胸口潮湿，风透入，蒸发了汗水，传来凉意，又重新抱紧，周围人群涌动，高跟鞋和行李箱不断从身边经过，时间已经过去了 10 秒，我深吸一口气，推开她的肩膀，她仰起脸，询问地看我。

她的眼一眨不眨，温柔地，看着我的一切，让我看到一切，我眨了 50 次，我知道，10 秒用完了，20 秒已经到时，她没有动，因为她的时间已经停止，我继续梨花落木，如果停下眨眼，我的北京之行就要落幕，我就要和她告别，我不能和她告别。

我只能看着她的眼睛，我一秒也不能离开她的眼睛，她的眼睛里有一面镜子，我在那里，看到了自己，又看到了一个陌生人。

我已经眨眼 1000 遍了吗？这么说，时间已经被我延长到了 200 秒，陌生人看着我，这是我第一次看到他，他在对我眨眼，我停不下眨眼，我也不想停下，我不再知道时间，我看到了太阳，我坐在悬崖之上，我身边坐着萍，太阳有 10 个，并不热，像油画一样泛着红色的光，悬崖下是广袤的原野，没有山比我们更高，没有风，没有摇曳的野草，太阳不下落，不升高。

我没有说话，萍没有说话，我不爱她，她不爱我，永恒的世界里没有爱情，永恒的世界里什么都没有，我知道我正在面临永恒，身后传来大石头滚动的声音，还有石头后面艰难的脚步。

只有这个石头在动，整个世界，她一直看着太阳，温柔的眼神因为没有变化而变得可怕，有一个男人从石头背后闪出，是一个坚强的老人，看得出来他曾经习惯于发号施令，看得出来他已经失去了发号施令的权力。

大石头滚下山坡，速度之慢和推上来时相同，老人没有说话，不需要说话，我已经知道他是谁，他名叫西西弗斯，因为绑架死神被判处终身监禁，众神想出一个最折磨人的酷刑，让这位曾经的国王每天推一个大石头上山，石头到达山顶后又会滚回山底，然后国王重新推石头上山，滚回，推上，滚回，如此重复，就像频率相同的眨眼，就像一个人类。

老人给了我一张弓和9支箭，我伸出手接过，泪水不停地流出，因为感激，因为疲惫，我不停地流泪，我诧异这个感激和疲惫，感激和疲惫是人的感情，疲惫是永恒最大的解药，我有救了，我有了力量，泪眼蒙眬，太阳显得更大了一些，开始刺眼，我拉弓射箭，鲜血染红整个世界，洪水滔天，悬崖不见，鲜血凝结，化成红土，一个新的星球出现，只有一个太阳，夕阳西下，直到黑夜。

眼前有亮光横空闪现，我站在铁路边，一辆火车正在缓缓入站，车灯温馨，像一双人间的眼睛，我掏出手机一看，现在是23点12分，再过9个小时就可以见到萍。

我会在早晨8点看到她，或许我真的已经见过她了，距离见到萍已经过去了15小时，可是我还记得日期，应该还没见过萍才是，我的胸口汗水淋漓，我确实已经抱过了她，那不是幻觉，绝对不是。

“大哥，这里是哪里？”我轻轻碰了碰一个中年男人的手臂。

“什么？”

“是长春，还是北京？”

“长春。”大哥没好气地说道，“这孩儿干啥了！”

原来我确实还没有出发，冷汗从额头上流下，见到萍，我一定不用梨花落木了，萍是对的，爱情不能永恒，其实，生命也是。

进了火车，爬到上铺，准备睡觉，手机有短信收到，是教授发来的，“在长春吧？”

“是的，刚上车。”我回复道。

“还好还好，你刚才出差错了，回得来就好。”

我想起了那个西西弗斯，很面熟，原来那是我的老师。

“老师，到底发生了什么？”

“没料到那个女生戴着隐形眼镜，有镜子的效果，还好我刚才跟你一起去了趟北京。”

节拍

1

不知道有多少场雨只落到了一半，雨滴在空中飞舞，因为各种不可测的原因消失殆尽，它们甚至不能被称为雨，因为它无声无息，只要它没有到达地面，它应该是无声无息无疑。

它有没有声息其实并不重要，画面里看不出声音，也许有些画家喜欢一边画画一边说话，我是沉默的，我不是画家，我用数位板和压感笔画画，用 Painter 做后期，按照公司委派的任务来画，如果不是任务，我绝不会闲着没事画什么画，由于画过一组血腥场面，我的儿子被判给了前妻，对方律师说我是一个暴力狂，孩子跟着我一定学坏，甚至有生命危险，他们不懂生活的艰辛，不懂工作的无奈，装作不懂。

我不相信欣赏画作的人会听到画里的声响，压感笔利用电磁感应勾勒线条，喷涂色彩，笔尖不需要和世上的什么发生摩擦，不需要任何颜料，安静地运动着，常常会有虚幻的错觉，一切都是无声的，所以我画一场噼里啪啦的暴雨也好，画一场太阳雨也好，在声音方面都一样，我只需要注意水面的涟漪，注意树叶的摆动，注意色彩的亮度。

何况我画的，是一场消失在半空的雨。

2

一棵老龙眼树平地而起，宛如伸了一个懒腰，它有 5 米多高，退休还乡的侯伯前两年就摔死在这棵树下，他压断了一根形似烟雾的枝干，不巧头部着地，手里还抓着一把龙眼枝，现在没有人再爬这棵不祥的老龙眼树，它枝叶繁茂，像活了800岁的彭祖一样奸诈地笑着。

草照着怪圈的形状生长，一只灰黑色的老鼠从地下冒出，它跑了几步之后就迷了路，俨然一个地下艺术家刚刚见光，它睁大了眼睛，不敢相信向上走会向下，向下走会向上，不过还好，它找到一块松软的土壤，泥土飞溅地打出一条地道，它现在还留给世界一个臀部，很快它就可以彻底逃离。

天空灰蒙蒙，好像一场雨就要下落，20岁的林光辉骑着复古摩托车，后座载着10岁的张天明，张天明的口袋里有一张100元的假钞，是林光辉给他的，张天明要用这张假钞去买一瓶可乐，可乐归张天明，找来的零钱归林光辉。

林光辉的摩托车经过了他的院子，他还在他的院子里制造他那个该死的节拍器，他已经换了许多种材料，不锈钢，铁，生锈的铁，桃木，槐木，硬纸板，塑料，他现在用纸，一个可笑的决定，所有知道他用纸做节拍器的人都笑了，林光辉对他喊道，“有声音了吗，有声音了吗？”

后座的张天明也笑了，如同电影院里放的那些喜剧片一样，搞笑的节拍器让张天明释放了点压力，他现在压力很大，他才10岁，就要去做一笔价值100元的生意，还关系到一瓶5元钱的可乐，张天明喜欢喝可乐。

世上第一台节拍器出现于1696年，由法国人卢列发明，1816年，奥地利人J.N.梅尔策尔发明出了一台真正好用的节拍器，它长得像一个金字塔，内部是时钟结构，有齿轮和发条，带动一个摆杆，摆杆每次摆动结束时会发出尖锐的滴答声，音乐家们挺满意，至少贝多芬很高兴，他为梅尔策尔节拍器写了一首卡农曲，《嗒嗒嗒，亲爱的梅尔策尔》。

每个学习钢琴的小孩都有一个节拍器，黄色的，蓝色的，红色的，粉红色的……有可爱的，庄严的，华丽的……上面有各种刻度，grave40，andanet72，allegro130……节拍器可以规范速度规范节奏，善于使用节拍器的孩子会把钢琴学得更好，善于突破节拍器的钢琴家可以演奏得更加出神入化。

张天明一直把头扭向左边，林光辉背上的汗臭味实在不好闻，天空阴云密布，但是天边还是明亮的，那一片明亮的远方值得一个小男孩憧憬，林光辉盯着前方的道路，他只关心天会不会下雨，他没有带雨衣，应该不会下吧，说好了不会下雨的，说好了这是一场消失在半空的雨。

他们来到镇上，林光辉的摩托车停在一家小卖部的附近，他不想被人知道张天明的假钞和他有关，林光辉叼起了一根烟，他的嘴巴歪向左边，所以他把香烟含在右边，他的头发是向左梳的，因为他左边额头上有一道伤疤，那伤疤并不意味着他曾经和人械斗，是一个理发店的学徒不小心刮的。

张天明天生有一张自以为是的脸，圆滚滚的小平头很可爱，他快步走向小卖部，小卖部的主人是一个老太太，老太太正在和另一个老太太讨论六合彩，张天明指着架子上的一瓶可乐，他的手指在发抖，那可乐就像一枚蓄势待发的导弹。

老太太暂停玄学研究，双手为张天明抱来了可乐，看着导弹离自己越来越近，张天明紧张得说不出话，他也不需要说话，忽然想起什么似的把手插进了口袋，掏出了一张百元大钞。

“哎呦，好大一张。”老太太接过钞票，怀疑地把钱举向天空，由于天空是灰色的，她有点把握不准，只是觉得头像上的表情有点诡异，却又说不出诡异在什么地方，老太太身边的老太太没有说话，出神地看着前方，仿佛在微尘弥漫的世界里寻找着金钱的方向。

“你去别家买吧。”老太太把钱还给了张天明，张天明伸出发抖的手接过钞票，他没有问为什么，他以为老太太已经看出了猫腻，张天明转身要跑，那个正在出神的老太太忽然抓住了他的胳膊。

“你几岁？”老太太问道。

“啊！”张天明准备开始大哭，他相信只要自己一哭，哭得够悲惨，那么谁都会原谅他的。

“就是问一下你几岁啦。”老太太装出一副亲切的表情，用奶声奶气的腔调说道。

“10岁，10岁。”

“属什么？”小卖部的主人也问道。

“属狗。”

“好。”老太太满意地放开了张天明，张天明一溜烟跑到了林光辉面前，林光辉没有看到可乐，他已经知道事情失败了。

“被看出来了吗？”

“不知道，她不卖给我。”

“那就是被看出来了。”林光辉又抽了两口，把半支烟丢在地上，“上车，我们去下一家。”

1816年以前的节拍器总是数不准拍子，需要有人不停地摇杆，或者节拍随着发条的松弛从快到慢，梅尔策尔节拍器出现在19世纪非常合乎欧洲的发展历程，19世纪是机械化的，人们的心脏随着火车的咣咣咣跳动，是浪漫主义的，上帝死了，有人痛心疾首地说，上帝死了，有人欢欣鼓舞地喊，鲜血画出了节拍，画出了音符，画出交际花的丝巾，画出一个不落的太阳，就是在这种时候，梅尔策尔节拍器应运而生。

人类在咣咣咣和滴答滴答的节拍中团结在一起，无论是资产阶级还是无产阶级，无论是奴隶主还是奴隶，无论是侵略者还是反抗者，所有人注定要用一个节拍前进，无论你愿不愿意一起浪漫，总之你已经浪漫了，不得不浪漫，社会进化论指明了浪漫的方向，现实溶解于空想。

就是这样的人类，终于要反思了，梵高的病态正好描绘了世界的本质，卡夫卡的迷茫才是人类的真实处境，斯特拉文斯基的冷漠无情撕破了浪漫的面纱，这一切依然抵挡不住浪漫的惯性。

节拍咣咣咣地响着，可乐一下一下地摇晃着，咣、咣、咣、咣……

林光辉把摩托车停在一家电脑店的门口，用发黄的手指指出张天明的目标，张天明跑进电脑店旁的小巷，找到了那家小卖部，一个年老的男人正坐在那里听收音机。

收音机里正在推销酒，张天明却一如既往地指着可乐，老人视力模糊，看了看张天明的手指，又看了看他指的方位，判断不出他到底是要什么。

“这个吗？”老人敲了敲一瓶果汁。

“不是。”

“这个？”

“不是。”

“这个？”

“是。”

老人用手提着可乐瓶的盖子，把一个“导弹”咣当一声放到了张天明的面前，张天明脚一软，差点要坐到地上，他是勇敢的，想到可乐那刺激无比的感觉，他掏出了百元钞票。

“哦？”老人半信半疑地接过钞票，“你哪里来的这个钱？”

张天明吓死了，他说不出话来，老人担心小男孩这钱是偷的，老人思想保守，他不跟赃款做交易，“你几岁？”

老人双手捏着钱，他看不清人民币的真伪，他也不看钱，而是看着张天明，张天明仰着头，他的视线越过玻璃柜台的顶端，划过可乐，定在了钞票上面，他害怕，怕老人不把钱还给他。

“你几岁？”老人又问了一遍。

“我，我 10 岁。”发抖着嘴唇，张天明乞求地说道，他不明白为什么他们都要问他的年龄，镇上的人真可怕。

“你去别家买吧。”老人在张天明的脸上看到一双邪恶的种子，他觉得这个钱八成有问题，他伸出手，钞票从玻璃柜台的那边穿出，张天明赶忙接住。

“又被看出来了？”林光辉还是在抽烟，他非常烦躁，张天明去太久了，他还真怕他会出什么事。

“是的，他问我几岁，他们总是问我几岁。”张天明沮丧地爬上后座。

“没关系，你 10 岁，是未成年人。”林光辉丢掉香烟，轰的一声启动马达，奔向下一个目标。

纸制的节拍器如何能发出声音？纸制的摆锤，纸制的齿轮，纸制的振铃，无论如何都是无声的，最终只能是一个折纸模型，但是他没有放弃，因为这是一个非凡的节拍器，他必须用非凡的材料制成。

他要的节拍器，是心灵的节拍器，它必须能感知使用者的心跳，听到使用者的心声，我们心跳的速率在不停地变化，听到好消息的时候是一个速率，听到坏消息的时候是另一个速率，更别提走路和跑步的区别了。

为什么要知道心声？只有知道了自己的心声，才不会人云亦云，才不会随波逐流，才不会照着时代的节拍咣咣咣，才能找到自己生活的价值，所以，这是一个伟大的节拍器，他坚信这一点。

他开始在纸上写字画符，仓颉造字的时候惊了天地泣了鬼神，这说明文字是可以通灵的，那么要写什么好呢，要用什么文字来写呢？

据他所知，现在所有的文字都不通灵，通灵的语言在修建巴别塔的时候被神破坏了，他的节拍器就是巴别塔的形状，他要写出修建巴别塔前的语言。

他在梦里见过巴别塔，那是一个金黄色的建筑，呈螺旋状上升，无数的阶梯通向云端，阶梯两边还没来得及制造扶手，走在阶梯上会有巨大的恐惧袭来，使人不得不匍匐前进，如果出于好奇心看一看阶梯下的光景，会看到汪洋一片，高度和广度会瓦解人的意志，鼠目寸光的人最幸福，他对幸福没有兴趣，他认为追求幸福是人类的遗传病。

他在梦中捕捉各种意象，波涛忽然组成的图形，云朵翻腾出的形状，他甚至会在阶梯的侧面看到某个国家的街道，某片沙漠上的部落，某人在画一幅抽象画，某人在翻阅一本书，那书上无论怎么翻都只能看到一个字，一个不认识的字母，或者不认识的象形楔形。

他的节拍器在不停地搭建起来，在符号的堆砌中上升，两个身上只能看到肌肉的人走向他的院子，他们走路的姿势有些古怪，迈左腿的时候伸的是左手，迈右腿的时候伸的是右手，迈出的左脚会挡在右脚的前方，迈出的右脚则挡住左脚，有医生认为这种走路不协调的现象预示着心律不齐，他们在他两米远的地方站住，对他指指点点。

两个只有肌肉的人是肤浅的，他们绝对看不懂他的事业，但是他们觉得自己很懂，这可真是没办法了，其中一个是外地来的，那个本地人给他介绍村里的疯子，疯子当然是这个用纸做节拍器的人。

还好疯子的节拍器没什么观赏价值，两个只有肌肉的人哈哈大笑一阵之后也走了，脚步照样踉跄，不过踉跄也好，他们觉得这样走起来自然。

就在两个只有肌肉的人走过之后，一个黑雨衣出现了，下面还带着一双黑雨靴，黑雨衣看着他，看着他手上的节拍器，黑雨衣这样注视了很久，最后黑雨衣抬头望了望灰蒙蒙的天空，也许黑雨衣还看到一片正在空中飞扬的雨点，又或许黑雨衣根本没有眼睛，什么都看不见，黑雨衣穿过白栅栏，黑雨衣走到他的身后，他浑然不觉，黑雨靴发不出脚步的声响，我眨了一下眼，黑雨衣忽然消失不见。

林光辉决定这次是最后一站，如果还失败，他就不对张天明抱什么希望了，那张假钞明明伪造得不错，只要对方没有验钞机，通常是应该成功的，失败一次是意外，两次是运气不好，三次就是能力不行了。

林光辉又把摩托车停在一家没有验钞机的小卖部附近，张天明不知道这是他的最后一次机会，他感觉自己越来越镇定了，两次被看出来都没发生什么，无非是问一下年龄，10岁，10岁，年龄仿佛是他的护身符。

张天明走进了小卖部，这次他对柜台前的小伙子微笑了一下，张天明气度不凡，他天生就是干大事的料，他之前被紧张冲昏了头脑，现在他好了，他喜欢刺激的感觉，林光辉刚开始没告诉他这是一张假钞，他才不跟林光辉走呢，林光辉说这是一张假钞，知道这是假钞，张天明立刻上车跟林光辉出发，可乐，可乐，这是一场可乐的游戏，够甜蜜，够刺激，他像一个暴发户般指了指架子上的可乐，说，“拿一瓶。”

这架势是跟伯父学来的，春节时大人们回村，村里的小卖部就会生意兴隆，伯父带着张天明去买可乐，就会那样指一指，说，“拿一瓶。”

柜台后的小伙子动作干脆，把“导弹”往柜台上一端，“5块。”

张天明拿出了百元钞票，小伙子接过，拿出了一个验钞机。

这验钞机是老板新买的，林光辉不知道，他们又失算了，果然验钞机里报出的语音是，“0张。”

小伙子不耐烦地啧了一声，张天明感到了危险的来临，他后退了一小步，就要把“10岁”脱口而出的时候，小伙子用力拍了一下验钞机，验钞机咣当一声之后，用突兀的口气重新说了一遍，“0张。”

“妈的。”小伙子很生气，“这验钞机总是出问题。”

小伙子还不怎么会用这个家伙，这几天验钞机没少让小伙子吃苦头，但小伙子并不认为自己技术不好，他觉得是验钞机有问题，他把钱拿了起来，打开抽屉，把假钞放了进去，找出95元给了张天明。

张天明又给了小伙子一个微笑，他把钱捏在手里，把可乐抱在怀里，来到了林光辉的面前。

“嘿嘿嘿。”林光辉终于笑了，他不整齐的黄牙露了出来，喷了太多啫喱水的头发也晃荡起来，他从张天明手里拿过95元塞进口袋，张天明使出吃奶的力气拧开了可乐瓶的盖子，“嘶”的一声，美妙的泡沫冒了出来，张天明抱着可乐瓶幸福地喝了一口。

“我也喝一口。”林光辉说道。

张天明小心地递出了可乐瓶，林光辉豪放地接过，张天明心痛地看着那些棕黑色的液体打着咣咣咣的节拍减少，林光辉把可乐还给张天明的时候，弹头部分的可乐已经没了。

咔嚓一下，节拍器动了，带着纸张摩擦时特有的沙沙声，一个颠簸，林光辉和张天明驶上了回村的土路，雨点落了下来，豆大的雨点，织成一个立方体的珠帘，掀开一层，还有一层，林光辉加大了油门，雨水沾着啫喱水流进他的眼睛，有点酸痛，张天明低着头，可乐因为摇晃在积蓄着气体，现在如果拧开盖子，就可以一飞冲天。

他消失了，那个发明出世上第一台纸制节拍器的人正在消失，他的身体随着咔嚓咔嚓的声响渐渐消失，节拍器打出了他的节拍，专属他的节拍，他听到了自己的心声，所以他消失了。

见证奇迹的是一只老鼠，一个地下艺术家，它原本在打洞，但是地洞进水了，它爬出地面，无奈地东张西望，它先看到一边的老龙眼，它发觉老龙眼睁大了一万个眼睛在瞪着什么，顺着老龙眼的视线，它看到一个人在从头到脚地消失。

因为我按下了压感笔上的橡皮键，画笔瞬间变成了橡皮擦，我把他擦了，他必须消失，这是符合规律的，我又重新握着画笔，把他留下的空白涂上墙壁的颜色，我可以留着这片空白，一个人形的空白，让他成为一个幽灵，但是幽灵也必须消失，这就是规律，雨越下越大，纸制的节拍器被打湿，瘫软，泡烂，这场雨是为这个节拍器下的，本来说好了不会下，说好了只下到一半，但是我们这个世界不能容忍这个节拍器，必须将他和它毁灭。

林光辉的摩托车来到了他的院子前，表盘上的指针指着 40，林光辉几乎是闭着眼睛在开车，他的眼睛已经不只是酸痛，简直是两根针插在眼球一般的刺痛，他咒骂着，“他妈的，这是酸雨吧！”

林光辉在微弱的视线中看到了一辆巨大的卡车，有 5 层楼那么高那么大，黑乎乎亮闪闪，以 F1 赛车的速度向他冲来，是否真的有那么一辆大卡车我们不得而知，我们只能看到一个风一般的幻影，林光辉猛然调转车头，撞在了路边的龙眼树上。

画面是混乱的，泡烂的节拍器，他的院子，他家的墙壁，微微歪斜的龙眼树，惶恐的小老鼠，三个人，其中一个消失了，怪圈草地，鲜血混合可乐之后用雨水冲匀，大卡车的影子，变形的复古摩托车，灰色的天空和远方的光明，这一切是重叠的，翻不开的重叠，欣赏这幅画作的人最好能用手掌遮住一部分，看完一部分之后再遮住其他地方，以局部来构建整体，也许这就是所谓后现代的碎片化吧，我不懂后现代。

老龙眼闷哼一声，掉下无数颗龙眼，林光辉的额头撞在了树干上，从此理发店的学徒不需要再受到林光辉的奚落，张天明扑打着手臂飞向远方，可乐瓶的盖子有些松动，在地上吐着鲜血和白色泡沫，一阵一阵地吐，像呼吸，心跳，节拍。

3

我保存好图片，不做修改发给了创意部经理，创意部是最新成立的，昨天老板脑子一热就在工作会议上做了这个决定，经理也是随手安排，当然，也许是精心策划的一个“随手”也不一定，总之，老板说创意部的第一个作品要有“意处”追求，大家听得一头雾水，说了半天才知道原来老板在说“艺术”。

于是新上任的创意部经理说我最适合这项任务，说我是意处家，大家都笑了，笑得人仰马翻的，只有我没笑，我低下头，咬住嘴唇，接受了这个耻辱。

神权

宙斯其实不是神，在宇宙中，他也就是个地方官，他管辖的地球恰好是全宇宙最乱的地方。

“妈的，这群人类太刁蛮了吧，居然搞什么游行，要建立什么狗屁公民大会。”

天后贺拉斯在一旁冷笑，她十分鄙视地看了宙斯一眼，“谁叫你这么色呢？不要以为我不知道，你在下面已经后宫三万了，人类当然不服气了！”

宙斯不由得一惊，这婆娘怎么会知道这些？要是贺拉斯去神那里告状，那他可就不好办了，宙斯摆出一副气势汹汹的表情冲着贺拉嘶喊，“不要说出去，说出去我收拾你！”威胁性地瞪了贺拉斯一眼，自顾自走出门去，军队那边正等着他去开秘密会议。

贺拉斯看他这态度，气得脸都绿了，追了他几步在后面喊，“别以为你在地球这么牛逼！地球人都把你当神，我可知道你的来历，何况现在人类也知道人权了。”不过贺拉斯也清楚得很，要是宙斯下台了，那自己的好日子也没得过，只好咽了口唾沫，跑回房间里去摔东西。

宙斯开完军事会议后研究出一个完美的方案，可以一劳永逸地解决“人权”问题，他要把地球人的能力降低，原本地球人都是四手四足的，还有翅膀，厉害得很，宙斯想的是，把他们劈成两半，再把翅膀摘了，以后就再也不用担心人类造反了，想到女人也会多出来一大半，他闭上眼睛意淫起来，美滋滋地流出了口水。

神很快就看到宙斯申请劈人的奏本，他知道，宙斯不是什么好东西，后背还生着一块反骨，要不是看在当年宙斯消灭恐龙有功的分上，神早把他免了，而现在，宙斯居然要将自己的人民变成废物，神也是暗自高兴，这宙斯也是傻，自己的人民都成废物了，以后还能有什么实力？于是神同意了。

宙斯那头脑简单的东西，得到命令就去执行，大开一番杀戒之后，人类就成了今天这个样子。

这样的人类，在当时没有高科技的状况下，根本没有什么力量可以对宙斯造成威胁，宙斯更加暴虐，最后他终于自负到了极点，他把自己封为“众神之神”，他觉得自己很了不起，完全是一块当宇宙神的材料，于是，他觉得应该夺取大位了。

愚昧者总是这样和一群完全比不上自己的人比较，总以为自己高高在上，无所不能，其实，就他那个水平，已经自身难保了，神早就在盘算除掉宙斯的时机。

宙斯有个哥哥，是冥王哈迪斯，哈迪斯本来有当王的机会，只是当年自己被父王吃进了肚子里，是宙斯救出了他，这救命的人情不得不报，于是就把阳界的王位让给了宙斯，自己到冥界过着暗无天日的生活，这么多年和死人打交道，哈迪斯终于受不了了，说什么把别人关在地狱里，其实自己不也是在地狱里吗？

哈迪斯策划着造反，他要先离间神和宙斯的关系，他写了一封言辞恳切的告密信，说宙斯来找自己合作，要刺杀神，自己感激神的恩典，不敢背叛，特将此信呈上，哈迪斯把告密信塞在亡灵的口袋里，然后把那个亡灵送到天庭审判，神可以看穿一切，他一看就看到了告密信。

就在宙斯正积极整顿军队的时候，神召宙斯上天庭开会了。

“开会？”宙斯的脸上浮现着恐惧的神色，“不会事情败露了吧？没事开什么会啊。”

宙斯找来妻子贺拉斯，贺拉斯一直很反对宙斯的这次行动，但是宙斯偏偏一意孤行。

“我叫你不要干，你偏偏要干！我昨天看到有天使来这边鬼鬼祟祟，说不定就是来侦查的，你还把‘雷之神匕’放在云上充电，他一定看见了，天使回去一定会告诉神的，完了完了完了……”

宙斯最受不了的就是贺拉斯的没完没了，他猛地拔出插在云上的神匕，一声炸雷轰响，“住口！好好想办法！”说完他就在原地转着圈圈，可是转了半天也没什么成果。

“对了，不如你去找你哥哥吧，他那边才是真正的精锐部队，都是死人，不怕死。”贺拉斯想了半天，想出这么一个好主意。

“好！”宙斯兴奋得直跳，“看不出来，你这臭婆娘也有脑袋灵光的时候，我这就去找我哥！”

宙斯找到哥哥，他告诉哈迪斯自己想造反的事情，计划是这样的，宙斯先去刺杀神，成功的话当然好，如果失败的话他就死，死了就会来到冥界，那时候，只要哈迪斯让他复活，并发动所有亡灵，把那些亡灵组装成人类原本的样子，发动一次宇宙大战，胜利依然很有把握。

哈迪斯笑了，笑得有点控制不住，宙斯还真来找自己合作啊，怎么跟告密信里写的这么像呢，哈迪斯正在吃东西，酸得他有点发抖，使这笑声更加恐怖，他生性最是阴险，他叫出他最欣赏的亲信，睡神休普诺斯。

休普诺斯和宙斯早就是老相识了，一次天后贺拉斯送给休普诺斯一块宝石，要他催眠宙斯，让宙斯完全地入睡，然后自己跑去偷情，休普诺斯拍了拍他灵力高强的翅膀，宙斯就睡着了，这几乎是对宙斯最大的侮辱，宙斯始终对他怀恨在心，哈迪斯在这个时候搬出了休普诺斯，纯粹就是讽刺。

宙斯的牙齿咬得咔嚓响，他恨休普诺斯，但他也知道休普诺斯的厉害，也知道现在必须忍气吞声。

“王，我会跟在你的后面，我会让神意识模糊直到睡着，你可以很方便地下手。”休普诺斯始终是一副冷酷的微笑，金色的头发盖住他金色的眼睛，说话的声音虚无缥缈却十分清晰地进入对方的听觉。

哈迪斯在一旁笑着，他端起高脚杯，敬了休普诺斯一杯，还对他眨了眨眼，之后哈迪斯也敬了宙斯一杯，“弟啊！当上了神，别忘了你哥我啊！”

宙斯开心地笑了，得到哈迪斯的帮助，他也就放心地去了。

宙斯安排弟弟海王波塞冬带领可以上天的军队埋伏在大海，当宙斯刺杀成功之后，太阳会被雷电击成蓝色，就以此为信号，当信号出现，军队就要冲杀上去，把神兵杀个屁滚尿流。

路上宙斯掏出他的“雷之神匕”，交在休普诺斯的手上，他要让休普诺斯去刺杀神，休普诺斯明白，如果刺杀成功，宙斯就是神，如果失败，那一切的罪责就都要算在自己和冥王的身上。

走进会场，神独自坐在宝座上，轻蔑地看着他们，宙斯毫不示弱，他趾高气扬地走着，走入会场，他停下脚步，回头对身后的休普诺斯使了个眼色，休普诺斯动作迅速，他把匕首插进了宙斯的后心。

一道雷光闪现在天，太阳变成了蓝色，宙斯在休普诺斯的脚下消逝着，大海爆发了汹涌的海啸，宙斯的手下们造反了。

当波塞冬带领一帮有翅膀的士兵冲到天庭门外时，看到宙斯的躯体被扔在了城门之下，就像一块巨大的冰块，在融化着变形着，波塞冬腿都软了，一帮圣箭手在城上放箭，波塞冬一不小心，一支箭穿过了他的眉心，其他士兵一下子溃不成军，造反就这样失败了。

宙斯的亡灵如约落进了冥界，但是哈迪斯却把他监禁起来，他要用宙斯作为抵押，换取控制地球的权力，哈迪斯威胁神，如果不把权力给他，他就要让宙斯复活，让所有亡灵复活，组装出一支人数巨大的军队。

神发怒了，他最讨厌别人跟他讨价还价，更何况他想让人类实现自治，他命令休普诺斯，要他带着自己的天兵回去刺杀哈迪斯，成功的话，他就是冥界之王，可是休普诺斯的想法却更加独特，他金色的眼睛里充满了杀气，“雷之神匕”在他的手里，力量在爆发，刚才杀宙斯的时候他吸收了宙斯一半的灵力，野心在爆发。

神看到他一动不动，起了疑心，当风把休普诺斯的金发吹开，神知道了一切，休普诺斯本来拥有的就是最强大的力量——催眠力，这种力量是最接近于神的，它让对方的眼前随意出现幻境，然后迷失在幻境中无法自拔，永远地睡去，这样的死是不进入冥界的，再没有复活的机会。

休普诺斯也曾经是一个平凡的人类，可是他从小就有一个做神的梦想，他的爷爷告诉他，想当神，就要学会用神的方式思考，于是休普诺斯学会了催眠，在那次人类被集体劈成两半的劫难中，休普诺斯没有被劈成两半，由于他战斗力太强，宙斯的军队不敢接近他，用火炮把他炸死了。

休普诺斯完整地进入了冥界，得到了哈迪斯的赏识，他的工作就是让人在死的时候做一个美梦，这可以让人死得毫无反抗，更容易拉进冥界，休普诺斯因此有了接近临死之人的机会，每次他偷偷地把亡灵的灵力收走一点，于是在冥界，他慢慢地积累起他做神的能力。

终于，他站在了神的面前。

神也发现，他真正的对手不是宙斯，也不是哈迪斯，而是休普诺斯。

休普诺斯开始扇动翅膀，一阵阵暖流吹向神的脸庞，困意顿生，而神也用灵力把休普诺斯催眠，他们一起进入了梦境。

他们在梦里一层一层地深入，一会儿休普诺斯占了上风，进入了他营造的梦里，然后神又在那个休普诺斯的梦里，制造出一个新的梦境，一次次地在上个梦中睡去，又一次次地在下个梦中醒来。

第二十一层梦境，恺撒胸口插着一把匕首，安东尼在他的尸体边慷慨陈词……第二十九层梦境，项羽在江边拔剑自刎，刘邦正在哈哈大笑，第三十层梦境，韩信被万箭穿心，依然是刘邦在偷笑……第四十五层梦境，拿破仑在滑铁卢叹了一口气，威灵顿流下了胜利的泪水……第五十一层梦境，圣马丁和玻利维亚玩了一次骰子，圣马丁是三点，玻利维亚四点，于是圣马丁嘿嘿一笑，放弃军队只身离开了南美……

到了第九十九层梦境，休普诺斯终于累了，而神依然微笑着看着他，神说他很久没有这么痛快地玩了，休普诺斯是忘了，世界是神的意识创造的，在他的脑袋里没有幻境，他想的一切都会成为真实，而他，休普诺斯，他已经忘记了自己活在哪里，他金色的眼睛终于不听使唤地闭上了，他照着神的催眠指令做着，他看上去就像个玩偶，说什么就做什么，差不多了，神走到他的身边，“把神匕交出来，放在我的手里。”

神一步一步走来，休普诺斯的嘴角露出了一丝微笑，呵呵呵，我根本没有睡着，在神的意识中没有幻境，所有的虚幻都是真实，只要知道了这点，只要顺应神创造的一切，只要认定一切虚幻都真实、一切真实都虚幻，神就根本玩不了催眠术，虽然催眠术也对神起不了作用。

他得逞的微笑却坏了他的野心，神看见了这个诡异的微笑，他怀疑休普诺斯根本就没有睡着，他要休普诺斯睁开眼睛，如果他真的被催眠了，眼睛虽然睁开但是什么都看不见，目光会是呆滞的，金色的眼球会成为粉红色，休普诺斯知道一旦睁开眼睛就事情败露了，神就在他的三步之外，虽然远了点，但是一个箭步就可以到达，他纵身一跃，“雷之神匕”又一次把太阳照成了蓝色，神匕插进了神的左臂，是这只左臂挡住了神的左心，神的右手打出旋风，休普诺斯全身皮肤爆裂，他只好带着神匕杀出了天庭，神也没有派兵追他，他知道派出去就不会再回来。

休普诺斯回到了冥界，他跟哈迪斯说他想在天庭解决神，为哈迪斯夺取神位，哈迪斯含着泪水，“我希望你真的成为神，希望你不要回来。”

休普诺斯用催眠力杀了宙斯和哈迪斯的灵魂，他成为冥王，地球没有被新的神接管，他没有去统治地球，他和神达成了默契，只要自己躲在冥界，神就放他一马。

休普诺斯依然没有泯灭成神的心愿，他苦闷极了，总是独自呆坐，思考着一个问题，何为权力，不管是宙斯哈迪斯还是自己，拼尽全力想要的这个东西，到底是什么，他发现自己根本不知道何为权力，他只是出于本能地去追求，去处心积虑，他想成为神，无上的神，可是神又怎么样呢？

一天，答案来了，神死了。

“王，夺权的机会已经到来。”

“不，从此以后再没有权力。”

发烧之爱

1

新镇的小饭店的格局，大概和别处是没有什么不同的，租一间小小的门面，在门口摆上五六张小桌，生意就做起来了，打工的人傍晚下班就来吃饭，5 块钱一份的盖浇饭是最好卖的，倘若愿意加一块钱，便可以多二两米饭。

来吃饭的全部是男人，大体不是新镇本地人，他们总要加一块钱添二两米饭，可若是问他们要不要加一块钱来一碗紫菜蛋花汤，他们通常要摇头了，兴许会说，“那就再加一块钱给我添 4 两米饭吧。”

我 17 岁那年来这家小饭店打工，已经快一年了，小饭店的招牌挂的是“回家”，老板娘说我样子有些傻，只让我端饭和刷盘子，算钱的时候一定是她亲自出马。

老板娘风风火火一言九鼎，一旦扯开大嗓门绝对天下无敌，因此老板娘的丈夫不能说是老板，他是下厨的，成天围着围裙，不做菜的时候也围着，他话不多，低眉顺眼、老实本分。

来吃饭的都是熟客，他们都以为我是老板娘的女儿，我也不否认，希望老板娘会因此对我好，不过她不知怎的，似乎总防备着我。

每到傍晚 6 点，小吃店门前就坐得密密麻麻，简直无法在他们中间挪脚，一张小桌往往要挤五六个人，他们大概都是同一个工厂的工友，即使不是一个厂的，一起吃了这么多顿饭，也就熟了，这吃饭的时间便是他们谈天说地的时候。

端着饭碗挤在他们中间我就发晕，觉得耳朵里面嗡嗡的，太阳穴一会儿变大一会儿变小的。

我喜欢的那个男人也在这里面，不过他总是在最角落坐着，他二十几岁的样子，从不和别人说废话，头上戴着一个耳机，是那种很大的发箍式，第一次看到他是三个月前，他来店里说要一碗蔬菜盖浇，我问他有没有什么菜不吃的，他完全无视我的声音，转头就走到角落坐下，头上戴着一个黑乎乎的大耳机。

其实他一点都不挑食，我总是给他多加些饭菜，他从不买荤菜，不是因为他吃素，因为我偷偷给他加上的肉他都是满不在乎地吃了。

我一直不知道他的名字，可是我知道他的外号，别人都叫他发烧，更多的是叫他烧烧，叫他烧烧的人不是和他更亲切，而是对他更轻蔑，他们喜欢拿他开玩笑，就当着他的面，反正他戴着耳机一点都听不见。

“烧烧最近正筹钱准备买一个 3000 块钱的耳机呢，传说中的发烧级耳机。”一个瘦瘦高高的男人尖声说道。

四周发出一片欢乐的笑声，“好！买！”

“烧烧，你弟弟不上大学了吗？”另一个男人对着烧烧笑道。

他没有什么反应，慢慢地扒着饭菜，他根本不知道周围正在发生一档和他有关的节目。

“烧烧才不管他弟弟呢，烧烧要听音乐，哈，烧烧喜欢听贝多芬。”

周围笑得更激动了，贝多芬这个名字刺激到他们的笑点，大概是认为烧烧不应该听贝多芬，贝多芬似乎属于另一个莫须有的世界，适合那些没事干的、用他们的话说就是闲得蛋疼的人。

“烧烧，烧烧。”坐在烧烧旁边的人拍了拍他的耳机，他不耐烦地抬头看拍他的男人，用手护住了耳罩。

男人用手比画着，要他取下耳机，烧烧也不是那么不给面子的人，他把耳机卸下挂在脖子上，询问地看着面前的男人。

“烧烧，我要买个耳机，你能不能推荐一款。”男人装出一副好学求问的样子。

烧烧笑了，笑得很单纯，简直有点眉飞色舞，我很少看到他笑的，上一次是我偷偷给他送一碗汤的时候，他笑了笑，却是那种很礼貌的笑。

“想多少钱入手？”烧烧问。

“什么是入手？”

“就是买耳机，你不是要买耳机吗？”

“哦，哦，是的，俺穷，买个2000左右的就行。”男人说道，脸上严肃的表情引来周围一阵偷笑。

“嗯。”烧烧略做思考，然后叹了口气，“那，干脆就买个大馒头吧。”

“大馒头，大馒头！”有人把饭喷在了桌上，客人们都笑得没办法吃饭了。

“是的，森海塞尔Momentum，人称大馒头，低音下潜够稳，人类的耳朵只能享受到最低20Hz，这款Momentum却低到16Hz，其实真是没必要，根本听不到那个频率的声音，不过这体现了大馒头超越了人类的极限，大馒头中频高频也都不错，解析度强大，人声的话，你都可以听到口水声……”

“等等，什么是人声？”另一个男人问道，同样一副好学的样子。

“就是唱歌啊，歌手唱歌，周杰伦、梁静茹的声音，那就是人声，人的声音叫人声，还有，大馒头这款声音稍微有点硬，不过这个价位这样已经很不错了，我们要的不是完美，完美的东西意味着没有特点，一款没有特点的耳机，那就是工具，不是工艺品了。”

“耳机是工艺品？”那些人又笑了，烧烧却完全听不出其中嘲讽的味道。

“没错，每个耳机都不尽相同，都是顶级设计师用手调配过的，当然，我说的是1000块以上的耳机，这些耳机精工细作，是科技和艺术的结晶，科学和艺术也只有在这种时候才和睦相处……”烧烧认真地解释给他们听，他们却又用笑声打断了他。

“什么样的耳机可以称为好耳机？”有人问道。

“总之，一个字，通透！”烧烧微笑着说。

大家又是一阵爆笑，“这不是两个字吗？”

“一个字，有的时候，两个字其实就是一个字，比如说死亡，比如说生活，还比如说丢失，当然还有通透。”烧烧大声地讲着，不过那些人好像已经笑累了，没有兴趣再听他说话。

“上次我在森海塞尔试听会上体验了十几款发烧耳机，哇，那才叫音乐，那才叫耳机，音乐的感情，音乐的灵魂，居然可以记录下来，居然可以用耳机传达出来，居然……”烧烧还在慷慨激昂地说着，完全没意识到自己的不合时宜，他的听众根本听不懂他所说的，可是我听得如痴如醉，虽然我也没怎么听懂，可我希望他一直说下去，就对我一个人说下去。

“烧烧，你现在这个耳机多少钱？”有人微笑着打断了他。

烧烧好像被浇了一盆冷水一样打了一个哆嗦，之前所洋溢的自信忽然就丢失了，而且还想不起丢在了哪里，脸色僵硬，张着嘴却发不出声音。

“多少钱？”有人追问。

沉默着，连动筷子的声音都没有，拉在半空的灯泡在叽叽地叫。

“多少？”有人忍不住逼问出口了。

“二十,二,二十。”烧烧说着，重新戴上了耳机，站起身走了，留下半碗蔬菜盖浇。

“哈哈哈哈……”真是一个狂欢的夜晚，人们在别人的身上寻找着快乐，烧烧成了他们的笑料，看到所有人都这么开心，我甚至怀疑烧烧真的是可笑的，不过可笑又如何呢？

2

“萧一，你是不是在家排行老大？”

“哦，不，我还有一个哥哥，他叫萧零。”萧一歪着头看面前的女孩，因为他的头发已经长到盖住眼睛了，那头发红红的，卷卷的。

“你哥哥是做什么的？”女孩喝了一口桌上的红粉佳人，眼影在灯光下闪耀着蓝色的光辉。

“哎，我哥啊，他没什么本事，先让他自己创业锻炼锻炼，现在开的是耳机厂吧，以后我爸可能会把集团慢慢交给他。”萧一卷起袖子看了看卡西欧表，“不晚了，我们是不是该去了？”

“去哪里？”女孩弯起嘴角，斜眼看着他。

“当然，是去一个舒服的地方啦，这次去二星级的吧。”萧一迫不及待地站起身，拉过女孩的手。

“大集团的二公子，只去二星级的，是不是太掉链子了？”女孩拍了拍萧一的大腿，轻轻掐了一把。

萧一笑了笑，叹了口气，“哎，我爸就是那副德性，说什么儿子要穷养，结果我一个月也就3000块生活费啊，你要体谅我哦，等我们结婚以后，有的是好日子可以慢慢过的嘛。”

女孩一口气喝光杯子里的酒，连脖子都红了，她已经在酒精里看到了嫁入豪门的盛况，然后她站起身，萧一搂住她的腰。

萧一在柜台结了120的账，然后他们在门口拦了一辆出租车，出租车开到一家宾馆门前，萧一付了8块钱起步费，他们走进宾馆，萧一押了400块钱押金，他的钱包里就只剩下12块钱了，不过没关系，隔天退房时还可以退回120，萧一在心里计算着，那400押金里有100是临出门时紧急和同学借的，所以其实自己最后只剩下32，刚好够他们明天吃一顿早餐。

“哎呀，不要乱摸嘛，电梯里有监控的呢。”女孩轻轻推开萧一的手，萧一满不在乎地笑笑。

“这电梯里的音乐真好听，是什么曲子？”萧一问。

“这都不知道，《梦中的婚礼》呀。”

3

烧烧是附近琉璃瓦厂的工人，听人说他在里面负责拍土，我也不知道那是个什么活，只知道他工作的时候是不能戴耳机的。

烧烧的工资是2000多点，比我高一些，不过我在这里包吃包住，所以每个月剩的肯定比他多，听人说，烧烧剩下的工资还都要给他的弟弟，他的弟弟在大城市读大学。

和这样的人结婚是要受苦的，我每天睡觉都在纠结这个问题，嫁给他？不嫁给他？嫁给他，就得养起他的弟弟，我每个月剩下的工资肯定都要流出去，这不是钱的问题，是心情的问题，想到钱是留不住的，我还有什么动力去工作，还能对顾客和老板娘保持微笑吗？

因为喜欢烧烧，我便留心所有和烧烧有关的消息，虽然烧烧只有晚饭那顿才来这边吃，不过中午来吃饭的人也经常谈起他，他在我们这边也算是明星了。

“嘿，我昨天半夜出去抽烟，差点被个鬼吓死，你猜怎么回事，那个烧烧，躲在墙角坐着，还哼着什么叽叽喳喳的东西，一开始我以为是哪个神经病，后来看清他头上的耳机才知道是他。”几个男人顿时笑成一片。

“大哥，那个烧烧原本叫什么名字？”我插嘴道，一边装模作样地擦着桌子。

“他呀，就叫烧烧，管他什么名字，没有人知道。”几个男人还在笑个不停。

“他是哪里人？”我继续问。

“不知道啊，小妹妹，该不是看上我们烧烧了吧，我们烧烧很好的，可会读书了，听说当年他高考考得很好啊，就是刚好生了一场大病，天意啊，现在就只能打工供弟弟上学了。”那个男人叹着气，却看不出有什么同情。

“哪里有什么看上的，别乱说。”我扭头走回门面，脸蛋热得发烫，我一个女的，怎么可以去看上什么男的，更何况是他，不是要被人笑死的吗。

4

萧一在学校有个外号，叫一少。

这“少”不是二声的那个，更不是一声的那个，而是那响亮的四声。

萧一在学校学的是日语，班里的女生太多，男生没几个，每次上课萧一总感到眼花缭乱，毕竟女生们穿的衣服都太艳丽了，萧一更是喜欢听学姐们用日语聊天，他对这门语言还不怎么熟悉，不过这门语言从学姐的嘴里冒出，萧一觉得很性感，总是浮想联翩。

为了了解日本，萧一让哥哥给买了笔记本电脑，跟着那些被追杀的不法网站一起流亡，下满了好几个磁盘分区。

开学快一个学期了，萧一对平假名片假名还不怎么领会，不过他清楚知道学校周围的每个奶茶店、冷饮厅、咖啡馆和酒吧，还有 KTV，以及 KTV 什么时间有陪唱的“公主”。

萧一把自己包装得不错，首先有一个辉煌的家庭背景，然后为人慷慨大方，同寝室的兄弟就给他安了一个“一少”的外号，这个外号很响亮，很快就传进女生们的耳朵，所以萧一在她们当中如鱼得水，当然，萧一先天素质也是很不错的，长得帅气，一米八的身高，身材匀称，还有点肌肉，脑袋好使，总能时不时冒出几句逗人发笑的幽默来。

萧一虽然成功扮演了高富帅的角色，可他心理还清楚自己到底几斤几两，所以萧一并没有按照自己希望的那样频繁更换女友，而是盯上一个单纯可爱的女孩穷追猛打，女孩很快就接受了萧一，这段爱情故事在外国语学院还传为佳话，都说是王子爱上了灰姑娘。

萧一每个月会给女孩买一套衣服，牌子不能太差，但是也谈不上多好，每逢过节再买点礼物，一开始，萧一送女孩东西只是为了趁机要求开房，后来萧一真是爱上了女孩，这爱是不知不觉形成的，萧一的心理总是残留着自卑，这点自卑让萧一对女孩产生感激，滋养出愧疚，造就这份形状特异的爱。

女孩对萧一百依百顺，一方面是她的性格使然，一方面是不想错过嫁入豪门的机会。

她每天为他买早餐，坐在他的身边为他端着豆浆，在他需要喝的时候把吸管对到他的嘴上，这是萧一从小到大没有体验过的美好生活，在萧一两岁的时候，母亲去世了，他们一家三个男人从来过的都是不是生活的生活；她在他的面前保持着幸福的笑脸，当萧一太过分的时候，她还会恰如其分地流几滴眼泪，这眼泪总能让萧一后悔不已痛不欲生；她基本不和其他的男生说话，其他的男生也就不敢招惹她，萧一最看重的就是这一点了，萧一真的很自卑，在他成为“高富帅”之前从来没有一个女生会喜欢他，他总担心一不小心现在的女朋友也会离开自己。

夜晚，湖面吹着凉爽的风，萧一拉着女孩的手，他选了一张僻静的长椅，拉着女孩坐下。

“其实，我一直，想告诉你一件事。”萧一望着天上的月亮，终于开口了，那月亮只剩下半边。

“嗯，什么呀？”女孩妩媚地看着萧一，大眼睛一眨一眨，她今天是紫色的眼影，因为要配合她红色的吊带。

萧一看了看她，觉得那紫色的眼睛紫得令人难过，他又望着天上那半个月亮，萧一的瞳孔散开，天上出现了两个只有半边的月亮，可是他无论如何调整瞳孔的焦距，也不能把两个半边组合成一轮圆月，他今天才发现女孩已经彻底沉醉在假象当中，她的脸、她的表情、她的身体、她的声音都已经做了太多的改变，她配合了假象，她也就虚幻了，她已不是从前的她，她离她越来越远，离他越来越近，可是萧一自己都不清楚那个“他”到底是谁。

萧一觉得一切都完了，一切都晚了，在一条堆满垃圾和到处是脏水的路上走着，做梦般两腿发酸，想回头，可是没有出口，只有入口，连分叉的小路都没有，那半个月亮告诉他，说出真相，就只有分手，随之而来的将是身败名裂。

“啊？没什么事啦。”萧一笑了笑，落寞的神情随风而散，一副面具重新紧紧扣住了他的脸。

“肯定有事，你骗我，哼。”女孩不高兴了，她也看到了那半个月亮，她也感到了不祥。

“哎，是这样的，我哥哥很快就要进入我爸爸的集团了，他会从副总做起，我是忽然想到，等我毕业了，我哥就当总经理了，那我呢？我岂不是要永远受制于我哥了。”萧一皱着眉头，仿佛规划着一个商业帝国的未来。

“哎呀，我以为是什么大事呢，吓死我了。”女孩绷紧的神经放松了，揉着胸口，她爽朗地笑着，“什么集团，什么公司，那些我们都不要了，你就拿一点股份，我们去环游世界，不是更好吗？”

“你真是淡泊名利，你这么想，那我就放心了。”

5

“回家饭店”一点没有家的感觉，特别是我住的房间，这哪里是卧室，没有床，只有一个发黄的床垫，这小房间并没有比床垫大多少，白天的时候床垫就立起靠在墙上，晚上的时候放下。

老板娘和丈夫睡在楼上，其实那也算不得楼上，空间非常狭小，上去就不能站直身子，而且那上面油烟一定比我丰富，哎，想到他们的日子也不好过，我就释怀了，可是我房间有一个大窗户，窗户上没有防盗网，我跟老板娘提起安全问题，她看了我许久，然后居然笑了，她说，“没关系，出了事你就喊，你叔来救你。”

我当然不能寄希望于那个老实懦弱的大厨叔叔，我总是穿着牛仔裤睡觉，牛仔裤很硬很难受，不过习惯后也就能睡着了，一开始我还常常做噩梦，后来烧烧来了新镇，我的梦里就总是出现烧烧，在我的梦里，他对着观众慷慨陈词，观众呼喊着烧烧的名字，尖叫着，挥舞着荧光棒，烧烧给他们讲耳机，讲贝多芬，讲死亡，讲生活，讲丢失，还讲通透，他说这些词其实都只是一个字……

我大汗淋漓地醒来，好像挥舞了一天的荧光棒一样两臂发酸，我看了一眼手机，凌晨一点，这一次，我决定去寻找烧烧。

我轻轻地推开形同虚设的玻璃窗，跳到了地上，白天时有客人说在半夜碰到烧烧，他说是在墙角看到的，所以我一路上注意每个墙角，可是墙角往往都堆满垃圾，或者丢着一件什么破烂家具，还有流浪汉躺在地上打呼噜，好不容易，我终于看到一个站在墙角的人，他没有戴耳机，面对着墙角，我站在 5 米外等他转身，他转身了，拉着裤子的拉链，啊！我尖叫一声拔腿就逃。

我一直跑着，其实我可以不跑了，那个人根本没有追上来，可是我依然感到恐惧，感到羞耻，烧烧，你知道我对你的意思吗？你不知道啊，你是不是根本不认识我呀，是啊，你只是知道，我是某家饭店端盘子洗碗的小妹吧，烧烧，如果我今天遭遇了不测，那你可要负全责啊，死烧烧，活烧烧，你到底蹲在哪个墙角啊。

不是墙角，是一盏路灯，一盏温暖的黄色路灯下，一个男人坐在地上，他的背靠着灯柱，他的脖子上挂着一个耳机，如同戴着一个黑色的围脖，他的手上捧着一本书，我从来没有见过那么厚的书。

"你好。"我走到他的身边，蹲在他的面前。

"啊？"烧烧惊叫出声，手上的书落在了地上，我看到书名是《和声学》上册。

"这么厚的书，居然还有下册啊？"我微笑着看着他，希望他能平复一点心情，他好像被我吓坏了。

"哦，哦，是啊，这书很厚，写得比较，啰唆，毕竟是，斯波索宾写的。"烧烧很牵强地笑了笑。

"你认得我吗？我叫小英。"

"认得，认得，当然。"烧烧偷偷看我一眼，在和我视线相对的瞬间躲闪开去，“谢谢你，很照顾我。”

我笑了起来，原来烧烧一直知道我的好，他不是一个冷酷无情的耳机哥，他有良心，有人性，肯定也有爱。

“那没什么啦，反正那些料也不是我的，你可以告诉我你的名字吗？”我说道。

“叫我烧烧就好了。”烧烧微笑着，看来他一点也不介意这个外号。

“烧烧很好听，很亲切，可是我还是想知道你的名字。”

“我没有名字。”烧烧的脸上忽然严肃了，似乎他的名字给他带来了不快。

“为什么你总是戴着耳机？”我如同一个记者，饥渴地采访明星。

“耳机是两个世界的分界线，戴上它，我就去了另一个世界。”我看着挂在他脖子上的耳机，那耳罩上的棉套都磨损得皮开肉绽了，就是这么一个破东西，居然还可以去另一个世界。

“怎么会有两个世界呢？”我问道，非常好学的样子。

“本来就是两个世界，一个是由噪音组成，一个是由音乐组成，噪音造就了物质的世界，没有噪音，就没有这块土地，没有一切维持生存的东西，比如这城市，就是噪音轰轰哈哈制造出来的，噪音当然很重要，可是它是聒噪的，而音乐是美好的，人类因此不只是一团骨肉，不只是构成社会的材料，因此而通透，因此还有活下去的必要。”烧烧恢复了自信，他眼神坚定，不由分说的口气。

我把他的话颠来倒去地理解了几遍，依然一头雾水，不过没关系，烧烧是我的爱，他爱怎么说都可以，他说的都是真理。

“嗯。”我终于点了点头，他满意地笑了，他一定觉得自己寻觅到了知音，所以他笑得那么帅气。

“可以让我听一下你的耳机吗？我也想去你去的那个世界。”我说道，把手撑在地上，因为我两条腿蹲得发麻。

“当然可以，哦，别坐在地上，这本书给你。”我的屁股就要落地的时候，烧烧在地上垫下那本厚厚的《和声学》，软软的，带着烧烧手上的温度。

他温柔地把耳机戴在我的头上，好像给我戴上一个发箍，我幸福地闭上眼睛，他按下播放器的开关，我听见了音乐。

“为什么一直没人唱歌？”我耐着性子听了很久，终于忍不住问道。

“这是管弦乐啊，霍尔斯特的《行星》组曲，现在这个是《金星》，表达了美丽与和平。”烧烧对着我的耳朵说话，他怕我听不见他的声音，他的嘴唇靠得很近，热气吹在我的脸上，我的小心脏加起速来，我忽然抬起头转过脸，那一瞬间，我们的嘴唇之间只隔了一张纸的距离，可是他敏捷地躲开了。

6

女孩那一年一度的生日就要到了，女孩想开一个Party，因为学院里有一个千金前几天刚开了一个，有红酒，有舞会，有明星献唱，她男朋友还在操场上用电子蜡烛给她摆了一个大大的爱心。

萧一相形见绌了，萧一捉襟见肘了，他还是顽强的，还是不认输的，他在女孩面前臭骂老爸和老哥，说他们是奸商，是巴尔扎克笔下的吝啬鬼，他还臭骂那个任性的千金，说她是暴发户，说真正的有钱人从来不炫富。

萧一的不烂之舌都快磨烂了，好说歹说终于把女孩的眼泪说停了，女孩还是很通情达理的，主要是萧一的真诚打动了她，不过这风波既然起了，那生日礼物就不是随便能打发了事的了。

萧一来到了科技城，他在口袋里塞了三张百元大钞，他本来想多塞几张的，不过月末钱荒，这是仅剩的几张了，还好，他听说高科技产品水多，根本看不出价格，到时候把价格说高一些估计也没问题，反正女孩子对这种东西都不懂的。

这是萧一第一次来科技城，他本来是不会来这种地方的，因为女孩子不喜欢这种地方。

科技城中琳琅满目，灯火通明，销售员们如同打了鸡血一样热情自信，表演着科技的雄伟，俨然科技就是世界的霸主，什么手机什么电子书什么学习机，电脑就更不必说，随便什么东西都超过萧一的预算，他失望了，他渺小了，他卑微了，汗水顺着额角直往下淌，萧一越发烦躁，他在心里臭骂老爸和老哥，怪他们怎么不会赚钱，最后他臭骂起女孩，怪她怎么这么拜金。

“帅哥，来感受一下音乐吧。”一位大哥冲着萧一热情地笑。

“音乐？这是什么。”萧一吃惊地看着面前的男人，神情恍惚。

“就是耳机，来感受一下 HIFI！”大哥手上拿出一个黑乎乎的耳机，对萧一招手。

萧一笑了，耳机是他熟悉的东西，每次有发烧试听会哥哥就会把他带上，一看到耳机他就想起哥哥，他忽然就感到安心。

“说耳机就耳机，别说什么音乐，说高保真就高保真，别说什么 HIFI。”萧一走到男人面前，拿过耳机，“呵呵，森海塞尔大馒头，还是山寨货。”

“哎呀呀，哎呀呀，碰到行家了，帅哥你也是发烧友啊？”大哥相见恨晚地拍了拍萧一的肩膀。

“发烧谈不上，充其量就是低烧，退烧中。”萧一轻描淡写地笑笑，把耳机戴到了头上，“哎哟，不错哦，山寨是山寨，做工差了点，音质还是可以的啊。”

“那是，必须的，不比正品差多少。”大哥憨厚地笑着，“帅哥，买一个，便宜。”

“多便宜？”

“299。”

“299！”萧一把耳机丢进男人的怀里，“别以为我不知道，山寨的用不了多久就要坏的，保修期一过就要坏的，不，山寨的根本没有保修期。”

“不会不会，哪能呢，我们店终生保修。”

“音质也是不稳定的，说不定过几天就出杂音了，顾客来换，你们就说顾客包机包坏的，呵呵，真会做生意。”

“哪能呢？我们不相信包机理论的，放什么音乐还能影响耳机的性能，音乐是虚的，耳机是实的，虚的怎么可能影响实的，包机不包机的，都是骗人的。”男人赶忙解释。

“包机我是信的，虚的东西往往比实的更重要，不过你们拿着这玄幻理论骗人就不对了，50 块大洋，成交？”

“不行不行，帅哥，我成本都不只这个价，怎么说也得 199。”

“哎呦，还有紫色的馒头，听说紫色还是限量版的呀，连这江湖上传说的血馒头你们这里都有啊。”萧一指了指柜台里的紫色耳机，“100 吧，就它了。”

男人嘿嘿地笑了笑，拿出紫色馒头，“限量版是不敢说，毕竟俺们是无限量山寨，100 就 100 吧，算是宝剑赠英雄了。”

萧一哈哈地笑了，没什么礼物比这个血馒头更合适的了，大馒头原价一般都卖 1900 的，紫色限量可能就不止了，现在 100 就拿到了手，哈哈，哈哈，萧一实在有点忍不住。

“来，来。”萧一颤抖着把百元大钞递到大哥的手上，“给我包好一点，我要送人。”

7

夜半的秋风还是有点冷的，想到这街道白天时候的热闹景象，就更觉得这夜半的安静可怕了。

我手里捧着一个纸箱，在路上恐惧地急急地走，原本我是不会有这么恐惧的，可今天不同，我手里可捧着一个了不得的宝贝。

我寻找那根熟悉的灯柱，以及那个靠在灯柱上读书的男人，那个男人，会在灯光下等着我，我们已经幽会了几夜，我深深地爱上了他，我非他不嫁，我相信他也是非我不娶的。

“烧烧，你等我很久了吧，这个送给你？”我来到他的面前，喉咙干燥声音沙哑，他立刻把书合上，放在地上给我做蒲团。

“这是什么？啊！”烧烧尖叫一声，他的脸激烈地变形，他张开的嘴巴合不上，他捧出盒子里的东西，是那么地诚惶诚恐毕恭毕敬，颤颤巍巍，“大，大大，大馒头！”

我笑了，看到他幸福的表情，我幸福地笑了，忽然，我又哭了，是喜极而泣吗？不是，是辛酸。

1899，一千八百九十九啊，比我一个月的工资还多399啊，死烧烧，活烧烧，我给你买了这么贵的东西，是抽了我身上的血，这还没关系，我身上的血打到你的血管里面，我不心疼，等你娶了我，大馒头也是我的，可是你可知道，我早上请假有多么难，我扯了什么谎，我说我姐姐病危了，我得去医院看她最后一眼，我哪里有姐姐啊，幸好我没有姐姐啊，这还不算什么，我去了科技城，里面的人都鄙视地看我，也是，我身上都是油烟味，那些西装革履的家伙哟，你们怎么可以鄙视油烟，没有油烟，哪里有你们光鲜亮丽人模狗样的今天，高科技很牛，可是你们并不比我牛，你们鄙视我，主要还是以为我没钱，我口袋里可带了2000，等我掏出来，你们就会给我一个流着口水的笑脸。

最可恶的是卖耳机的老板，我说我要买馒头，他居然笑得趴在了柜台上，他果真流着口水，他跟我说，“这里不是菜市场，不卖馒头。”

我也笑了，我跟他说，“菜市场也不卖馒头。”

他终于收敛了一点笑容，他说，“科技城更不卖馒头。”

我不慌不忙，沉着冷静，我知道，这时候，我如果退缩了，那我就成了人家的笑料，以后科技城里就要流传一个关于我的传说，说一个擦桌子的小妹把科技城当成了包子铺，要买馒头，要买小笼包，我冷冷地哼了一声，“我要的，是耳机里的馒头，大馒头！”

“大，大馒头？”老板吃惊地看着我，刮目相看了吧，狗眼看人低了吧，这么做生意可不行的啊，难怪你生意没有我们饭店生意好呀。

我微笑着对他点了点头，抹去额头的汗水。

“你是说，森海塞尔 Momentum？”

我笑出了声，我说，“你们这里卖馒头吗？”

“卖！卖！卖！美女美女，刚才是大哥不对，大哥脑袋不好使，耳朵不好使，眼睛也不好使，来来来，你看，这就是 Momentum，Momentum。”

“什么蒙闷同，我是要大馒头！”

“哦，哦，是是，大哥不对，大哥不敢说英语了，大哥不敢装文化了，是大馒头，大馒头。”

死烧烧，活烧烧，你说这大馒头和你那个 20 块钱的耳机有区别吗？你那耳机也就是旧了点，皮破了，大馒头如果旧了，不也是一样吗？死烧烧，我还是给你买了，我知道你喜欢，我知道你想要，你想要，我就给。

“其实，我本来一直想买的，是 HD600，不是大馒头。”烧烧戴着大馒头，仰望着星空，喃喃地说。

我的眼前划过一道闪电，脸上火辣辣的，心里冷飕飕的，我暴发了，我拍着烧烧的背，就像捶着一面大鼓，“烧烧！死烧烧，你给我说清楚，你想要的是什么！”

烧烧转头看我，把大馒头挂在脖子上，“你刚才说什么？我没听清。”

“你刚才说什么！我没听清，你说你不想要大馒头！”我怒目圆睁，他如果不识时务不改口，我一定要掐死他。

烧烧“啊”了一声，“我怎么可能不想要大馒头，我做梦都在想，我终于拥有了 HIFI 耳机，发烧耳机，我终于可以享受最好的音质，对我来说，我就是离那美好的世界更近了，可是我不敢要你的耳机，我怎么可以要你的耳机，我知道这耳机的价钱，实在是太贵了。”

“那，难道我需要这种耳机吗？我又不发烧。”我微笑着看他，原来他是不好意思，其实没关系的，结婚以后，还分什么你我呢。

“小英，你真的很好。”烧烧看了我一眼，又仰望夜空，“真的很好，从来没有人这么好。”

“你喜欢我吗？”我怯怯地问道，看着自己的鞋子。

沉默了，只有青蛙在叫，沉默着，忽然，远处传来杀猪的惨叫声，那是屠宰场的老刘开工了。

烧烧捂着脸一声不吭，我终于忍不住了，我一屁股跳起来，对着他的脑袋敲了一记。

“你要是不喜欢我就直说。”

“我喜欢，喜欢。”

8

女孩还是开了一个小型的生日派对，自己掏钱，不请萧一。

萧一在女生寝室楼下站了足足 4 个小时，终于等回了女孩，女孩已经喝醉，由两个室友扶着，萧一赶忙迎上前去，“生日快乐！”

女孩抬眼看了看萧一，似乎没认出面前的人，不过她还是礼貌地说了声谢谢。

“一少，今天没听到你唱歌真是可惜啊！”一个室友笑哈哈地说道。

萧一傻笑着，把手上的盒子递到女孩面前，“生日快乐！”

女孩接过盒子，又礼貌地说了声谢谢，然后继续往前走去，萧一只好让开，女孩的两个室友和萧一告别。

萧一看着女孩的背影消失在门内，有一种前功尽弃的感觉，捧了 4 个小时的大馒头就这样被抱走了，换来的只是礼貌性的感谢，萧一之所以有那么大的毅力站 4 个小时，是由于他梦想着女孩接到礼物后的开心表情，她也许会给一个拥抱，也许会给一个深吻，也许，还会和自己去外面过一夜。

事实是什么都没有发生，女孩似乎还怪罪他没有给她开生日派对，萧一抓着头发，心情烦躁地往回走。

“咕噜唧哇啦。”一个陌生女孩站在萧一的面前，挡住了他的去路。

“你说什么？”萧一看着女孩，女孩那魔鬼般的身材令萧一精神为之一振。

“我说的是日语哦。”女孩微笑着，虽然脸蛋不如身材出众，但也非常不错。

“哦哦，呵呵。”萧一全身发热，他本来没听出女孩说的是日语，不过回想了一下，似乎的确很像，毕竟萧一也不清楚日语到底是什么样，既然听上去这么性感，想必是日语无疑。

“我叫茵茵，愿意陪我散步吗？”茵茵的睫毛一抖一抖的，如同一把毛刷撩拨萧一的心脏，“不远的，一小段路，很快就到的。”

萧一是何等敏感的聪明人，他笑了，他明白她是干什么的了，他早就听说学校里的暗娼都用日语做拉客的暗号，“多少钱？”

“你愿意给多少都可以，100 起步。”茵茵扭着腰靠到萧一身旁，裸露的肩膀碰触萧一的手臂，萧一已经失去了思考的能力，他只是庆幸自己口袋里还有两张。

他们散步到附近的一栋公寓，爬上黑乎乎的楼梯，在第三层打开一道铁门，茵茵打开灯，萧一关上门，茵茵走入一个甜蜜温馨的小房间，“请进哦。”

“你一个人住？”萧一关上小房间的门，按下球形门锁上的按钮，他已经有点喘不过气，之前和女朋友去过许多宾馆，可是从来没有这样的刺激，宾馆总是给人一种虚幻的感觉，不贴近生活，果然还是家常菜好吃，特别是别人家的家常菜。

“是啊，我一个人住，好寂寞哦，要不要以后搬来和我一起住呢？”茵茵勾住萧一的脖子，萧一抱住茵茵的细腰，心想这样的女孩，给她10 万也是值得的。

萧一觉得茵茵真好，真便宜，比交女朋友实惠多了，何况并没有身材这么好的女朋友可以找，萧一决定付出他的所有，可惜今天只带了200 块，没关系，留下联系方式，下次再来。

热情退却后萧一也察觉到了点什么，他预感这是他的最后一次，仿佛一生的激情都在这一刻透支，只觉得腰酸背痛，他叹了一口气，不情愿地从茵茵的身上爬起。

茵茵帮他取下了安全套，动作却没有戴上时的那么轻柔，有点痛。

忽然，咔嚓一声，门开了，三个男人走了进来，标准的彪形大汉，个个浓眉大眼面无表情，其中一个男人接过茵茵手上的安全套，熟练地打了个结，然后把那可怜的袋子丢进一个便携式小冰箱，随着冰箱门轰地关上，萧一明白自己完了。

另外两个男人咔嚓咔嚓地拍照，茵茵撕破裙子挡住脸，萧一想穿一下裤子，可是裤子早被拿走了，萧一用手护住私处，扭过脸去，男人们笑了，茵茵也在裙子底下发出妖精一般难听的笑声，这一刻，萧一终于明白了什么是耻辱。

“你们想干什么？”萧一发抖着嘴唇问。

“你强奸了她。”其中一个男人说道，“证据确凿，有图有真相，还有你的DNA，现在，两条路给你走。”

萧一脑中一片空白，看着依然全身赤裸的茵茵，她已经从脸上取下那条破裙子，正用它扇着风，风很冷，萧一全身发着抖。

“一条路，现在就抓你去公安局，关你个十年八年的，你上了老哥的女朋友，老哥会让你在里面过上好日子的，你的照片也会上学校论坛，让你当一回明星。”男人冷冷一笑，“还有一条路，10万私了。”

“敲诈，你们是敲诈勒索！”萧一忽然愤怒了，他还想用愤怒来震慑对方，可是声音颤得厉害。

那四个人笑了，如同看着一个刚洗完澡的婴儿，男人把小冰箱敲得“咚咚”直响，“你懂法律吗？法律是讲证据的，到时再把你的照片发到网上去，标题富二代强奸少女，哈哈哈哈，你懂的。”

“我是穷人。”

“哈哈哈哈，穷人进了公安局那就更惨了，特别是穷得连内裤都没有的，还好，咱们一少有钱得很。”

萧一只想撞死在墙上，这个世界是坚硬的，如同这墙壁，可是一头撞去是不会死的，如同苟延残喘。

“要去公安局还是私了！”一个男人不耐烦地走了出来，抓住了萧一的胳膊，萧一说不出话，他不想说话。

“那就走吧！”另一个男人抓住萧一的另一条胳膊，把萧一往门口拖去。

“私了……私了。”萧一绵软无力地说道。

9

“骚骚，给我来牛肉盖浇。”一个顾客猥琐地对着我笑。

我狠狠地瞪着面前的男人，却引来周围更多男人的哄笑，“骚骚，烧烧的女人是骚骚，哈哈哈哈！”

我用擦桌子的抹布捂住脸，流着泪水冲进小房间，死烧烧，死烧烧，你看你给我带来了什么样的外号！

我听到老板娘行侠仗义，她扯开嗓门教训他们，“你们这些操蛋，都来新镇几年了，有女人了没有，人家烧烧才来多久，就把我家小西施勾引走了，你们啊，没本事爬墙，就说红杏太浪！”

男人们笑嘻嘻地唉声叹气，此起彼伏地自爱自怜，烧烧却一个人坐在角落，头戴大馒头，完全不知道周围发生了什么。

晚上 8 点过后，客人就稀稀落落越来越少了，烧烧便拿下耳机和我说话，他坐在一边看我干活，我一边干活一边看他，真是怎么看都看不够，我的烧烧实在太帅了，为了他，被取 100 个外号也是值得的。

老板娘为我名花有主而高兴，她也喜欢烧烧，她夸烧烧斯文稳重，夸烧烧长得帅，她把烧烧的饭钱给免了，而且还要烧烧午饭也过来吃，我忽然觉得我回家了。

不过老板娘还是有点过分了，她说烧烧晚上应该和我一起睡，当着烧烧的面就说出了口，还是在烧烧没有戴耳机的时候。

我红着脸就跑进了小房间，放下靠在墙上的床垫，我大声地对外面喊，“不行！”

老板娘拉起烧烧就往里面推，烧烧痛苦地挣扎着，他也喊着“不行”。

其实一起睡也未尝不可呀，不是迟早的事吗？我真希望老板娘可以制服烧烧，可是烧烧还是跑了，我知道，他想念那根灯柱，他半夜是要学习的，读那本软软的《和声学》，他说音乐学院都用那本书做教材，他说自己虽然读不了音乐学院，但是只要靠着勤奋和真诚，以后也一定可以写出伟大的交响乐作品，我问烧烧真诚有什么用，他说作曲的时候，真诚就是天赋，我问烧烧什么是交响乐，他说一部交响乐就是一个世界。

我躺在床上想着烧烧，我想打开窗户去找烧烧，可是我忍住了，他已经被我耽误了好多好多夜晚，他可以用来学习的时间本来就不多，他说白天的时候到处都是噪音，根本没有办法学习，而读《和声学》的时候不能听音乐，所以只有在夜深人静的时候才能读书，我问烧烧你是不是不用睡觉的，他说他随时随地都可以睡的，比如拍完一片土，准备拍下一片的时候，比如刚吃完饭旁边人声鼎沸的时候，他说自从有了大馒头，他睡得更好了，因为大馒头隔音能力更强，可以把噪音世界隔离得更远，离开噪音世界人就安心，安心才能睡好觉，靠近噪音世界人就浮躁，浮躁就要不得安生，他说随着工厂、汽车、手机、工地的增多，噪音完全主宰了世界……

我回想着烧烧的每句话，想到他说话的样子我就睡不着，可惜他从来没跟我说过甜言蜜语，我得想个办法给他赶鸭子上架。

“啪、啪、啪、啪。”这是大厨叔叔拖鞋的声音，他肯定是下床上厕所，厕所在我房间的对面，他下床后应该向左走，可是我忽然听不到他拖鞋的声音了，我房间的小门被拉开了，虽然窗户拉着窗帘，还是透出一点外面的灯光，于是我看到了叔叔的身影。

“你没睡呀？”叔叔说道，口气里饱含着讨好献媚的味道，我从来没听过叔叔的喉咙里可以传出这样的声音，这不是一个老实人所使用的腔调。

“是啊，怎么了，有事吗？”我打了个哈欠。

“有事啊，小英，叔叔想和你谈谈。”叔叔一屁股坐在我的床铺，他的臭屁股碰到我的小腿，窗外的路灯把他照得更清晰了，我看到他赤裸的上身和下身的一条短裤。

“叔叔，我们白天再谈不行吗？现在该睡觉了。”我说道，觉得叔叔怪怪的，“你该不是在梦游吧？”

“是啊，我做梦都在想着来找你，谈谈，你不要紧张，就是谈谈，好不容易的，你以为我容易吗？你阿姨是头母老虎，我这几十年来过的都不是人过的生活，终于我想到了办法，我买了一瓶维生素，买了一瓶安眠药，我把维生素全部倒掉，把安眠药倒进维生素的瓶子里，我把那漂亮的瓶子给你阿姨，我说你应该补充点维生素，她很开心，说我终于关心她了，我说这个维生素要睡觉之前吃，说明书上写的，你阿姨不认识字，所以她就睡觉之前吃了，所以她现在睡得很好，从来没睡得这么好。”

“那你要和我谈什么？”我问道，心想俗话说的没错，老实人不骗人，一骗人就要骗死人。

“小英，我给你 200 块，你跟叔叔睡一次，小英，别生气，不要这样，可怜可怜你叔叔，你阿姨是母老虎，我都十几年没吃过肉了，去年那个小妹，我就是和她摸了摸，被你阿姨发现，她竟然就把小妹赶走了……小英，你别担心，这次，你叔叔有办法了，你叔叔有维生素，那母老虎睡死了也就是头猪……小英，不然就 300 吧，你叔叔没有多少钱……其实不要谈什么钱了，谈钱伤感情……小英，我是真心喜欢你，我们改天把那母老虎赶走，这饭店就是咱俩的了。小英，叔叔是说真的，叔叔不会骗你的。”

我对他摇头，他压在了我身上，这老狗急了也跳墙，我尖叫，他一只手捂住我的嘴巴，另一只手就要拉我的裤子，庆幸我一直有所防备，虽然我一直防备的并不是他，牛仔裤易守难攻，我紧紧抓住裤头，他折腾了半天，也没拉下我一寸领地，气喘吁吁地翻身躺在了地上，就像一条死鱼，翻仰着白肚皮。

“叔叔，今天这个算是什么事，这是犯罪你知道吗？知道吗！”我也气喘吁吁，主要是心中有一股恶气，还好这条老狗根本不是我对手，我真想拿来菜刀抹了他的脖子，可是我还是想到了现实，我不想失去现在的工作，也不想让这样的事闹到路人皆知，我知道老板娘的脾气，如果告诉了她，他们夫妻肯定要大干一场，我也吃不了兜着走。

大厨叔叔很害怕的样子，恢复他平时那副老实本分的模样，可怜巴巴地看着我，“以后不敢了，不敢了，真的不敢了，放过叔叔吧，叔叔是真心对你，眼看你就要跟别人在一起了，今天晚上才没忍住，以后叔叔不敢了，真不敢了。”

大厨叔叔起身上楼，我在黑夜里默默地流泪，我发抖，因为觉得可怕，觉得没有人可以信任，死烧烧，你为什么不在我的身边？你能不能保护你的女人？你这个戴上耳机就对一切不闻不问的臭男人，你除了给我带来一个“骚骚”的外号之外还能给我带来什么，你永远也不会知道我今天遇到了什么危险，你除了那些破音乐你还知道什么，那些破音乐又能给你带来什么，嘲笑？除了嘲笑，还有什么！

我打开窗户跳了出去，我要去找烧烧，我要去和他大吵一架，虽然我绝对不会告诉他之所以吵架的真相，我要把一切的愤怒发泄到他身上，我要让他感受一下我所感受的，要让他也明白生活的艰辛。

我看到烧烧了，他靠在灯柱上，捧着那本厚书在读着，偶尔抬头望一眼天空，他脖子上的大馒头在路灯下熠熠生辉，他根本不会看到我，他专心致志地与世隔绝，他的世界美好而纯净，我怎么忍心把污秽泼在他的身上，用噪音污染他的耳朵。

我没有继续往前走，晚风吹过我的脸，泪水从嘴角划过，它们的味道是咸的，不苦。

10

校园里风景秀丽，比萧零见过的所有公园都美丽，绿草地，咖啡厅，还有湖光山色，还有小径林荫。

萧零来过一次这里，那是给弟弟送笔记本的时候，快一年了吧，萧零已经记不太清，时间对他来说本来就是可有可无的东西。

他头上戴着大馒头，听着理查·施特劳斯的《死与净化》，他想在弟弟的学校里走走，代替弟弟走走，也许，他还会碰到一个熟悉的身影，他可以叫他一声，“一”。

萧一在人生的终点留下了一条短信，他把事情的真相用自己的叙述方式告诉了萧零，这是给哥哥一个交代，给爹一个交代，也许萧一还希望他们能为他报仇，所以他把那栋小楼的位置写得很清楚，三楼，左边那扇门。

报仇的事，萧零都不需要操心，当他到公安局报道的时候，警察就带着他去看望了几个犯罪嫌疑人，警察根据萧一发出的“遗嘱”找到了那扇门，破门而入的时候，三个男人正和茵茵在拍摄小电影，两架摄影机多角度录制，还有打光设备，四个人一丝不挂，自拍自编自导自演自剪，在供词里，他们畅谈梦想，原来茵茵是想当明星的，三个男人到处弄钱，可惜可惜，遇上萧一，这天狼煞星，本来是调查出萧一是块肥肉才下手的，想不到这“富二代”居然这么想不开。

那个夜晚，萧一跌跌撞撞下了那栋楼，路上行人稀疏，秋风萧瑟，四周十分安静，不远处的烧烤摊前却有两个男人在吵架，萧一走到他们身边，却听不出他们在为了什么吵得不可开交。

“你们别吵了。”萧一说。

两个男人一起看他，那卖烧烤的汉子对萧一说，“你来帮忙评个理。”

萧一笑了，阴冷的口气，他说，“从来就没有道理可以评。”

两个男人不管他，继续吵起来，萧一在口袋里摸出两张百元钞票，伸出左右两手，“一人一张，咱们不吵了。”

两个男人摸不着头脑，没有人伸出手接钱，不过萧一一一把钱塞进了他们的怀里。

萧一转身走了，和世界做了告别，他觉得自己亏欠了太多，亏欠爹，他又当爹又当妈地把自己拉扯大，自己就这么先走了；亏欠哥，他把上大学的机会留给了自己，其实他当年根本没生什么病；他亏欠她，他真心想给她一个美丽的世界，可是他只有谎言；他还亏欠那位茵茵同志，虽然不怎么尽兴，200 块还是应该给人家的。

萧一走回了学校，走到了寝室楼前，他回来得太晚了，门关着，萧一摸了摸门板，凉凉的，却透着温暖，如果他可以进寝室楼，如果他回到床上睡一觉，他也许就不想死了，睡眠可以放松紧张崩溃的神经，睡醒后可以告诉自己昨天发生的只是一场梦，可是萧一没有敲门，他不想打扰宿管大爷睡觉，大爷最恨半夜鬼敲门，上次萧一回来晚了，就被大爷臭骂了一顿。

萧一体谅大爷的心情，他不怪他将他拒之门外，是自己，是自己活在自己编织的梦里，是自己用一条一条门板将自己关到了现实之外，这个夜晚，萧一明白了现实，现实忽然闯入了他的房间，逼迫他面对现实，他永远不是他想成为的人，可是他过得太奢侈了，原来只是将生命提前透支了，“爸爸的集团拿不出 10 万块，哥哥的耳机厂拿不出一个正品的大馒头，他受够了，不想再辛苦地欺骗下去，就让一切结束在谎言被撕开之前。”

萧一来到 13 层高的教学楼，发了一条短信，然后拉开一面窗，如同推开一扇门。

萧零看着萧一落地的那块土地，这土地是水泥做的，不知道是谁在上面画了一个人形，白色的线条，灰色的身体，路过的人都绕道而行，仿佛那白色线条里是一个灰色的深渊，仿佛那张开的手臂还可以抓住谁的脚踝。

这里流淌过弟弟的鲜血，鲜血已经被洗刷得毫无痕迹，旁边是一个篮球场，高高的铁丝网内，许多男生在奔跑跳跃，强壮的体魄充满生机，一个瘦小的女孩坐在铁丝网边，两条晶莹剔透的小腿夹住白色的长裙，在她的头上，戴着一个紫色的耳机。

“爹，该走了。”萧零的老爸已经在铁丝网边坐了一个早上，浑浊的老眼无神地看着萧一落地的方位，睫毛上沾着眼屎，那或许是凝固的眼泪。

“咋这么傻呢，没钱就不给啊，咋这么傻呢……”苍老的中年人看到大儿子就重复这么两句话，这几天他除了这两句之外几乎没说过别的，他可能永远也体会不到自己那小儿子的心情。

“是是，傻，萧一是傻，可咱也得走了。”萧零把耳机挂在脖子上，耳朵里听着周围的声音，周围的声音平淡混乱，近乎虚幻，他觉得这个世界是不真实的，否则弟弟怎么会不在了呢。

“咋这么傻呢，没钱就不给啊，咋这么傻呢……”

萧零拉起了老爸，老爸太轻了，“萧一会回来的，人是不会死的，还轮回呢，是吧？”

苍老的中年人不得不迈开落魄的脚步，开胶的布鞋在地上拖着，嘴里还絮絮叨叨那两句话，最后萧零回头看了一眼女孩，主要是想再看一眼她的血馒头，女孩已经把血馒头握在手上，瞪着大眼睛呆呆地看着萧零。

萧零忽然感到无比的心痛，她手中的血馒头似乎和自己的黑馒头有某种联系，那哀伤的眼神是那么明确地对准着自己，他觉得自己真的亏欠着她什么，可是那么超凡脱俗的女孩又绝不可能和自己有什么交集。

萧零加快了脚步，拖着跌跌撞撞的老爸走开了，在女孩的视线中留下两个落魄的背影。

他们走远了，女孩哭了，原来萧一不是他吹嘘的那种人，可是他又何必伪装呢，他以为伪装之后才会被喜欢吗，可是在不知道他是“高富帅”之前，自己就觉得他很不错了呀。

萧一被骗了，他太高估金钱的作用了，女孩抹去眼泪，眼神变得坚定，她看到周围所有人都是骗子，只有萧一不是。

11

秋老虎晒得人头晕目眩，工人下班的时间马上要到了，大厨叔叔准备好各种材料严阵以待，我挥舞着抹布拍死一只只苍蝇，老板娘却还坐在电风扇前打着哈欠，“小英，你说我这怎么会这么困呢？好像晚上的时候都没睡觉一样。”

我把抹布放到水龙头下冲洗，看了看老板娘那熊猫一样的脸，实在不想再瞒下去了，大厨叔叔隔三岔五就半夜跑到外面去，老板娘每天都吃着安眠药睡觉，眼看她一天比一天消沉，再这样下去，说不定要生病了。

“姨，你想想是不是吃了什么药，我听说就算是营养品也不能乱吃的，要问问医生。”

“哦！哦，对对。”老板娘一拍大腿，“我这段时间都吃维生素呢，好像自从开始吃那玩意儿，人就越来越不行了。”

“那你停几天试一试吧，看看会不会好些。”我在心里偷笑，老板娘真是一点就通啊，我偷偷瞄一眼一边的大厨叔叔，哈哈，他铁青着脸看我呢，哼，别不高兴，我已经很客气了。

“骚骚，骚骚，不好了，不好了，告诉你一个坏消息！”一个琉璃瓦厂的工友向饭店跑来，上气不接下气，“你们家烧烧耳朵坏了！”

“怎么，怎么坏了？”我抓住水龙头，只觉得自己要晕倒，水管哗啦啦地晃着，水哗啦啦地流着。

“耳朵听不见了，他现在去医院了，他本来还不想去，厂长逼着他去的。”

更多的工友来饭店了，他们谈论着烧烧，“像他那样成天戴着耳机，你说耳朵能不聋了吗？”

“幸好，好像说是只聋了一边。”

“厂长还不错啊，以前没看出来，居然还会开车送烧烧去医院。”

“烧烧命不好啊，前段时间他弟弟跳楼了，现在他耳朵又坏了，耳朵就是烧烧的命根子啊。”

12

“哈哈，早上吓死我了，一起床，就发现耳机右边没声音，我还以为大馒头坏了，大馒头要是坏了，我怎么给你交代啊，后来我把耳机反过来戴，依然是右边没声音，我就放心了，是耳朵坏了。”

我抱着烧烧大声地哭，我捶着他的后背，“死烧烧，臭烧烧，破烧烧，烂烧烧，傻烧烧！”

“没关系，不要紧。”烧烧的声音还是哽咽了，“贝多芬也听不见，真正的音乐家是不害怕耳聋的，耳朵只能听到噪音，和别人的音乐，自己的音乐，只在自己的心中，何况，还有一只耳朵呢。”

13

在新镇的东边，有一家饭店叫回家，往饭店的西侧走300米向右拐，再走400米，可以看到一条流着黑水的小河，过了那条河，就可以看到一家塑料厂，再往里走一家，就是琉璃瓦厂了。

在这琉璃瓦厂里，有一个名叫萧零的年轻人，别人都叫他烧烧，不要以为他是负责烧坯的，他的外号和工作无关。

萧零是负责拍土的，把紫砂和青土搅匀，然后拍平，这叫坯泥成坯饼，再把坯饼推到石膏模内印上花纹，放入火炉里烧制。

琉璃瓦就这样出来了，工人们再检查修整一下，就可以装箱上车，货车将它们运到各个工地，琉璃瓦便上了人们的屋顶。

萧零它们厂的琉璃瓦是和别家不同的，因为有了萧零，他在拍土的时候，总是先用手指写下一篇篇乐章，虽然拍平后乐章就看不见了，虽然烧干后丝毫也看不到乐章的痕迹，不过没关系，乐章已经存入了那些泥土，一片片流光溢彩的琉璃瓦，如同一张张流光溢彩的CD，它们带着萧零的乐章，经过烈火的烤炼，经过路途的颠簸，经过工人精心的拼贴，上了一个又一个屋顶。

阳光释放了琉璃瓦中的乐章，如同激光释放 CD 里的音乐，乐章在风中交响，吹往世界的每个角落。

萧零的音乐是有主题的，他用他的音乐，和噪音对决。

音乐的主题都是一个字：

当柔风吹过，是美好；

当狂风吹过，是热爱；

当暖风吹过，是幸福；

当寒风吹过，是坚强。

黑色卡农

1

一个闷热无聊的下午，我独自一人走进了三毛吧。

这里是一个咖啡厅，不过他们也卖一些酒，音乐大体是舒缓的，常常是各种版本的《D大调卡农》，也许老板对这个曲子有什么特殊的爱好吧，常常一整天都是这个曲子，循环得如同时间本身，循环到让人忘了时间的存在。

我每天都来这里，从下午到晚上，由于我是没有早上的，所以可以说是一整天都在这里，带一本书，坐到肚子饿时去街上吃一点饭，然后回来重新坐下，通常我原本的座位都还在，因为我出去的时间很短，外面的世界是用噪音在做单曲循环，我觉得喘不过气，总是匆匆逃回，还好三毛吧生意不怎么样，冷冷清清，老板铁定会把位置给我留着。

我原本还希望能在三毛吧寻觅到一个多愁善感的单身女孩，喜欢边喝咖啡边读书的，长发白裙神情忧郁的那种，可是这里哪里有单身女孩，都是被男生约会来的，这么多年来没有看到过一个，如果说有单身女孩的话，那就是三毛了。

三毛吧里挂满了三毛的照片，一个长发飘飘神情忧郁的女人，我也看过她一点文章，果然是多愁善感的，她写的是散文，可是里面写了许多不怎么真实的事情，比如加纳利群岛根本没有美国领事馆，她却会说自己在这个领事馆当过秘书，还有一些她不曾去过的景点，她根据旅游画报写得栩栩如生……因为她的这点小缺点，许多人批评她，其实人们不懂这个天纵的才女，我抬头看着照片上她微微睁开的眼睛，觉得心里发寒，她是看透了。德里达说文本之外一无所有，反过来说就是一切都由文字组成，所以三毛大可不必尊重事实，她把自己的人生写成什么，她的人生就是什么。

“你好！”我正在发呆，一个男人忽然坐在我的对面。

我把视线从三毛上移开，看了看面前的男人，我不认识他。

“有什么事吗？”我觉得很不舒服，面前的男人一直盯着我看。

“这三毛很好看吗？我觉得不怎么样。”他不屑地说道。

“哦。”我不好意思地低下头，我想长时间看着一个女人的照片发呆是不怎么礼貌的，不过我又觉得照片既然挂在墙上，就是要给人看的。

“你桌上是什么书？”男人似乎完全不把我当陌生人，自来熟地就把我的书给挪到自己那边去了。

我脾气很好，不喜欢和任何人计较，主要是我从来不喜欢和人打交道，不管是什么类型的交道，所以我干脆喝起放在一边的咖啡。

“请不要搅拌咖啡！”坐在对面的男人忽然说道，“请给你的卡布奇诺保持层次感。”

“层次感，这是什么？”我放下小勺，看着他，而他正在认真阅读我的书，一本爱伦坡的文集。

“人类的努力对于人类本身是没有明显效果的，和6000年前的人类相比，现在的人类只是更活跃了一点，没有更幸福，也没有更聪明。”他大声读出这么一段话，引来旁边人的注视。

“请小声一点。”我对他说道。

“你这个书不错，至少这句话我喜欢。”男人微笑着把书推回到我面前，这时候服务生给他送来了咖啡。

我大感情况不妙，咖啡都端来了，看来此人已经打算在我对面一坐了之。

“对不起，谢谢，可是，你可以去那边坐吗？我读书的时候喜欢一个人坐。”我结结巴巴地和他商量，好像我亏欠他什么一样。

气氛立刻变得尴尬，男人吃惊地看着我，似乎无法理解我所说的，服务生微笑着打起圆场，“是啊，那边的座位还有空调，更凉快。”

“对不起，我怕冷！”男人忽然从不知所措的境遇中解脱，他没好气地说道，“我不能吹空调。”

“哦，对不起。”我把书本夹在腋下，双手端起咖啡杯盘，就在我即将起身离开的一刹那，男人忽然伸出手压住了我的杯盘。

“我不怕冷。”我微笑着，嘲讽地看着他。

“不，你不知道自己现在有多危险，我是一个私家侦探，我有一段离奇的经历，让我讲给你听，可以吗？”他诚恳地看着我。

“我有什么危险的？”我最关心的是这个问题。

“听我说说自己的故事吧。”

2

那天我一个人在办公室无所事事，很久没干活了，大概半年了吧，不过上一单拿了5万佣金，所以不干活也完全没问题，只是心痒难耐，毕竟我不是纯粹为了赚钱做这个工作的，还为了满足好奇心。

阳光很好，射进我的办公室，我看着在光线中飞舞的微尘发呆，觉得自己也化成了一堆尘土，为了让自己稍微振作一点我掏出了一根烟，这个时候门开了，老婆带进一个女人，女人很紧张，看得出来是有钱人，老婆是心理医生，我的雇主都是老婆的患者，毕竟心理问题不能单从心理层面解决，我专门处理实质性问题。

“你们聊，哎呀，你别抽了，人家会受不了的。”老婆从我手里抢过烟，塞到自己嘴里，然后就关门离开，我觉得她在出门前就已经把门关上了，不过这怎么可能，如果出去前就关门的话，她又是怎么出门的。

“不好意思，请坐。”我发现自己冷落了面前的女人，居然只顾自己想心事，我指了指办公桌对面的沙发，她机械地坐下。

“他出轨了，我要跟他离婚。”她很干脆地说道，语气中不含任何感情，以至我觉得那句话不是她说的，不过旁边没有别人，所以说话的肯定是她。

“能抽烟吗？”我询问地看了看她，又看着摆在桌上的福尔摩斯像，福尔摩斯正在烟瘾发作呢。

“可以的，请便。”她其实不希望我抽，不过将就着点头。

我没有掏烟，忍住，“那么，是需要证据了？”

“是的。”

“他是做什么的？”

“软件公司老板，做管理系统。”她摸着放在大腿上的名牌包，下意识地摩挲着，看得出来她很喜欢这个包，她的手指细长白皙，虽然30多岁了，还是比大多数女人好看。

“管理系统，也就是说，让软件系统来管理？”我问道，随便问问。

“没错，应该是的，我也不怎么了解，超市、监狱、学校和各种各样的公司都需要这种系统。”

“好，佣金两万，没问题吧。”

“没问题，我先给你两万，搞定以后再给你两万，拜托你了。”

我喜欢这样的雇主，他们非常了解信息的价值，知道侦探的重要性，说实话侦探是真正的知识分子，培根说得好，再残暴的皇帝也主宰不了知识，知识就是力量，我只要搜集到高质量的情报，雇主离婚时就可以得到更多的财产，所以说知识就是力量一点都不夸张，我接下了这个单子，用半个小时分析了雇主提供的材料，看着雇主丈夫的照片推测他的命运，我越看越觉得她拿来的这张照片像是她丈夫的遗照，我笑了笑，最后往福尔摩斯的烟斗里点上烟丝，走出了办公室。

我去软件公司楼下等待猎物，靠在行道树上抽烟，有一个疯子坐在另一棵树下，手里拿着一根竹竿念念有词，有单身女人路过时疯子就用竹竿去捅人家屁股，被捅的女人总是尖叫一声跑开，然后疯子就傻笑起来。

没有人找疯子算账，路人都冷漠地看着，有一次疯子傻笑的时候，路边有两个男人也笑了，笑声非常猥琐，这是我抽第三根烟的时候，疯子已经捅了十几个女人了，猎物还不下来，我有些不耐烦，把烟扔在地上踩灭，走到疯子身边，往他头上用力踹了一脚，我们这个世界对疯子总是无限度地容忍，因为每个人都打心眼里羡慕疯子的自由，可是我对这种自由却发自内心地仇恨。

疯子摸着脑袋嗷嗷直叫，从地上爬起来，睁着黑白分明的大眼睛瞪着我，这时候猎物下来了，猎物的目光正投向疯子和我，“他妈的，来得真不是时候。”

疯子后退了一步，举起手上的竹竿指着我，说着一堆听不懂的语言，只能听出他的口气非常恶毒，像一个巫师在骂着咒语，我对他挥了挥拳头，他忽然得意扬扬地看着我，眼中放射出胜利的光芒，我心中一惊，真的觉得自己输掉了什么，我下意识地摸了摸口袋，还好什么也没有失去，疯子转身走开，他的裤子上有一个很大的破洞，露着黑乎乎的屁股。

我当然没有心情欣赏疯子的背影，工作开始了，猎物身边果然有一个女人，女人戴着蓝色太阳镜，长发飘飘，身高一米七，走起路来像是模特，大概原本就是模特也未可知，好吧，我的雇主确实长得不如她，但是看人也不能光看外表啊。

我已经给他们拍了两张照片，摄影机就装在手表上，做侦探最重要的守则就是隐藏自己，为了教训那个疯子我已经落了下风，说不定已经被那对男女注意到了，我后悔不已，怀疑自己也是疯子，怎么那么沉不住气。

我混在人潮中换了衣服，我穿了一件短袖T恤和一件长袖衬衫，把衬衫丢进垃圾桶，假发和墨镜也一起丢了。

那对男女拐入一家精品屋，这精品屋一看就知道是为学生开的，那男人已经快40岁了，不过女人看不出年龄，现在人都喜欢装嫩，谈起恋爱来都模仿中学生，我混入精品屋，希望拍到他们挑选商品时的亲密表情。

精品屋里琳琅满目，各种工艺品摆满两边，商店是一个狭长的空间，就像一个通道，实际上的确是一个通道，一进门就可以看到对面另一道门，那道门通往大楼另一边的街道，这种商店并不少见，从这样的商店可以方便地到达另一条街，也因为常常有人需要走这样的通道，所以可能会顺便买几个商品，特别是精品屋，看到这么漂亮的工艺品，难免激发出购买的欲望。

把商店做成通道的坏处是人流量太大，卫生不好维持，噪音太多，而且商品可能会不小心被撞坏，所以精品屋也不适合这么开，这是我第一次看到精品屋做成通道的，那对男女慢慢地看着工艺品，偶尔贴在耳边窃窃私语，工艺品都没有放在玻璃柜中，安然自得地摆在架子上，一尘不染，地板也很干净，没有行人借道，没有，连店员都没有，整个精品屋只有我们三人，冷清得可怕。

我浑身不自在，用手表给他们拍了几张照，这种照片价值不大，我只好专心看工艺品，我对玩偶比较有兴趣，走到一排机器人面前，机器人下面的标签写着“高达手办”，高达我听说过，是日本动漫里打宇宙大战的激动战士，手办是什么？这明明就是玩偶啊，或者说模型，却叫什么手办，现代人就是喜欢发明一些字典上查不到的词来展现自己的与众不同，也许是真的与众不同吧，是我不懂，高达手办的旁边有一排小人引起了我的注意，不男不女的小人，眼睛很大，占了半张脸，那眼神好像是活的，发着光，标签上写着“薇薇安公仔”，一个公仔卖50块钱，我想买一个，但是没有店员，没办法付账，我不知道这家老板是怎么想的，难道不怕有人拿走商品吗。

买不了就算了，我觉得老板大概是艺术家，根本没打算做生意，墙上挂着一幅画，用铅笔画出的一栋大楼，标签上写着“大使馆，非卖品”，这画上的大楼很奇怪，好像在哪里见过，但是并不好看，画的旁边有一扇门，木制的，木头的纹理绕出许多圆圈，圆圈并不完整，有一大片的线条没有在门上，也许这世上还存在另一扇门，上面的线条可以和这扇门若合符节地组成完整的圆，我怀疑这扇门也是一个工艺品，门的后面没有空间，肯定没有，因为没有门框，虽然门的确是嵌在墙里，但怎么看都觉得门是假的，门上有一个球形的把手，我出神地看着这个把手，它的表面十分光滑，透着一种说不上名字的颜色，我伸手转动那个把手，球形把手中传出咔咔的感觉，只有感觉，没有声音，但是我听到不远处的那个女人发出一声轻轻的叹息，我转头看她，她正看着我，眼睛睁得像薇薇安一样大。

我忽然感觉到恐惧，我没有勇气拉开这扇门，我轻轻地放开了把手，门锁重新咔咔地锁上，这次咔咔的感觉明显松了许多，里面可能生锈了，可能很久没有人转动这个锁了，现在好了，它等到了我。

3

我站在门前感到很尴尬，随便转动别人的门把手是不礼貌的，那对男女看着我，责怪和蔑视的表情，门后面真的可能是一个房间，说不定老板就在里面，是卫生间也有可能，可是我真的觉得门后面就是一堵墙，白花花的墙。

那对男女转身走开，出了通道的另一边，我觉得今天的行动已经失败了，我已经换了一次装，没办法再换第二次，我本可以第二天再来跟踪他们，但是我看了看那幅叫大使馆的画，还是决定马上跟上去。

那对男女向着海边走，他们知道我在跟踪他们，知道了又怎么样，我头晕脑涨，对前面晃动的那一对身影充满仇恨，我必须跟着，这种无赖的跟踪得不到任何线索，而且可能打草惊蛇，导致后面几天他们躲藏起来，但是我已经管不了那么多，我此时不是一个侦探，是一个疯子，我只想跟着他们，准确说是跟着那个女人，因为关于我命运的答案在她的心中。

他们到沙滩边吃饭，我也在一张桌前坐下，欧式的白色餐桌，看起来很高级，我只要了两个扇贝，要填饱肚子的话还是回家找老婆比较合算，他们那桌就不一样了，扇贝是炒粉丝的，龙虾上抹了一层黄黄的不知道什么东西，大概是蟹黄，我一边吃着一边拍照，都是他们的侧脸，男人用面巾纸给女人擦过一次嘴，也被我抓进了手表，他们根本不把我当回事，甚至有表演给我看的嫌疑。

扇贝非常难吃，肥得吓人，肉水水的，不过想到手表里的照片我觉得这几个扇贝吃得还算值得，吃完扇贝我到海边走了走，海风把我吹得清醒了一些，不过一边走一边还得注意别被他们跑了，等了他们半个小时，他们终于搂搂抱抱地站起身。

不出所料，他们走到了海滨宾馆，我就在宾馆附近等他们呢，他们每一个前进的步伐都被我拍下，最后我干脆走到他们的面前，给他们拍了几张正面照，那个女人微笑着看我，我似乎成了他们的摄影师，问题是安装在手表上的针孔摄影机很难拍出艺术效果。

我无法原谅他们，我被深深地侮辱了，他们蔑视我，蔑视侦探，蔑视知识和情报，我在宾馆附近游走，像一只烦躁的狗，天黑得很彻底，没有一点月光，我抽完了最后一根烟，也走进了宾馆。

“先生，您需要什么房间？”柜台只有一个服务员，小宾馆没有保安，我掏出了手枪。

“先生……我们老板允许，允许在这种情况下让您拿走所有现金，我现在就给您。”她很紧张，当然，因为她不知道我手上的枪是仿真的。

“刚才那对男女住在哪个房间？”

“您说的是，有一个美女戴着太阳镜是吗？”

“是。”我把手指扣在扳机上，枪口对准了她的脸。

“312，是312。”

“好的，拿上房卡，我们一起去走一趟。”我冷冷地看着她。

“好。”她拿出了一张房卡，又看了看我，小心地走在了前面。

宾馆没有电梯，一共只有4层，我们走到了312房间门前，她把房卡交到我的手上，我对她点了点头，“你不用紧张，更不要报警，我只是来捉奸，好吗？”

“好。”

“你走吧，我不会开枪的，枪是假的。”我对她微笑，她眨着眼看我，也笑了，她笑了我就放心了，我确信她不会报警，把警察找来对宾馆也不是好事。

女服务员安心地下楼，我把枪收进口袋，把房卡贴在了感应器上，门开了，我走了进去，准备好了手表。

4

我却站在了精品屋中，木门咿呀一声在我身后关上，薇薇安们看着我，精品屋中没有人，只有我一个人，温馨的橘红色灯光洒满整个空间，有一个音乐盒在播放一首我不熟悉的乐曲，房卡还在我的手上，我转身转动门上的球形门锁，我拉开了木门，是一堵墙，一堵白花花的墙。

我不明白发生了什么，但是我早就知道会发生一些不该发生的事情，自从球形门锁里咔咔的感觉传到我手心的时候我就已经知道，我知道了一切都只是现象，本质的东西被瞬间抽空，也许原本就不存在所谓的本质，但是我们天生就相信本质，这种相信让本质作为一种现象得到了公认，成为一个颠扑不破的泡沫，可是球形门锁的咔咔摧毁了我的迷信，这是我知道的，我因此要紧跟那个女人，那个女人可以告诉我事情的真相，我相信她可以给我真相。

不管怎么说，我跟丢了那个女人，我回到了这个地狱般的精品屋，我觉得那些名叫薇薇安的小人是活的，他们可以听懂我说的话，我张了张嘴，可是我什么也没说，我不能和他们说话，我一和他们说话就等于我确认他们是活的，我是没有本质的人，我只有现象，所以只要我确认他们是活的，他们就会真的活起来，在我的世界里活起来，那么我就疯了。

理智尚存，一股恐怖的力量压迫着我，我抓着头发，冲出了精品屋，我在大街上狂奔，所有人都给我让路，我睁大了眼睛，因为我发现自己看不到人脸，我忽然站住，看着周围来来往往的行人，我不知道他们是不是也在看我，因为我看不到他们的眼睛，我听不到人的声音，他们的脸上仿佛贴着一张白纸，眼睛鼻孔嘴巴和耳道全部封闭，周围只有汽车和高跟鞋的声音，呜呜呜……咚咚咚……像是风在敲门，敲着脚下的大门，一旦打开就可以看到死神，我开始大叫，我听得到自己的声音，这个世界安静了，因为这个世界属于我，我的专属世界。

我向着家门走去，我掏出钥匙，当我打开门的时候，我第三次站在了精品屋中，薇薇安们看着我，我张大了嘴巴，我手里还拿着钥匙，我转身拉开木门，面前是一堵墙壁，我向着墙壁走去，我告诉自己，只要毫不犹豫地走去，就可以穿过这堵虚幻的墙，就可以回到那个与人共享的世界，可是我无法完全地相信，我依然觉得这是一堵墙，我犹豫着，我下定决心，我撞在了墙上。

“哈哈哈……”我把门一摔，冲出了精品屋，有人在笑，是谁？是薇薇安在笑，不男不女的笑声，为什么我可以听到薇薇安的笑声，我已经可以听到薇薇安的声音，我疯了。

我重新向家跑去，我不知道自己跑了多久，因为我能在一瞬间穿过几个白天和黑夜，时间在加速，时间在变速，这世上原本存在着两套时间，一套是客观的，可以刻在手表上的，一套是主观的，根据每个人的心情来感受快慢，我彻底失去了客观的时间，虽然所谓的客观只是全人类的主观，因为是全人类的，所以干脆当作了客观，我手上戴着手表，上面有 12 个罗马数字，秒针在咔咔地前进着，但我不知道它是在哪一天前进，没有参照，它的转动毫无意义。

我在行道树边坐下，我盯着手表上的秒针，我想到自己可以通过手表来规范自己的时间，我首先要做到时间不变速，我必须平静，心如止水，我们会在快乐时感到时间加快，在难过时感到时间变慢，在恐惧时打乱时间，我认真地看着秒针，我体会到和尚敲木鱼的用意，他们也是在规范时间，和我一样，他们为什么要规范时间，也许是想达到天人合一的境界，我只想回归人间，想找回人类，我只想和别人生活在同一套时间里面。

我的头被敲了一下，我不理睬这种不礼貌的行为，我的头又被敲了一下，两下，敲我的人把我的头当成了木鱼，我不得不抬起头，我看到一个破衣烂衫的家伙站在面前，我看不到他的脸，但我知道他就是那个疯子，被我踹过一脚的疯子，我跳起来，对他怒吼，他后退了一步，依然举着竹竿，竹竿指着我，我怒不可遏，我想起他的流氓行径，我要杀了他，我掏出了手枪，我扣动了扳机，巨大的后坐力差点让我丢了手中的枪，一声巨响，疯子双腿离地飞了起来，脑浆炸裂躺在地上，我的脚下传来金属弹壳落地的脆响。

掏枪的瞬间我忘了这是一把仿真枪，结果它真的可以杀人，我吃惊地看着没有脑袋的疯子，看着他胯下的破洞，我往他的胯下又开了一枪，根本没有子弹，连枪声都没有。

有人压倒了我，从我的背后发动袭击，我重新被拉起来的时候，已经被扣上了手铐，是一个警察抓住了我，他又叫来了许多警察，他们拆开我的手枪，我的手枪零件被他们仔细地研究，最后，疯子被扔进了一个大箱子，我被无罪释放。

我不知道他们是怎么讨论的，我听不到他们的声音，我笑了，忍不住笑了，抓我的那个警察肯定一头雾水，他明明看到我开枪，可是我的枪明明是一个玩具，我从此改变了他的世界观，他将从此失去抓人的勇气，不过我又想到这是一个专属于我的世界，所以我改变不了任何人的世界观，也许那个疯子根本没有死，可是我真的看到他死了。

我的时间又乱了，我放弃了对时，除非我活在手表当中，除非我永远看着那个秒针，而这样的生活是没有意义的，我想起了两本书，一本名叫《时间简史》，一本名叫《时间简史续》，真的有人在研究时间，给时间写历史，时间是有历史的，真的，因为时间在慢慢地长大。

我又一次走到了家门前，这里也是我和老婆的办公室，我没有开门，我学乖了，为什么我一开门就会回到精品屋，门是什么，开门就意味着要进入一个通道，通道？没错，精品屋是一个通道。

我要等老婆出门，她一开门就会看到我，然后我就可以进去了，等待老婆的时候我努力地思考，我需要打破内心的观念，精品屋是精品屋，通道是通道，它们不是一回事，而且我开门是要进入另一个通道，不是去精品屋那个通道，思维定式是可怕的，我越努力想着精品屋不是通道，就越确认了精品屋是通道，我忽然想到可以按门铃，我按了，我一直按着，我听得到铃声，清脆悦耳的钟琴声从家里传来，一种熟悉的久违的感觉，但是老婆没有来开门，她似乎不在。

知识就是力量，知识并不保护那些被它了解和定义了的事物，而是对事物的破坏，我想到自己是一个侦探，是一个真正的知识分子，我曾经破坏了太多，我的工作把这个世界摧残得千疮百孔，我搜集着证据，我寻找着答案，我窥探别人的隐私，我破坏别人的婚姻，我终于无家可归了。

我的偶像福尔摩斯为什么总能胜利，为什么我的下场却是疯癫，我知道了，福尔摩斯之所以没有变成我这个样子，是因为福尔摩斯是小说里的人物，与时代无关，小说是虚幻的，是编造的，是封闭的一个世界，其实他也被封印在文字当中，他的一次次化险为夷和精彩的破案都是靠了作者的帮助，我不是小说里的人物，没有作者帮助我，我比福尔摩斯更自由，我面对的是真正的挑战，我需要靠自己的力量去顿悟，摧毁系统的管理打破思维的惯性，那时候我就会重新成为一个真正的人，传说中的真人，我笑了，拈钥匙而笑，我觉得自己想通了，我把钥匙插入锁孔，打开门，站在了精品屋中。

失败了，理智只能主宰最表面的一层意识，扎根于黑暗深处的无意识才是真正的主宰，不过这次和以往不同，精品屋里还有别人，一个女人。

她侧对着我，从穿着和发型可以确定她是一个女人，她正在架子前挑选商品，她仔细地观察每一个细节，把这个拿起来看看，把那个转过来瞧瞧，居然没有发觉我的出现，我干咳了两声，她扭过头看我，我看到她的脸，非常标准的一张脸。

“你好。”我尝试对她打招呼。

“你好，有什么事吗？”她询问地看着我。

“哦，我想知道，为什么我可以看到你的脸？”我坦诚地说道，我知道这样问很奇怪，可是我真的很需要一个答案。

“因为你现在正在通道里呀。”她天经地义地回答。

“哦，是，真的是这样。”我点着头，可是立刻发觉情况不对，“为什么，你知道这里是通道？”

“这里本来就是通道啊，你看，这边有门，那边也有门。”她装出一副若无其事的样子，眼神却在躲闪我的目光。

“不对，没这么简单。”我抓住了她的手臂，“我是问你为什么我可以看到你的脸，而你的答案是通道，这说明你知道这里不是一个简单的地方。”

“请放尊重一点，先生。”她生气地看着我。

我只好放开了她，但是我不会让她有跑掉的机会，“告诉我，到底是怎么回事。”

“你可能得罪了薇薇安，有一航空局曾经发射过一个旅行者号飞船，把人类文明介绍给宇宙，薇薇安根据旅行者号的路径来到了地球，地球人喜欢解释世界，必须给一切发现到的事物命名，必须承认，地球人是精神文明高度发达的物种，不过太理想化了，太自以为是，迷信着自己的迷信，不接受那些没有产生共鸣的信息，所以被局限住了，薇薇安可以利用这点来消灭地球人，现在还在实验当中，你可能恰好是试验品之一。”她对我微笑，嘲讽地看着我。

“我知道，你也是薇薇安之一，你为什么把你们的实验告诉我，你就不怕我告诉全人类吗？”

她笑了，“你能告诉谁，如果你可以和别人沟通的话，那说明我们的实验还不够成功，还有需要改进的地方，所以，你努力吧，帮助我们改进吧。”

我看着她，她转身走开，走出了精品屋，我没有抓住她，我感激她给了我一个答案，一个可以令我稍微安心的答案，虽然这个回答是科幻的，比侦探小说还离谱，但是我接受了，因为我不想成为一个疯子，我需要和别人一样有一个说得过去的世界，即使根本不存在世界这个东西。

5

《D 大调卡农》的版本换了又换，从提琴协奏到吉他演奏，从电子乐到铜管，从女声清唱到女高音合唱，从钢琴独奏到长笛重奏，全部播放一遍又重新循环，我面前的男人把他的故事告一段落，挂在墙上的三毛却依然无动于衷。

我的脑中回旋着旋律，他的故事和这旋律之间似乎产生了某种联系，大概是由于他们都作为声音同时进入我的耳内，卡农曲的特点，就是把本质相同的旋律隔开又重叠在一起，此起彼伏，轮回反复，由于“卡农”一词的原意就是规律，不可避免地令我产生了无可逃遁的感觉。

“后来怎么样了？”我问道。

“后来就是现在了，我没有找到我的老婆，我无家可归，我在所有的街道游走，我看不到人脸，我无法和任何人沟通，直到这次走进了三毛吧。”他放下杯子，“这是我这么多年来，不知道多少年来，第一次和人说话，和你说话。”

我看着他，一时间感到错愕，不过我又笑了，其实我已经看出来他是一个疯子，虽然他以为自己还不是。

“三毛是怎么死的？”他问我。

“把丝袜绕在脖子上，不知怎的，就死了。”

“那么，这个爱伦坡呢？”他指了指桌上的文集。

“哦，爱伦坡啊，有天晚上他喝多了酒，躺在大街上睡着了，天上下起了大雪，他就死了。”我无奈地靠在沙发背垫上，重新仰望三毛。

他点了点头，似乎认为这两种死法十分正确，实际上也没有什么死法可以算作不正确吧，他用手在桌上用力一撑，站了起来。

“我并不希望你能相信我的故事，你就当我在说一个形而上的寓言吧，谢谢你花时间听我讲这么久，谢谢。”

“没关系，我什么都没有，就是有时间，读爱伦坡不也是读故事吗，对了，忘了告诉你，爱伦坡是侦探小说之父，科幻小说的出现也和他有关。”

他吃惊地看着我，不知道他吃惊什么，他最后还是“嗯”了一声，到柜台结账，然后离开了三毛吧。

我终于可以重新看我的书，我打开文集，看到爱伦坡在宣告“为艺术而艺术”，他就好像跷着二郎腿斜躺在我的对面，他高谈阔论，打着美国人特有的手势，说文学和艺术不应该为生活服务，更不应该讲什么大道理，一来根本没有所谓的生活，二来更没有什么所谓的道理。

我合上书，闭上眼回想刚才那个男人，从他的故事中，我可以总结出什么道理呢，他说他讲的是形而上的寓言，寓言总是有道理的吧，我的脑袋一团糨糊，不可解释的事情太多，所以干脆不要去解释好了，大学毕业之前，我的生活是宿舍教室和食堂，毕业之后我的生活是出租屋和三毛吧，如果按照那个男人的观点来看，我岂不是也活在封闭循环的世界里面，我岂不是也和这个世界没有沟通。

在三毛吧坐到了晚上 11 点，我百无聊赖地站起身，拿上书，走向了柜台。

“75 元。”老板对我微笑，她是一个 30 岁左右的女人，大概是因为开了三毛吧的缘故，她长得有点像三毛，实际情况可能是反过来，因为她长得像三毛，所以才开了三毛吧。

我掏钱付款，店里只有我们两人，她关掉了灯，只留柜台上一盏绿光，绿光让我想起《了不起的盖茨比》和孙燕姿。

我凑了一张 20 和 5 张 10 块以及 5 张一元，终于把钱放在了柜台，她看着我，并没有去拿钱，她不无哀伤地说，“你知道我为什么喜欢听《D 大调卡农》吗？”

“为什么？”我诧异她今天怎么有心情和我聊天。

“旅行者号无人飞船上带着人类文明的许多成果，其中就带着《D 大调卡农》，这首曲子是我第一次听到的音乐，让我知道，原来宇宙中还有音乐这么美妙的事物。”

“旅行者号？”我好像听说过这个东西，“这是什么？”

“你忘记那个私家侦探给你讲的故事了吗，他的故事里提到了旅行者号。”她把门关上，最后一盏绿光也熄灭了。

“什么呀，我忘了。”

“真的忘了？”一个冰凉的东西架在我的脖子上。

“我只记得爱……爱伦坡，爱伦坡是侦探小说之父，他提出要为艺术而艺术，他说，他还说，人类的努力对于人类本身没有效果，我不同意他这句话，因为……”我几乎要瘫软在地，我怀疑自己也遇到了薇薇安，为什么那个侦探可以在三毛吧和我说话，也许三毛吧也是薇薇安的基地之一。

架在脖子上的东西消失了，绿光重新打开，女老板微笑着，“跟你开个玩笑，你真的吓到了，想不想在三毛吧工作，可以应聘哦。”

我看着她，她脸上恶作剧的表情让我放心，我松了一口气，笑了起来，“我想应聘啊，可是我什么都不会，只会洗杯子。”

“那么，你可以来应聘老板哦。”

寂寞公路

“距前方隧道还有 80 米，请减速慢行。”汽车导航系统轻轻地说。

汽车在高速公路上已经开了几天，路是那样的笔直，枯燥的阳光下可以看到远方货车的黑烟，当蓝天被熏成黑夜时，月亮孤零零地挂在路的终点，无数的车灯还有荧光路标组成了这一条路——而车前的两束灯光则书写着寂寞。

他坐在车里，一手放在方向盘上，一手挂着换挡杆。换挡杆颓废地呆立着，它太矮，看不到车窗外的路，它也懒得看，不过天上的景色它大概看得到，它知道现在又是一个快天黑的黄昏。

车里只有他一个人，没有放音乐，他已经听烦了，一切都是千篇一律的无聊，欢快的歌曲唱不出他的欢快，哀伤的歌曲唱不出他的哀伤。

他喃喃地说着话，不知道在和谁说话，也不知道在说什么话，眼睛直直地看着前方的世界，那眼睛也许是死了，因为再没有什么值得它去看。

“几天没吃饭了，我有 10 块钱，但那有什么用。”

“前方 50 米是隧道，请减速慢行。”导航系统轻轻地说。

“我的车也快没饭吃了。”

“前方 10 米是隧道，请减速慢行。”

车里忽然一片黑暗，远处有一个白色的亮点在慢慢扩大，一直扩大，最后吞没了黑暗——也许这还是另一种黑暗，或许这才是真正的黑暗也未可知。

“前方距厦门市还有 70 公里。”导航系统轻轻地说。

他解开了安全带，呼了一口气，用这渐渐离去的气息说："在束缚中活着，不如自由地死去。"导航系统发出报警，他没有吸气，却又呼了一口气，继续说，"其实活着就比什么都好，不管是怎么活着，我知道，我知道。"

接着是沉默，只有车轮滚过桥面时那种空洞的感觉，其实普通的路面又何尝不空洞呢？

"前方5公里是服务区。"导航系统轻轻地说。

他一声不吭，服务区只能让他上一下厕所。

他把头靠在坐垫后背上，仰着，眼睛向下，瞥着路上的车——那些车里好像挤满了人；又或许里面一个人都没有，还看看路边的房子——房子似乎都是空的。

小时候，他家就在高速公路旁，他每天都在汽车的隆隆声中入睡，忽然有一个晚上，空气里没了那噪音，因为早晨父亲叫人来换了隔音窗户，他就睡不着了，好像这世界一下被抽空，而他在飘浮。

后来结婚了，妻子是个不爱说话的人，她说在这世界上没什么好说的，他受不了，他要和她吵架，而她却只是轻蔑地笑笑，他怒吼，妻子就去院子浇花了。他终于忍耐不住，他开着车离家出走，上路后才发现妻子是对的，但他不愿认错，因为正确的路不适合他走。

"走啊走啊，什么都别再烦"，他的嘴对着窗玻璃，但他就是在和导航系统说话，因为只有导航系统会说话。

"前方50米是隧道。"导航系统轻轻地说。

"你知道幸福在哪里吗？"他忽然认真地说，看着西边的落日。

"前方10米是隧道，请减速慢行。"导航系统轻轻地说。

落日看不见了，眼前又是一片黑暗，前面汽车的刹车灯像两颗红色的星星——两颗正在流血的星星。

"我们去找它好吗？找幸福。"他搓着头发，感觉到一种自言自语的尴尬，但马上又消失了这种不该有的情绪，"前方50米有摄像头，请照章行车。"导航系统轻轻地说。

他打开了车窗，风削破了车里的安静。他马上关掉了窗户，外面的世界太冷，他没有足够的体温能面对。

车开出了隧道，但夕阳已经落下了，这是真正的黑夜。

夕阳是他儿时最美的风景，小学三年级，语文课本里有一篇介绍火烧云的文章，老师布置作业，让大家回去观察火烧云，要求写一篇作文，从此他爱上了黄昏，每天都看。

“您已超速，请减速。”导航系统轻轻地说。

他松了松油门，表盘上的指针表示正在减速，可是他却一点也体会不到。

“亲爱的，你回来。”导航系统轻轻地说。

“回去哪里，哪里可以回去？”他终于觉得，一个看着夕阳长大的孩子，是可怜的。

“随便找一个路口下车，只要离开公路，你就回来了。”导航系统轻轻地说。

“10 块钱，怎么下公路？你知道的，出站时候要交钱。”他想起小时候还喜欢用望远镜看月亮，那样看，月亮就斑驳了。

“你可以在站口等我，我去找你。”导航系统轻轻地说。

“我不想欠债，我是自由的。”他眼神涣散，汽车屏幕上显示油量不足。

“幸福是你离开之后，想到了回来，你回来吧。”导航系统轻轻地说。

“你知道吗？人只是一块石头上的苔藓。”他数了数他的童年，除了一个夕阳和一个月亮，没有可以叫朋友的人，那些自称朋友的，其实只是想从别人的身上寻找自己的快乐。

“其实我爱你，你知道吗？只是我不想说，因为何必说呢。”导航系统轻轻地说。

“这个月的报表还没做，老板这几天少了一个员工。”他冷冷地笑了笑，“而公司里并没有少什么人。”

“我不会哭，否则，我会哭。”导航系统轻轻地说。

“我为什么没有谈过恋爱？可是，为什么我也结婚了？”他想起和妻子相亲时的场面，大家介绍完薪水和家产，就达成了共识。

“那不重要，你回来，我说过，我是爱你的，爱，是的，可以称之为爱。”导航系统轻轻地说。

他把车停在停车道上，他太累了，不想再走。

车的汽油真的快干了。

他把头放在方向盘上，按到了喇叭，刺耳的喇叭声在寂寞的公路上尖叫了几声，导航系统“叮、叮”地响着，没有说话，因为没话可说。

这个夜晚，路上没有那隆隆的噪音，这个夜晚，他却睡去了，这个夜晚，月亮斑驳地挂在路的终点。

从梦中醒来

5点钟下班，我在地铁上就差不多要睡着了，中间从一号线换乘二号线，就这样到了晚上7点我才回到可以休息的那个地方。

这个地方当然称不上家，一来这里没有端庄贤惠的女子给我做饭，二来这里小得只容得下一张床和一张桌，没有椅子，窗户有一个，虽然很小，为了有个窗户，我每个月多交了50元房租，不过这是值得的。

我吃了两片切片面包，喝一杯速溶咖啡，说实话我喝咖啡总是犯困，于是我没有关灯就睡着了，我记得我曾经努力去关灯，虽然开关就在床边，可是我怎么也移动不了手臂。

我就这样睡着了，灯光像阳光一样抚慰着我，给我的睡眠带来安全感。

可能是太早睡觉的原因，我醒来的时候才凌晨3点，日光灯把房间照得惨白惨白，我觉得肚子有点饿，于是我决定再去吃两片切片面包，我站起来，就在我打开塑料袋的时候，发现窗口有一张脸，藏青色的大眼睛占据整张脸的三分之二，我看着它，它看着我笑，我惨叫一声，眼前渐渐地变暗，我这才发现自己还在床上，原来我关了灯睡觉的，刚才很明显只是一场梦。

我拿过手机一看，凌晨3点57分，我打开灯，发现我的房子并没有梦中那么简陋啊，依然是巨大的落地窗，天花板上的吊灯闪耀着金色的光芒，我的身边躺着一个女孩，她还在熟睡中，我买她的时候，包装上明明是说仿照某明星的，可是回家打开一看，却是一张平凡大众脸，不过虽说是平凡了点，却也还算说得过去。

后来我才庆幸遇见了她，若是一张明星脸，就没有这样温馨实在的感觉，所以我和她相处融洽，我称呼她为女朋友，我给她买了三套衣服，隔三天换洗一次。

我看着她，渐渐进入了梦乡，直到6点钟的时候我条件反射地醒来。

我知道今天是周末，可是生物钟还是把我叫了起来，我只好起床洗漱，穿戴整齐我准备去附近买两根油条。

我走下宽敞的旋转楼梯来到一楼，打开门我来到小花园，小花园还有一个大铁门，我打开门，有一位女孩站在门前。

“你好。”

“你好。”她微笑着说道，我发现她微笑后，很像我女朋友，我一直看着她，无法离开视线，简直一模一样，头发的曲线也如出一辙。

“请问，你怎么在这里？”我如同和女朋友说话一样和她说话。

“这房子是你的吗？”

“是的。”我回头望了一眼我身后的别墅。

我话音未落，她已经走了进来，她径直走进别墅的小门，我赶忙关上小花园的大铁门，紧随其后。

“你可以等一下吗？”她居然开始上楼，丝毫不理睬我的请求。

她走进我的卧室，往我的床上走去，她边走边拉开连衣裙的拉链，最后丢在了床下。

“对不起，我想你认错地方了，我没有订购任何服务。”我赶忙解释。

“我奉命来代替她。”女孩指着我床上的女朋友，我女朋友还在熟睡中，等着我买油条回来。

“替代不了。”我坦率答道。

“为什么？”她站在我面前，气愤地看着我，不敢相信自己不如充气娃娃。

“一来我们刚刚认识，二来她对我很好，至少她永远不会嫌弃我，背叛我。”

女孩一脚踹在我裆下，一阵剧痛传入大脑，我忽然陷入了一片黑暗。

凌晨3点59分，我扔掉手机继续睡觉。

6点钟的时候我准时起床，我发觉自己头发很长，长到了胸部，我又发现自己胸部沉甸甸晃悠着什么，我一照镜子，啊，我怎么是一个女人?

虽然惊奇万分，我还是没有时间为惊奇浪费时间，8点钟要打卡上班，挤地铁顺利的话一个半小时可以到公司，不顺利的话多久都有可能吧，一旦挤不进去的话。

所以我打开衣柜，庆幸里面居然有两套女装，穿好衣服，我一边用手整理着头发一边挤上了地铁。

挤上地铁我松了一口气，这时候才感觉自己下面如同要爆炸一般，一种莫名的疼痛钻入小腹，我不得不弯下腰。

来到公司，我以为谁也不认识我了，想不到培训部的成功学导师立刻喊出我的名字。

“做得很好，这就是最成功的柔道营销学的典范，做得很好，我要让全体员工以你为榜样。”

我尴尬地笑笑，想起公司最近在培训员工柔道营销学，要把女人化成水，把男人化成女人。

“可是，我下面很痛。”我难为情地说道。

“习惯了就好，毕竟刚刚开始，让一个凸出的东西凹下去，还是需要一段时间来适应的。”

我听完恍然大悟，疼痛从小腹传入胸口再传入头部，我晕死了过去。

醒来的时候我躺在床上，凌晨4点1分，日光灯把房间照得惨白，我迷迷糊糊感觉自己好像在太阳底下，从小我就喜欢开灯睡觉，黑暗总是让我无法入睡，当然父母总是要把我的灯关掉，如今出来工作，我终于可以按照自己的想法开灯睡觉了。

我感觉肚子有点饿，我记得桌子的抽屉里有一包切片面包，于是我爬起床，我来到桌前，抽屉里面空荡荡什么都没有，或许是什么时候吃光了，我叹了一口气，想开窗呼吸一下夜晚的空气。

可是我无法移动我的脚步，那个小窗口的右下角，一双藏青色的大眼睛看着我，注视着我，眼神中满是嘲笑，它慢慢地移动，看样子想要进入房间，它的脸终于完全出现在我的视线，没有下巴，血肉模糊。

我的胃部翻江倒海，却什么也吐不出来。我当然知道这只是梦，就看什么时候可以从梦中醒来。我紧紧闭上双眼，却听到尖锐的笑声在脑袋中回荡。

我从枕头底下掏出匕首，可是无论如何示威，那双恐怖的大眼睛都无动于衷。

我又开始干呕，真想立刻从梦中醒来，我操起匕首插入右侧脖颈。

没有醒来，出乎意料，在我弥留之际，隔壁小张在窗外哭喊，“大哥呀，这只是一个僵尸玩具啊！”

摄像恐惧症

做出这样的决定，我自然经过了深思熟虑，权衡再三，我认定唯有离开，才能得到解脱。

你们知道的，我从小接受体操训练，教练和师兄师姐们都很看好我，大家都认为我是有天赋的体操运动员特别是女子花式，我的国家在这个项目很需要人，大家认为我对这个项目有与生俱来的独特感觉，所以对我寄予厚望。

可是10岁时我第一次参加比赛，当我看到那么多摄像机，当他们每人肩膀上扛着大炮一样黑洞洞的摄像机把我包围，我当时就晕过去了，从此我不能再参加比赛，我也十分痛苦，我当然也不希望这样，你们不应该责怪我，因为当我站在台上，当我知道有无数摄像机瞄准着我，我就全身失去了力量。

教练很失望，大家都很失望，没有人愿意理解我，都怪我心理素质太差，或许的确如同你们所说的，是心理素质的问题，总之无论如何我只能退出体操队了。

我想我只要不参加什么表演性活动，便可以平安无事，我和大家一起上学，一直到了18岁那天。

那天我终于明白，什么都没有变化，我在一个电线杆上看到了上百个摄像头，它们全都是黑色的，如同一群甲虫，它们轮流发出白色的闪光灯，密密麻麻爬满了那个电线杆，我当时就晕过去了，是的，我在医院见到了你们，我当时就说了晕倒的原因，我眼前还抹不掉那根恶心的电线杆。

你们说这样的电线杆很少见，后来问清楚，那是附近一家摄像头公司在那边做测试，可是从此我走在路上，便心惊胆战。一来，我担心还会碰上摄像头公司做测试，二来，几乎所有的电线杆上，其实都安装着一个摄像头。

常常有男生从我身边经过时，还会掏出手机拍一张照，有的会把摄像声音去掉，有的时分猖狂地就在我身边发出“咔嚓”声。

我越来越无力，眼冒金星，这个世界，没有我的容身之处，到处都是摄像头，电梯里面也有，每个房间门口还安装一个，教室里面也是，考试的时候，那个摄像头还会左右摆动，活像一个眼镜蛇的脑袋，我根本没有办法考试，我只能退学。

最后我只能躲在家里，我丢掉了妈妈电脑旁边的摄像头，我把笔记本电脑上的摄像孔用黑胶布黏上，把手机丢进垃圾桶，我这才感觉到安心。

可惜的是你们不理解我，妈妈大发雷霆，她说她要让她的网友看到她，你们坚持要求我出去外面接受新鲜的空气，那哪里是什么新鲜空气，一片浑浊，恶心的世界。

你们要求我去看心理医生，心理医生又是催眠又是婆婆妈妈，完全没有效果。

我自己当然也尝试心理调节，我告诉自己，那些摄像头不是甲虫，不是大炮，不是眼镜蛇，它们只是摄像头，别人想通过那个机器看到你，记录你，可是我想到自己的样子要在别人的机器上留下来，我就觉得恐怖，一旦被拍下来，我就完全不能把控自己，我在体操队的时候，看见过一个师兄拿着女明星的照片手淫，这就是照片的祸害，照片出卖了我作为人的本质，我被无限地复制，因为照片，世界上出现了许多的我，那我存在的意义就受到了削减，就像一杯可乐被水龙头残暴地兑水，可乐不会再有气泡，我也是。

这是遗书，我已经无法忍受。

我看到这个遗书，是在一个门户网站的新闻首页，现在干脆将新闻一起粘贴在这里。

2014 年 7 月 30 日下午，一名女子在万花公寓坠楼，据目击者描述，女子出现在 15 层阳台栏杆上，身穿紫色睡衣，此女子在栏杆上站了一分钟左右，从栏杆上跳下。据调查，此女子六岁进入体操队，10 岁退役，死时年仅 19 岁，警方已经确定是自杀，从遗书上看，自杀原因是对摄像头的恐惧，10 岁时从体操队退役，也是因为害怕摄像头，她无法接受摄像头记录下她的身影。

心理专家称此为“摄像恐惧症”。

台风天

1

忽然昏迷，发现他的时候正躺在宿舍的地上，没有外伤，病因不明，无生命危险，呼吸平稳心跳正常，就像睡觉一样坦然，然而无论如何呼唤就是没有反应，不知道他正在思考什么样的问题，难道真有问题需要思考得如此专注不成？

就在这个时候，台风来了。

来得轻松随意，瓢泼大雨，利刃从这个城市的边缘插过，不是风暴中心，不知道中心的风有多大，都说风暴的中心最安静，不知道这样的说法可信度有多高，总之，当冰在清晨拉开窗户的时候，外面已经是汪洋一片。

鼓州有镇海楼，很多人说那东西纯粹是封建迷信，很多人说那就是一个心理安慰，还有人对镇海的功能深信不疑，我曾遇见那样的人，他和我在黑暗的走廊尽头靠墙低语，说话的口气鬼鬼祟祟，“你知道吗，每躲开一次台风，就会有人倒霉，用科学的说法，这个叫能量守恒。”

我笑了笑，他还跟我说过他有阴阳眼，闭上眼睛后可以看到死人的灵魂，他说这个世界无比拥挤，到处是死人，活人只占总人口的七分之一，我问他如何区分看到的人是死是活，他说这个简单，眨一眨眼就知道了。

“其实，怎么知道哪一次台风是躲过的，台风从太平洋出生的时候，并没有想过自己要去往何处，气象卫星时时跟踪，也只能不断推测它的方向。”我对他说道，装出一副和他认真讨论的样子，其实已经在想别的事情，想着冰。

“这就像命运，得算一算才知道。”他叹一口气，说道。

就是他昏迷了，53 小时、54 小时……

2

台风是我们生活的一部分，是每年都有的考验，我们似乎对考验有特殊的爱好，所说的我们，是我和邻居的朋友们。

我们在台风天踢足球，顺风的一边所向披靡，每一脚出去都是势大力沉，然而也有一定的风险，脚就要踢到足球的时候，它忽然向前滚去，于是一脚踢空，踢空的时候并不是失落的感觉，而是分裂，大腿和躯干的分裂。

下半场更换场地，原本顺风的也要开始感受逆风，我们的守门员开门球的时候，球忽然向门滚去，他没有挡住这个球，球从他的裤裆底下穿过，全场大笑，球就这样滚进了球门，我们没有裁判，不知道风进的球算不算数，我们说不算，他们说算，于是在雨中争论不休。

“球是人踢的，不关风的事。”

“进球是球门说了算，只要过线就是进球，不管是怎么过的。”

这种争论就像讨论时势造英雄还是英雄造时势一样无聊，我们却认为这是关乎真理的问题，已经和分数无关，必须论战出一个结果，就在摩拳擦掌的时候，楼上飞下一面玻璃窗，蓝色的玻璃黑色的窗框，从 5 层楼往下飞翔，透过它可以看到一个童话般的世界，但是唯有一秒钟的时间可以欣赏，然后是水泥地上清脆的破碎声，这场球到此结束，争论也好，真理也好，似乎从来不曾存在，我们意识到了生命危险，于是一哄而散全回了家。

我们还有一片小草地玩橄榄球，台风天时玩起来最有悲剧英雄的气魄，雨浇在我们的脸上，风吹着我们的头发，抱着球往前飞奔，传球的时候几乎没办法好好看看队友在哪儿，穿过门线时夸张地往前一跳，抱着球摔在水上，水花飞溅，这才叫进球。

有一次台风天，我和一个朋友坐在阳台上，双脚伸出安全网悠哉地晃动，雨很大，风更大，风是从我们的背后往前吹，我们坐在4楼阳台上完全感受不到雨水，就在那样灰蒙蒙的下午，我们第一次思考人生。

8岁的小孩能思考什么人生？

“你有没有觉得，我们的时间过得很快？”他问道。

“怎么说？”我傻傻地看着一棵在水泥地上爬行的小绿树，它离开了泥土，不知它要去往何处。

“就是很快啊，我也不知道怎么说。”

我扭头看着他的眼睛，他也看着我，有一种恐惧笼罩着我们，风拼命地吹，似乎要把整个世界吹走，天空已经被吹走了，时间也是。

我一直记得他的眼神，大概那个瞬间我的眼神也和他相同，那是对失去感到恐惧，那是对失去的一切去了哪里感到好奇。

“过去的时间好像根本没有过一样啊，一眨眼就不见了。”我思考过后得到的是这样的答案。

“好像是。”他无可奈何地同意了，后来他家买了别墅，养了一条看门的大黑狗，我常常翻过一堵墙去找他，他常常拿着木棍打那条狗，他的棍法不错，招式花哨，是在电视里和孙悟空学来的，棍法中却带着某种邪恶的气息，大黑狗被铁链拴住，即使没有拴住也许也不至于对主人发动反击，它默默忍受，把人类本能中压抑不住的邪恶一点一点地吸收。

“为什么打它？”

“要让它成为最能打的狗。”

那条狗果然称霸了那一带，我们带着它在那片别墅区乱走，遇到别家的狗它就上去吼两声，别家的狗就灰溜溜躲回家去了，我们两个小孩人仗狗势，觉得很威风。

有一天大黑狗被杀了，它咬伤了邻居一个小孩，为了谢罪，它被判了流放，它还是死了，其实它本来可以不死的……

3

冰在福州某家医院上班，住在医院安排的宿舍里，同宿舍的女孩名叫冷。

“你为什么叫这样的名字？”我曾经问过冷。

“我妈取的。”她冷冷地说道。

“我想也是，女人才会取这样决绝的名字。”我说道，那天是冷的生日，一点也没有热闹的感觉，我和冷和冰三人在酒吧包厢里瑟瑟发抖，外面下着落地成水的小雪。

“你很懂女人啊。”冰说道，非常不屑地看着我。

“没有没有，不敢不敢。”

我和冰就是在那家医院实习的时候认识，她那时候也住在那家医院安排的宿舍里，只是那时候她的房间只有她一个人住。

实习一个月后我们就每天在一起吃饭，端到她的宿舍吃，菜从食堂买，饭自己做，她做的饭总是比我好吃，其实无非是水和大米的比例问题，可是就和人与人的关系一样高深莫测。

吃完饭就一起用电脑看电视剧，看几天后开始拥抱，一次拥抱时她的扣子开了，从最上面的一个瞬间开到最下面的一个，露出里面的皮肤。

“你怎么搞的？”她尖叫一声，捂住胸口。

“不是我弄的。”我很委屈。

“那难道是我吗？就是你就是你。”她坐在床上，“快帮我扣上吧。”

“你自己扣不是更方便吗？”

她自己一个一个地扣上，然后对我说，“你出去。”

我转身把门打开，她在我身后踹了一脚，我飞出门外，铁门在我身后轰然关上，我很纳闷地在门口站了5分钟，这到底是怎么回事啊。

“我爸在我还没出生的时候就和别的女人跑了，所以才是我妈给我取名字，所以取了这样一个名字。”冷说。

“居然在那种时候离开。”我觉得这不仅是没有人性的问题，因为动物总会保护怀孕的雌性。

“男人不就那么一回事吗，怀孕的时候不能满足他，他就去找别人了。”冷不屑地说道。

“也不全这样啦。”

“看你装得一脸无辜的样子。”

4

“你知道他刚才跟我炫耀什么吗？哎呀，真是气死我了。”晓打电话总是这么激动，好像这个世上所有的事情都不可思议，即使周围人都已经见怪不怪了。

“怎么了？”

“他跟我炫耀他赚了超市50多块钱，买保温杯的时候，把一个贵的保温杯放到便宜的保温杯的包装盒里，然后就蒙骗了售货员的收银机，售货员就用便宜的价格把贵的卖给他，他跟我炫耀，跟我炫耀他赚了超市50块，你说，你说他是不是小偷。”晓可真是大义灭亲，晓所说的他是她的男朋友。

“当然是小偷了。”

“哎——”她长长叹了一口气，“如果是你，你就不会这样。”

“你是说我不会调包，还是不会调包后来跟你炫耀？”

“当然是你不会调包，你那么傻。”

“是啊。”我对着星空傻笑，那天我站在医院宿舍的屋顶，自从那次被冰踢出房间后我们的关系变得紧张，她开始和另外一个男生打得火热。

“怎么样，追上了吗？”晓很八卦地问道，“那个冰很不错的哦，在学校的时候好多人追的，她很厉害，能跟所有追她的男生保持暧昧，你就看着办吧，哎呀，还是不说了，免得你说我挑拨离间。”

“你不是已经说了吗？”我踹了一脚旁边的铁杆，铁杆上绑着铁丝，铁丝上掉下一件衣服。

“你还记得那个晚上吗？”晓忽然变得哀伤。

“你是说哪一个晚上？是不是高三的时候，下那么大的雨，你撑着伞在前面走，我在你后面淋得全身湿透。”

“神经病，就记得不好的，你应该体谅一下啊，那时候我要是和你用一把伞，被老师看到怎么办？”

“没有啊，我觉得那天那样很好，我很喜欢淋雨的，最好再刮点台风，不骗你。”晓从来不相信我说的话，我知道这句话她也是不会信的。

“告诉你我的答案吧，你记不记得大二的时候，那个晚上我们在公园的树林里撒尿，你把尿撒在我刚撒过的地方，你一边撒一边说，我们要和它们一样，永远分不开。”

我没有说话，眼泪夺眶而出，真想大哭一场。

“喂，你听得到吗？”

“听到了。”我忽然有种想跟晓重新开始的冲动，刚想说点什么，听到背后有脚步声，回头一看，是冰。

“你怎么上来了？”

“上来收衣服。”冰把地上的衣服捡起，原来我刚才踹掉的是她的睡衣。

“你跟谁说话呢？”晓还在电话那头。

“我跟你说，你男朋友不是小偷，那样不能算，就是有点不地道，再给他一次机会吧。”

5

鼓州发洪水的前一天，我坐在家乡的沙滩边吹台风，风不是很大，台风的中心离得很远，这样的风刚好，其实我们踢足球玩橄榄球的那些台风天都不是真正的台风天，当台风在我们的县城直接登陆的时候，我们谁也不敢出门。

在我小的时候，我们县是搞农业的，穷得叮当响，评上百强县后教师和公务员就没工资了，退休老人到政府门前静坐，我们怕台风，台风过后就什么都没了。

台风还是时不时地要来一次，我和朋友们骑着自行车到县城的边缘，我们在田埂上站成一排，在我们的面前，是一望无垠的甘蔗林，苍白的阳光洒在它们的身上，它们经过了台风的摧残，它们全都躺在了地上，只有远处一根甘蔗孤独地挺立，它没有理由不倒，可是它不知为何就是没倒，如同一根没有旗帜的旗杆。

“如果我们可以把它们扶起来就好了。”我们的老大说道，他读六年级，在我三年级的时候。

“太大了，太多了。”有人说道。

“废话。”又有人说道。

“我们回去吧。”老大先上了车，我看到他偷偷抹了一把眼泪，我是他们当中最小的那个，我想跟他说甘蔗扶起来可能还是可以活的，不过我不确定，所以不敢说，不知道说出来会不会是一句废话。

每次台风过后，新闻里就会计算出损失了几个亿，有时候还有死人，活生生的一个人被大海卷走，过几天送回一具尸体，那是经过大风大浪后的安详，当我们在雨水中翻滚抢球，就是想体验那样的风浪，可是在大自然面前，橄榄球终究只是自欺欺人的游戏。

我坐在防波堤上泡脚，偶尔有几个大浪会拍在身上，全身湿透瑟瑟发抖，整个沙滩被海水淹没，在黑暗中咆哮，我以前不明白那些被大海卷走的人，为什么明明知道刮台风还到海边乱走，这下我懂了，坐在生死边缘，有一种莫名的刺激。

“你知道我是谁吗？”一个黑影随着海浪的拍击出现在我面前，海浪退去时它却没有离去，离得太近，几乎鼻子碰鼻子，如果它有鼻子的话。

“你是死神吧，有什么事吗？”

“嘿嘿嘿，你不害怕？”

“还好啦。”

“你说还好，其实心跳加速血压增高，告诉你吧，没有人不怕我的，好啦，不要紧张，就是找你聊聊，知道人为什么喜欢活着吗，无论如何地喜欢。”

“不知道。”

“没有哪一条生命是属于人的，所谓自己的生命也不属于，所以想要占有，很想……”一个海浪拍在我脸上，它走了，似乎有话还没说完，我抹去一脸的咸水，刚才发生的一切只是幻觉。

老大大学毕业后在上海一家著名的外资企业工作，凭借他与生俱来的智慧和气度在企业里发展得很好，工作了两年，传来他奶奶检查出癌症的消息，需要做一次切除手术，他去跟主管请假，想回去半个月照顾奶奶。

“我们没有这种先例，最多请假两天。”主管冷漠地说道。

于是老大辞职了，回到了家乡，在这个飞速前进的时代我们显得无所事事，常常在一起喝酒，喝到不省人事，有一次他身子一歪推倒了十几个空酒瓶，酒瓶稀里哗啦地倒了一地，其中两个呜呜呜地滚远，我双眼迷离头晕脑涨，我忽然抓住他的肩膀，我对他大喊，“如果我们可以把它们扶起来就好了。”

6

鼓州发洪水的那几天宿舍楼停水停电，房间里飞进许多昆虫，大概昆虫的家园被淹没了，只好向楼层进军。

冰很崩溃，这样的环境根本没办法居住，冷还在医院等着男朋友醒来，看着一只只又飞又爬的虫子，冰不停地哭。

冰打电话给我，叙述她的恐怖遭遇，我告诉她我的秘密爱好，这个爱好在我人生中持续了三四年，是小学时代玩过的最好玩的游戏。

用电蚊拍把昆虫电晕，然后搬条凳子坐在昆虫旁边，坐等好戏开场，蚂蚁很快就探测到了我给它们准备的食物，蚂蚁会把那只昆虫包围，如果是蟑螂的话它会醒过来，会和蚂蚁搏斗，开始的时候，蚂蚁会一只只被踹飞，但是蟑螂毕竟是被电过的，它绵软无力地翻身躺着，注定是死路一条，蚂蚁大军不断增加，勇敢的先锋队不停从四面冲击，蟑螂的腿会一只只掉落，它的腿散落在周围，有蚂蚁会把它搬远，那个东西蚂蚁不吃，它们就是觉得那个东西挺危险。

蟑螂战斗到一条腿不剩，绝望地晃动着身体，身体被蚂蚁覆盖，蚂蚁们咔嚓咔嚓地啃下它们的美味，很庆幸我听不到那密集而恐怖的啃噬声，直到只剩一对可怜的翅膀，只有翅膀和散落的腿证明那只蟑螂曾经存在，这样的剧情大概可以进行半个小时，蚂蚁们并不知道我在一边静静观赏，我痛恨蟑螂，我把这样的战斗作为正义与邪恶的战争，每次都邪不压正。

我曾经把蟑螂和蚂蚁的战斗写成作文，语文老师在那篇作文下面写了一句评语，写得很好，但是题材不好。

写作文就是要反映真实的生活，哪有什么题材不好的说法，我还写过一篇更让语文老师头痛的作文，记录一次老大和老二的决斗，作文题目是“一件难忘的事”，写于小学五年级，不过那次决斗是在我三年级时发生。

那天风和日丽，我们三人在四楼的走廊上遥望远方，老二忽然说他想当老大，具体是为什么我已经忘了，大概他想当老大已经很久了，老大吃惊地看了看他，他问我，“你觉得谁当老大好？”

“你好。”我对老大说道。

“嗯，你好。”他笑着跟我挥手，完全不把老二当回事。

“我要跟你决斗。”老二说道，那时候我们刚从电影里学来“决斗”这个词，他马上学以致用。

“怎么决斗？”老大挺有兴趣的。

于是他们两人都爬到了栏杆外面，双手抓着水泥栏杆，我只能看到他们的脑袋和手，他们的两双眼睛看着我，老大的脸上写满了调皮，而老二的目光视死如归。

我紧张地发抖，好像是我自己趴在栏杆外面一样，这样进行了5分钟，我感觉老大的眼神也出现了恐惧，不过他还是跟老二说话，“你烦不烦啊，还不起来，手快酸死了。”

“那你，你起来啊。”老二不想输，谁先起来谁就是老二。

“啊！”老大一声尖叫，我吓得瘫软在地，定神一看，什么事情也没发生，原来是老大在玩心理战术。

“其实，其实，我怕栏杆会倒。”我从地上爬起来，“栏杆上有一条裂缝。”

我话刚说完，老二就一个引体向上翻过了栏杆，他输了，坐在地上喘气。

老大也从栏杆外翻过来，躺在栏杆上得意地笑，完全不把裂缝当回事，那时候我对我们的老大无比崇拜，老大不是靠决斗可以抢来的，老大就是老大，我把这件对我人生意义重大的事件写到作文簿上的一个个小格子里，我在结尾处写道，要向老大学习临危不惧的精神，不怕困难，勇于挑战。

结果我被老师叫去了办公室。

7

晓彻底爱上了她那个男朋友，爱得没有了是非，我曾经不止一次听她夸自己男朋友勤俭持家，机智多谋，大概在超市换包装盒这种事情他们都可以一起去做了，就在我等着他们喜帖的时候，他们分手了。

晓没有哭，或者说和我打电话的时候没有哭，他们把该做的和不该做的事情都做过了，而她男朋友丝毫没有结婚的想法。

“不想结婚的恋爱就是耍流氓。”晓愤恨地说道。

“只想结婚的恋爱是做生意。”我说道，虽然我对这样的网络流行语不以为然，但是这句话还是脱口而出。

“你神经病啊。”

“是是，我开玩笑的，不过你是不是也跟他说你要5万块聘礼？”我笑道，以前她就是这么跟我要的，我当时说5万块太多了，最多5000，不要拉倒。

“是啊，我跟他说过，我跟他说的是2万，他说没问题，分手不是因为这个，这个算什么啊，就你这个小气鬼会吝啬那点钱。”

“哇靠，你开价可是不一样啊，太偏心了，你跟我开5万，我哪里有那么多钱。”我很生气，2万和5万可差得太多了。

“不是钱的问题，我不要聘礼了，他也不和我结婚。”

晓说不出分手的原因，或者是不想说，我特意跑去了北京，找到那个死不要脸的男人。

“很好玩啊，是吧？”我问道。

“没有啊，我也是没办法，我要在北京发展，我现在已经有点基础了，不能放弃，她一定要回家，也是，凭她的能力在北京也找不到像样的工作，我总不能养着她吧，北京这边花销很大的，你知道的吧，所以不能和她结婚，你知道的，恋爱和结婚是两码事。”他说得理所当然，还总说什么你知道的你知道的，我可什么都不知道。

“但是你跟她已经那样了，你对得起她吗？”

“没什么对不起的，她是自愿的，你知道的，人生是不能后悔的，我也没想到最后会是这样，我那时候在北京混得不好，想着跟她回家去的，可是现在不一样了，你知道的，对了，还要谢谢你，你居然还留着她的处女。”他说道，一副扬扬得意的嘴脸，我震惊地看着他。

我操起他桌上的保温杯对准他的脑袋，他尖叫一声用手捂住了脸，露出他小人的原形。

“呵呵。”我忍不住笑了，保温杯也没必要砸了，我把保温杯放回桌上，“这个杯子不错啊，买了多少钱？”

“原价120。”他恢复了镇定，又是一副小人得志的嘴脸，其实谁都知道，他不过是一个在超市换包装盒的小偷。

“然后你就付了 70 是吧。”

8

晓老了，她说是和我分手以后开始老的，我说她就是什么事情都怪我，连吃杨桃吃掉了都说因为那杨桃是我洗的，搞得我从此不给她洗东西。

不过她确实老了，高中的时候一米六的身高只有 40 公斤的体重，大三我们分手时她体重就到 45 了，现在已经到了 60。

我和她在一起的时候每天都吵架，其实吵架是可以保持身材的，因此四年的时间只增长了 5 公斤，身材非常好，她和那个男朋友在一起的时候从来不吵架，她说他温柔体贴善解人意，我说该不是虚伪吧，她说那叫成熟的魅力，结果可好，过得太幸福了体重增加不说，还做了一次人流，最后还是分了手。

冰也老了，那天在屋顶踢掉她的睡衣之后，我们就正式在一起了。

她抱着我说你太傻了你太傻了，我说是啊是啊，她说之所以和别的男生打打闹闹是想刺激我赶紧追她，可是我却越走越远了，她又说你太傻了你太傻了。

其实我感觉自己没那么傻，我什么都知道，我就是不喜欢她这种作风，那扣子为什么开了，不是我弄的，可能是她，当然全自动也有可能，但是可能性太小了，全自动不可能开得那么全面，就算全自动开的，为什么要我去扣上，我实在不想发展得那么快，万一扣着扣着没忍住走了火怎么办，我实在受不了刺激，她要和别人打闹，那就和别人在一起好了，我什么都没说，还是承认自己傻比较方便。

在一起的时光也只有半年，大学毕业时还是和冰分手了，分手的时候不知道是分手，她说她要去北京漂漂，叫我一起去，那天正午我们正好在小树林里唱歌，我抱着吉他给她唱了一首《外面的世界》，当你觉得外面的世界很精彩，我还在这里默默地祝福你，当你觉得外面的世界很无奈，我还在这里默默地等着你。

“你什么意思？”她听完歌问道。

“我不去，我要回我的海边。”

“为什么？”

“哎呀，我是颓废的一代啊，去漂什么啊，何况北京从来不刮台风，我对沙尘暴可没有兴趣。”

“关台风和沙尘暴什么事？”她开始流泪，我第一次发现泪水可以这么大滴大滴。

“没关系，我等你就是，在台风中等你。”我笑笑说，眼前也是迷蒙一片，其实我知道此一分别，估计再不可能重见。

9

当冰离开北京，已是半年后，她来了鼓州，去了那家我们一起实习过的医院工作，她给我打电话，“我来鼓州了，我就站在我们的屋顶。”

“哦。”我有些吃惊。

她没有继续说什么，一片空白，就像那半年一样，那半年我联系不到她，其实我也就联系了一个多月，她换了号码，没有告诉我新的，旧的那个永远处于关机状态，后来我听说她和一个有妇之夫在一起，那有妇之夫是她的高中同学，于是我再也没给那个关机的号码打电话。

“听说你在北京过得挺好的啊，那个男的离婚了吗？”我终于问道，毕竟已经沉默一分钟了。

“我对他没有兴趣，你要知道我一个女的在外面不能不依靠点什么，就只是那样而已，我和他什么都没有做过。”她连珠炮一样地一口气说完，一点说服力都没有。

“呵呵，这就是真实的生活吗？”

“你不懂，你还是那样，就像小孩子。”她生气地挂了电话，看上去她是在批评我幼稚，其实她是回答不了我的问题。

10

那场台风已经销声匿迹，我到鼓州的时候洪水已经退去，出租车司机不知道是否学过哲学，他说，“冰冻三尺非一日之寒啊。”

“怎么说？”我觉得自己打车遇到了高人，赶忙请求指点。

“之前几场台风暴雨已经把水位抬得很高了，这次淹这么大的水，不是因为这次台风，而是一个积累的结果。”

“嗯，没错。”原来他是说这几天鼓州发大水的事情，我还以为他要传授什么人生大秘诀，不过想想也是大道相通。

我找到冷的时候，她男朋友已经昏迷100多小时了，医生已经认为有成为植物人的可能。

“你来鼓州，跟冰说了吗？”冷问道，她疲惫地看着我。

“没有啊，我是来看他的，跟冰没关系。”

“可是，冰来鼓州是来找你呀，你还是去看看她吧，你们可以重新开始的。”

我想了想，说，“冰冻三尺，非一日之寒。”

冷看着我，张了张小嘴，说了几个无声的音节，大概被这么有哲理的句子吓到了，沉默片刻后她说，“你很不负责任。”

“怎么了？”我诧异地看着冷，“我对冰可是什么都没做过啊。”

“所以说你不负责，你连负责的勇气和打算都没有，你太烂了。”

“应该结婚了再来。”

“幼稚得可以。”冷叹一口气，都懒得看我了。

我只能沉默，我们的价值观不在同一个体系里。

“他如果真成了植物人，你怎么打算？”我问冷，她居然跟我谈责任，现在就有巨大的考验在她面前。

“他不会的，他没有受伤，也没查出任何问题，他就是睡着了，累了吧。”冷的声音很小，越来越小，最后哽咽了。

我走到他床前，我真想摇醒冷的男朋友，我真想问问他是不是被能量守恒了，他之前说镇海楼每躲开一次台风都要能量守恒一次。

他醒了，是十几个小时之后，那时候我正在火车站准备离开鼓州，冷打电话过来兴奋异常。

我只好退了火车票，又一次回到医院，我问他，“最近去哪里了？”

他笑了笑，跟没事人一样，还打了一个哈欠，伸展懒腰。

晚上我和他在医院的走廊上，他鬼鬼祟祟地跟我说，“你知道我这几天都干什么了吗，投胎过滤，我做了投胎过滤，我拦下了一万多个畸形的灵魂啊，用科学的说法，那就是基因工程了。”

我对他无可奈何，他就是喜欢说些不明所以的怪论，我正不知说什么好的时候，冰忽然出现，她从楼梯上走上来，我们就正对着楼梯。

“好，好久不见啊。”我说道，傻笑着，我曾经想象过各种和冰重见时的尴尬场面，我想我一定会说不出话，一定会紧张得面红耳赤，真正遇见的时候我却毫不犹豫地打招呼了，如同遇见了老同学，“最近股票好像还不错啊。”

冰看着我，她喜欢买股票，所以我才问她这个的，股票那东西我完全没有兴趣，她看了我两秒钟，一副不知股票为何物的表情，然后转身下楼，那背影就像在电影屏幕上看到的一样。

在她背影消失不见的瞬间，我忽然爱上了她，她没有放弃生活，即使知道生活正在不可逆转地损毁，在她的背影中我看到了自己的无耻和懦弱，我试图在逃避中保全自己，可是别人正在为我的保全做更多的牺牲，受更多的伤害。

我跑了出去，却没能把她追回，我想起了死神，想起蟑螂的翅膀，那条威风凛凛的狗，想起台风过后的甘蔗林，呜呜滚远的啤酒瓶，想起在台风中爬行的小树，想起幼稚得可以的自己，我一不小心踩进了风里。

依然范特西

心里的雨倾盆而下，也沾不湿她的发。

——《心雨》

专辑名:《依然范特西》

歌手：周杰伦

发行时间:2006年

歌曲总数:10首，此文小标题皆为专辑内歌曲名，按原顺序依次写下。

1.夜的第七章

世界是一本大书，云朵一页一页地翻过，我们的心境随风改变，柳条漂浮在水面，风沙弄脏了谁的脸，一切的变化都是幻觉，是页码在变着，时而向后，时而向前。

土冥四走在公园的树林小路，这里在夜晚就是鬼道，这可能是公园最近增加的项目，走在这条路上，两边都是恐怖音效，那些音响不知道安装在哪里，有的离路近，有的离路远，有的鬼喜欢哭，有的鬼一笑起来没完没了，偶尔会有猫头鹰从头上飞过，吹来一阵冷风。

小雪一个人走在前面，长发披肩，这条长长的小路似乎只有他们两个人在走，至少土冥四是这么感觉的，小雪已经不和土冥四说话了，半句话也不愿意说，否则土冥四也不至于跟在5米开外，每隔20米会有一盏绿灯，每次在绿光中看到小雪的背影，土冥四都会安一次心，又随之被忧伤勒紧。

土冥四越来越搞不懂这个世界，到底什么才是爱情呢，一年前，他们一起在这个公园划船，谈论小雪父母的离婚，看着小雪忧郁的笑容，土冥四越发控制不住自己的爱，他趴在方向盘上压抑着自己的心跳，小船停止了前行，开始轻轻地打转。

那个夜晚，在小雪宿舍的阳台，月亮很圆，30 度角低低地挂在天空，土冥四鼓起勇气表白，小雪的回答是，“我喜欢过你。”

“什么是喜欢过，现在呢？”暖风吹过，土冥四看着小雪轻轻飘动的刘海儿，只恨自己身上没有钻戒。

“我已经不相信爱情了，如果我相信的话，我会喜欢你的。”小雪轻轻摸着土冥四的脸，“好看。”

“我会让你相信的！”土冥四笑了，他认为小雪是接受了自己的表白，他抱住了小雪，小雪并没有推开。

“如果你喜欢我，为什么上岸的时候，你不拉我呢？”小雪在土冥四的肩膀上问道。

“什么上岸的时候？”土冥四疑惑不解。

“划完船，你先爬上岸，工作人员拉了你一把，你为什么没想到回头拉我呢？”土冥四感觉小雪轻轻笑了一下，那是胸腔的一点振动，看来小雪也不是多么地责怪自己。

“以后我会注意的。”

“我的领口这么低，你知道那个人拉我的时候都看到什么了吗？”

土冥四深吸了一口气，悔恨让他的脸灼灼滚烫，“我太不注意了，以后我一定会注意。”

一年，整整一年，还是这一天，10 月 8 日，凉风与暖风交替的季节，他们却一前一后走上了鬼道。

“啊！”土冥四在黑暗中撞到了一个人。

“是我。”面前传来了小雪的声音。

2.听妈妈的话

绿草地，蓝天空，白桌椅，欢声笑语，林嘉女士一年一度的生日庆典如期举行。

场地选在一个茶庄，两位身着古典彩装的服务员一起端着一个巨大的茶壶，壶嘴对着草坡当中的小渠倾斜，温和的茶水如泉水一般流泻，男孩女孩拿起茶杯去泉中捞起一杯又一杯。

土冥三也拿起茶杯混进了小朋友当中，茶杯是特别制造的，带有一个较长的把手，小朋友们都认识土冥三，今天是土冥三母亲的生日，他们笑哈哈地给土冥三让出了上游，土冥三在泉中获得了满满的一杯，他兴奋地端着茶杯跑到小雪的身边，“喝喝看。”

阿姨们都觉得土冥三太不懂事，这么多成年人在座，只有土冥三跑去跟小朋友们凑热闹，这就算了，这茶水怎么说也得先给母亲奉上吧，他却只想着女朋友。

小雪感到了他人责备的目光，不过也没办法，她依然得端起茶杯喝下一口，土冥三则沉浸在幸福当中，他知道母亲有一点点洁癖，她肯定不喜欢喝那种从水渠里捞出的茶水，所以也没必要搞什么形式。

“茶泉三千，我只取一杯饮。”土冥三在小雪耳边笑道。

小雪嘴角微笑，闭上眼睛却有一丝哀伤，这个土冥三其实还是孩子，能信任他吗，能依靠他吗？

土冥三的手机响起，他从牛仔裤的口袋里掏出一款千元机，“你好。”

“是我啦，不要说你好，我不好。”土冥三的前女友冷笑道。

“你刚才不是还在吗，怎么走了？”土冥三环顾四周。

“实在是看不下去，你知道那个小雪是什么人吗，我刚好认识她，她至少已经换过 50 个男朋友，应该说她字典里就没有‘男朋友’这个概念……”

土冥三挂了电话，重新把手机塞回口袋，心情烦躁。

“土冥三啊，不是我说你，上次就叫你要换手机了，你怎么能用这种手机。”坐在对面的二叔说道。

“这手机挺好用的。”土冥三有些不耐烦了，他讨厌有钱人的东西，他的工作是酒吧歌手，一个晚上收入50元，最后还要买一杯25元的威士忌，他认为自己就应该用这种充话费送的千元机。

二叔无奈地摇头，心想这家伙实在是扶不起的阿斗，穷人装成有钱，最后就会真的变得有钱，而有钱人一旦装穷，最后就真的会变成穷人，二叔坚信这一条铁律，当他家产100万的时候，他装出500万的样子，1000万的时候，就装出5000万，装得越多，就得到越多的信任，然后赚更多的钱，他发现自己的钱就是这样装出来的。

夜晚，母亲把土冥三叫到了房间，她有些疲惫，这一天她很开心，但是热闹之后的冷清让人更感失落，何况她今天看到了小雪，那女孩确实美得令人不安。

“能不能听妈一句话，就这一句。”

“怎么了？”

“看在我过生日的分上，听我一次，和小晴结婚了吧。”

“我今天不是给你介绍了吗，我现在的女朋友是小雪。”土冥三站起身，心脏在发抖。

“我调查过了，小雪不好，你不懂人家看上的是你的什么，你到现在还是不懂事。”

“看上我什么？我没有钱。”

“我是跟你讲爱情，不是讲钱，小晴家里情况和我们一样，她就不会因为钱和你在一起，所以她是真心喜欢你，那个小雪呢，酒吧的服务生……”

“她是兼职的，大学生兼职。”

“兼职什么不好，兼职这个，我就开过酒吧，我了解她们。”

“你不了解，你了解什么，你只了解钱。”

3.千里之外

天上的星星，为何那样的拥挤呢，地上的人们，为何那样的疏远？

其实星星之间离得更远，它们的距离要用光年计算，远看的诗人却觉得他们亲密，只有置身其中，才发觉孤独如同宇宙一样蔓延。

一本被撕掉一半的书丢在桌上，没有封面，显得破败不堪，如同没有水的游泳池，如同没有游泳池的水。

“这书为什么撕成这样？”土冥二坐在小雪的书桌前，小雪正在卫生间照着镜子梳头。

“看过的部分就撕掉。”小雪的声音从卫生间里传出，声音在小空间里嗡嗡地共鸣。

“好吧。”虽然没有封面，土冥二还是在书的后面看到了书名，《裸体午餐》。

“过去的就要让它过去，水往低处流。”小雪走了出来，“那书别看，断章取义的话，你会以为那书很不健康。”

“其实呢？”土冥二确实看到几个惊人的段落。

“其实没有比这本书更健康的了，奉劝大家远离毒品，以及毒品一样的生活。”

土冥二在小雪苍白的脸上看到了无限的疲倦，她刚刚梳过的乌黑长发披散在肩头，尖锐的锁骨桎梏着一个自由的灵魂。

分手了已经不知道多久，因为说了太多遍分手，忘记了是哪一次“分手”生了效，一年，一年半，或者两年？真的已经分开两年了吗，土冥二坐在街头的时候，常常看到那个身影，每当城市的阳光过于刺眼，或者尘土飞扬，他就会把眼睛闭上，她就出现了，没有化妆，一双拖鞋，疲倦，苍白，如同，那天。

土冥二希望自己是一匹骆驼，骆驼可以闭着眼皮走风尘，可是骆驼要么属于商队，要么属于乞丐，这是一个无处隐藏的时代，却几乎所有人都被隐藏，土冥二唱起自己写的歌，“没有封面的裸体午餐，忘了转身拉你上岸……”

土冥二唱歌不好，但他相信自己写的歌不错，所以他去唱片公司投小样。

“你想让什么类型的歌手唱？”对方是一个专业制作人，黄色的头发拢成一个鸡冠。

“这个，应该是你们决定吧？”土冥二一脸诧异。

“这可不行，这个需要你来定。”制作人眯起双眼，用手摸了摸头上的鸡冠，鸡冠很硬，扎手。

“那，那就找个和我风格差不多的就行。”

“要用电脑 MIDI，还是实录？”

“什么？”

“电脑 MIDI，还是实录。”

“这个，你们定吧。”土冥二心里开始发慌，这制作人问的都是些什么。

“这可不行，价钱差得很远啊。”看着土冥二茫然的表情，制作人很想笑，但是他忍住了，他不想错过眼前的一笔生意。

土冥二有点懂了，看来是需要自费，难怪自己只是来投小样，他们公司就能派出制作人来接待，“实录多少钱？”

“那就比较多了，不好说，要看编制的大小，需要一个吉他手还是两个，弦乐要不要加入，乐手的名气和能力也参差有别……”

“那电脑呢？”土冥二泄气地问。

“加上发行费，3 万到 4 万吧，找二线的歌手给你唱，我们的制作人都是国外回来的。”

土冥二点了点头，嘿嘿地笑了笑，“我，我改天来，我，回去考虑一下。”

“好的。”制作人点上一根烟，挥了挥手，拨开眼前的烟雾，也是向土冥二再见，他早就习惯了这些外行的文艺青年，他喜欢他们，因为他以前也和他们一样，他们也会和他一样慢慢地变得内行。

土冥二走出了大楼，他没打算去别家公司，他知道别的公司也一样，现实就是如此，在这个没有人买唱片的年代，音乐只能这样做，土冥二变内行了，但是他没有钱，他依然是外行。

4.本草纲目

遇见小雪的那一年，土冥一刚刚大学毕业，毕业之后他就不想再用家里的钱，于是他去了上学时常常光顾的酒吧，老板和他熟得要命，当土冥一提出要在这里当酒吧歌手的时候，老板立刻答应了。

土冥一唱着一首首忧伤的歌，迷离的灯光包裹着逃避现实的人群，他喜欢这种生活，在和弦的变换中生存，在旋律的飘散中消逝，看着人们无忧无虑地走过。

一个闷热的夜晚，一个喝醉的女人端着酒杯走到土冥一的面前，“给我唱一首《分手快乐》吧。”

土冥一抱着吉他唱了起来，歌声停止时，女人似乎刚刚睡醒一般睁开眼睛，她说，“再唱一遍好吗？”

土冥一撤掉了麦克风，给女人又唱了一遍，当歌声停止，蹲在地上的女人抬起脸，她要求再来一遍。

“你需要几遍呢？”土冥一问道。

“我失恋了，再来一遍好吗，再来一遍。”女人流着泪，她已经失去了理智，很多人在看向这边，期待她制造出更大的意外。

“分手快乐，祝你快乐，你可以找到更好的……”土冥一又唱了一遍，其中换错了两次和弦，语气也明显的不耐烦，女人已经坐在地上，她恍惚地看着土冥一，长发盖着她的眼，“求求你，再唱一遍好吗？”

土冥一站起身，就在他即将走开的时候，一个女生走到他面前，她穿着酒吧服务生的套装，带着明媚的微笑，她把一张百元钞票塞进了吉他的音孔。

“请你为我们再唱一遍《分手快乐》好吗，好听。”

土冥一无法拒绝，他看着面前的女服务生，机械地坐下，他重新开起麦克风，闭上眼睛，深吸一口气，似乎空气中都是女服务生的味道，他在黑暗中看到一支开放的花火点燃了另一支，他弹了《遇见》的前奏，然后唱起了《分手快乐》。

唱到一半他忽然感到悲伤，声音控制不住地沙哑，这首歌他很熟，但是之前从来没有体会得这么深，这最后一遍终于让醉酒的女人满意，她号啕大哭，撕扯着头发，挖出心中的悲伤，女服务生扶着她去了二楼的包厢，看着那个女服务生的背影，一股温暖包围了土冥一的心，他忽然也想大哭一场。

“这个钱还给你。”凌晨3点，酒吧打烊，土冥一找到了她，递出一张钞票。

“不是我请你唱歌吗？”女生没有伸手，抬头直视土冥一的眼睛。

土冥一怯怯地收回了钱，他完全没有力量违抗她的决定，“你叫什么名字？”

“小雪。”

小雪从土冥一的身边走过，土冥一转身跟了上去，他们来到空旷的街上，睡着的城市更像夜晚，土冥一还握着一把吉他，他来不及把它装进包里，他完全可以把吉他放在酒吧，但是他下意识地放不下，他当时不知道为什么，后来他知道了，因为吉他的音箱里有一张她塞进去的钱，是藏品，不是钞票。

“你住在哪里，我送你一下。”在小雪身边走了3分钟，土冥一才开口说道。

小雪笑了笑。

“你是不是最近才来上班的？”又是一阵沉默，土冥一终于又找到话题。

“是啊，早上才来应聘的，我是那边的学生，来兼职。”小雪指了指马路对面的大学城。

“你学什么专业？”

“中医。”

土冥一有些惊讶，他有点联系不起来，在他心中，中医医生好像都是老头，他很难想象小雪给病人把脉时的情景，如果是给他把脉，脉搏一定会凭空加速的。

“怎么了，不相信？”

“没有没有，对不起，我是觉得，你太漂亮了，好像，不像。”土冥一语无伦次。

小雪停下了脚步，她对土冥一挥了挥手，“谢谢你，我到了。”

小雪走进一栋公寓，公寓楼所有房间都是黑的，土冥一站在楼下，一分钟后5楼的一个房间亮了。

土冥一不是故意的，偷看她的房间是不对的，他只是原地发怔，明亮的窗口出现了一个人影，那是小雪，她又对他挥了挥手，土冥一举起了吉他。

5.退后

“没有封面的裸体午餐，忘了转身拉你上岸，河流带走，你的冰冷，雪啊，你总是那么的懒，习惯孤单……”

土冥二的单曲《岸》在网络上流传，试听点击已经突破了千万，公司给他拨了更多的经费，让他去挑别人写的小样，让他出更多的歌，他是歌手了，虽然还不是大明星，但也算起步了。

那天土冥二从唱片公司出来时，他已经对音乐绝望，他到公园的湖边吹风，看着那些漂浮的小船，多么可爱的造型，有的像小鸭，有的像天鹅，土冥二笑着，傻笑。

手机响了，响了一遍，土冥二不想接，他知道这不是小雪打的，这两年，小雪似乎从来没有主动给他打过电话，当他打过去的时候，小雪总是会问，“不是说分手了吗，还是你说的。”

手机响起第二遍，对方似乎真的是有什么事情，土冥二掏出了手机，是一个陌生号码，他想接听的时候，死机了。

土冥二无奈地拆开电池盖，把电池拿出又放入，有一个好一点的手机确实会好一点，但是住进地下室的土冥二绝对没有这个钱了，当手机重新开机，那个电话又来了。

“哎呀，你好，总算打通了啊。”是一个男人的声音，似乎在哪里听过。

“请问你是？”

“我是唱片公司，刚才把你的歌给总监听了，他很喜欢，我们决定要签你，你初步的经费有100万。”

“哦，真的？”土冥二感觉天空洒下了一道光芒，他站了起来，臀部上还沾着泥土。

“真的。”头顶黄鸡冠的制作人在电话那边笑了，“快来吧，让我们一起创造未来。”

土冥二去了录音棚，他认为自己的声音真的不好，他希望自己的歌给别人唱，给他一笔稿费就行，但是制作人不同意，“我们不要好声音，我们要的是特别的声音。”

录了将近100遍，制作人耐心地提出各种要求，乐队也不厌其烦，土冥二十分愧疚，他感激他们，他要努力地唱得更好。

出了《岸》，成为职业歌手，土冥二终于可以回家了，因为小雪，他已经和父母闹翻，他决定只有干出一番事业之后才去见他们。

一阵热泪之后，土冥二拿出了CD，CD只做了10张，毕竟只是单曲，没有发行唱片，当音箱中响起土冥二的歌声，父母又是热泪盈眶。

“我前几天在网上听了，听了好多遍。”母亲说道，“是小晴告诉我的，说你是歌星了，对了，你有空时去看看小晴，她女儿好可爱……”

“如果不是小雪，我写不出这首歌。”土冥二说道，“我就是为她写的。”

气氛变得尴尬，歌声停止，父亲终于叹了一口气，“其实，找到自己爱的那个人，真的很好，其实，还是不该错过的。”

“你又说这个，你那几个情人，都是被我错过了是吧！”一个枕头摔在土冥二父亲的脸上。

“哎呀，我是说儿子的事情，又不是说我的。”

“其实，以前，也不该管你那么多，如果你喜欢谁，就应该和谁在一起。”母亲说道。

土冥二笑了，但是感情还可以挽回吗？难道小雪不是已经受到伤害了吗，自己的犹豫真的只是因为父母的反对吗？土冥二想去看看小雪，看看他已经不敢面对的她。

6.红模仿

和家里闹翻之后，土冥三就搬进了小雪的公寓。

白天，小雪去上课，土冥三睡到中午，吃完小雪留下的早点之后去街上闲逛，夜晚他们则一起去酒吧上班，过着幸福快乐的日子。

“你当时为什么租这么大一个公寓？”

“就是想出来住，不想住宿舍。”小雪回答。

“你哪里来的钱？”

“我父母会给我打钱。”

“哦。”土冥三松了一口气。

“你怎么了？”小雪看着土冥三，土冥三不知在忧愁着什么。

又是一天凌晨下班，土冥三对小雪说，“你别去上班了好吗？”

“不好。”

“求你了，别上班，或者换一个地方。”

“我喜欢那里，我是在那里遇见了你。”小雪固执地看着土冥三，“今天只是意外，而且那个醉鬼不是马上被拉走了吗？”

“是，但是，平时那些男人也总是盯着你。”土冥三抱住小雪，“你只属于我，好吗？”

“好，放心。”小雪拍着他的背，“乖乖的。”

土冥三后来学会了早起，他闲逛到了中医学院，他埋伏在教学楼附近，看着小雪下课出来，跟在她的身后，午饭小雪会在食堂解决，土冥三也远远地看着，跟踪小雪，像看一场立体的电影，她好像生活在一面屏幕当中，他不能出现，屏幕那边的生活不属于土冥三，如果他突破了界限，他会在她的世界里忽然成为陌生人，那是对感情最可怕的摧毁，而且他无法解释自己出现的理由。

小雪总是一个人，这样孤僻的小雪，很难想象她曾经有过五十几个男朋友，他们果然是乱说的，他果然可以完全信任小雪，但是他还是坚持跟踪着，他似乎爱上了屏幕那边的小雪，那是不一样的小雪，独立，自由，冷漠。

终于有一天，食堂的饭桌，小雪对面坐下一个男生，他们似乎聊得很好，土冥三坐在远远的斜后方，看着小雪的背影，他知道她在笑，他看到她在对方的盘子里夹菜，土冥三站了起来，又坐下，最后趴在了桌上。

“那个人是谁？”晚饭之后，土冥三问出了这样的问题。

“什么人？”小雪原本依偎在土冥三的怀里，坐起身看着他。

“中午和你吃饭的那个。”沉默半刻，土冥三还是开了口，他感觉头脑里一阵一阵的轰鸣，是心跳的声音。

“哦，你看到了啊。”

“是的。”

“我以前的男朋友。”小雪坦诚地说道。

土冥三点了点头，全身瘫软。

第二天中午，土冥三继续跟踪小雪，小雪没有去食堂，她去了一家小饭馆，土冥三没有进去，他在门口看到了那个男生，他也来了，他们换了一个地方还要一起吃饭。

“你为什么要和他吃饭？”晚饭还没开始吃，土冥三就忍不住冷冷地问道。

“他最近失恋了，陪他聊聊呗，你该不会吃醋吧？”小雪微笑着，摸摸土冥三的脸，“羞羞。”

“那我也失恋了。”土冥三拍开小雪的手，转身就走。

“你站住。”

“怎么了，如果你心里没鬼，你们为什么要换地方吃饭。”土冥三狠狠地握紧门把手，背对着小雪，全身发抖。

“我们昨天就说好了，他今天要请我去吃手撕牛肉。”

“不信。”

“哼，我更不信你，你根本不能和我结婚，有本事你就和我结婚啊。”

“我还不够了解你。”土冥三回答。

“无耻！”小雪的声音尖锐，她从来没有用这样的声音说过话，“我看不到我们的未来，根本没有！”

土冥三摔门而出，他不知道，他已经相信了谣言，他怀疑着小雪，当他这么相信的时候，他就会看到他相信的事情发生。

想象模仿着现实，或者，现实模仿着想象。

7.心雨

心里的雨倾盆而下，也沾不湿她的发。

8.白色风车

猫笑了，鬼道上第一次听到这个音效，直到小雪站在土冥四的面前，土冥四才忽然想起，他是把小雪锁在公寓里的。

“你怎么出来的？”土冥四后退一步，冷风从背后吹来。

“你凭什么锁住我？”小雪问道，口气很平静，却饱含着质问。

“对不起，你不跟我说话，还可能会出门和别的男生在一起，所以，所以我就……对不起。”土冥四悔恨地看着面前的虚空，小雪终于和他说话了，可是却看不见她。

“公寓的租金是用谁的钱来付？”

“你。”

“水电费和网费呢？”

“你。”

“饭菜呢？”

“你。”

“那你凭什么锁住我？”

“因为……”

“因为你爱我？”

“是的。”

一只冰冷彻骨的手掐住了土冥四的脖子，呼吸从此刻停止，他的脚轻轻地离开地面，耳朵失去了听觉，看见了云雾缭绕的晴天，就在土冥四认为自己死定了的时候，那只手消失了，鬼道上的恐怖音效停止了播放，似乎从来就不曾播放，四周寂静，有虫鸣，路灯是黄色的，很温馨。

有一对情侣从土冥四身边走过，惊讶地回头看他，“那人怎么了？”

“我怎么了？”土冥四摸了摸自己的脖子，那里依然透着一股寒气，“我凭什么锁她！”

土冥四向公寓楼飞奔，当他气喘吁吁地打开门，公寓里很安静，每个房间的灯都打开，只有阳台是暗的。

土冥四走到了阳台前，小雪坐在那里，坐在栏杆上，换了一套白色碎花棉布睡衣，刚刚洗过的长发没有梳理，一根一根黏合在一起。

“小雪。”土冥四站在原地，不敢前进。

小雪对他笑了笑，只是无奈，只是哀伤，她用右手从左向上划过一道弧线，像转动的风车，像拱形的门。

小雪向后仰倒，进入了那一扇门，进入了门后的另一世界，土冥四大叫一声向前扑去，破碎的时空揉入了虚无，如果命运可以交易，他希望摔下去的人是自己，就像一个奇迹，他抓住了小雪的脚踝，冰冷的，干燥。

9.迷迭香

和土冥一分手之后，小雪也不去酒吧上班了，她不想看到他，不想看到任何人。

小雪很少出门，每天在阳台吹风，背诵那本耗时27年才写成的《本草纲目》，李时珍不仅是一个中医学家，也不仅是达尔文认为的博物学家，他是一个神秘主义者，他在16世纪时明确提出大脑才是思维的器官，而非心脏，在他笔下，万物皆有其意义，连单身女人床头的灰尘也是。

小雪对自己的定义就是单身女人，她不可能再和谁一起生活，她以前有过两个男朋友，后来加上了土冥一，她原本只是不相信爱情，土冥一让她对爱情绝望。

耗时一年，小雪配置出了一瓶神奇的香水，她可以用它隔离世界，她想安静地生活，什么人也不见。

告别世界之前，她最后去看了土冥一，她在凌晨3点时躲在酒吧附近，她跟着他去了地下室的入口，知道了土冥一的住址之后，她在白天时到地下室附近等他，他会在中午时出门，背着吉他，吃两个馒头喝一杯水，然后到地铁边唱歌。

她曾经走到他的身后，很久没有听到他的歌声了，没有封面的裸体午餐，忘了转身拉你上岸……她几乎想抱住他，蒙住他的双眼，让他猜猜她是谁，但是她还是走开了，他唱得很投入，他生活得很好，他有他的生活，她不该打扰。

一天，小雪跟着土冥一进了一家唱片公司，土冥一失落地走出接待室的时候和她擦肩而过，他低着头，她戴着太阳镜。

小雪走进了接待室，头顶黄色鸡冠的制作人正在抽烟，他们签了协议，100万，这是小雪母亲留给她的遗产。

预付了两年的房租，关好窗户，小雪躺进了没有水的浴缸，她把香水涂在人中和嘴唇，涂在脖子和胸口，浓烈的香味让她窒息，让她的思维中枢麻痹，她看到了童年的阳光，白色的蝴蝶，左手牵着爸爸，右手牵着妈妈，那是她的美好世界，绝无残缺，没有饥饿和寒冷，没有人指指点点，只有爱，没有恨和伤害，不需要向任何人解释，不需要任何人的信任，对于人类，她早已无言以对，这个虚构的世界，只相信谎言。

10.菊花台

土冥来到小雪的公寓，他已经忘了自己多久没来了，在他生命的某一段时间，他把这里当成自己的家，他按响了门铃，虽然口袋里有钥匙，却已经没有资格使用。

铃声在门里回响，门没有开，他在楼梯上坐下，也许小雪只是出门，也许她已经搬走，坐了 5 分钟，土冥又最后按了一次门铃。

他把额头靠在铁门上，感到时间的流走，感到绝望，想起那个夜晚，她从阳台坠落，他在惊险中抓到了她的脚踝，那是她给他最后的希望，是神的怜悯，他把她拉了上来，她喘着气，笑了，“你总算拉我上岸了。”

土冥掏出了钥匙，无论如何，他都要把她挽回，只要她还会回来，即使还牵着一个男朋友，他都要把她挽回。

门开了，房间里什么都没有变，只是蒙着一层薄薄的灰尘，她还是那么懒，腐败的空气里有一种香味，窗帘没有拉紧，一道耀眼的阳光照在沙发上。

土冥到沙发上坐下，这张唯一的沙发，他们总是一起坐，没有电视，两个人靠在一起，可以聊一个周末的下午，她总是慢慢地睡着，她可以用来睡眠的时间实在太少，睡着之前她会在他耳边说，“如果我们可以这样一直睡一直睡，不要醒，该多好。”

门开了，是卧室的门，小雪走了出来，看到土冥，她没有任何的表情变化，只是直直地看着他。

“小雪。”

小雪没有回答，她从沙发边走过，向阳台走去，土冥无法动弹，他用力想让自己站起来，却无能为力，小雪走到了阳台，她爬了过去。

“啊！”土冥大叫一声，没有没有，那是幻觉，阳台被窗帘挡住，阳台的铁门也关得好好的，小雪根本没有出现，他精神恍惚地站起来，发觉空气中的香味似乎有些诡异，他拉开窗户，探出头深深地吸了一口。

土冥决定去小雪的卧室，那曾经是他们的卧室，那幻觉是那么的真实，她就是从那里走出来。

卧室的门没有关，卧室里的卫生间关着门，土冥先打开了卧室的窗户，因为这里的香味更加浓烈，然后他在书桌上看到了一张CD，CD上有一个字，《岸》。

CD明明只刻了10张，都在他那里，为什么小雪这边会有呢？小雪没有CD播放器，她是用电脑听的，想到她听过自己的歌，为她写的歌，土冥很开心，但是这张不该出现的CD还是令人不安。

CD下面压着一个笔记本，翻开之后看到了小雪的笔迹，“过去的要让它过去，不该写日记，可我发现自己不是水，我是雪，我凝固了。”

一页只有一两句，随手记录的心情，没有标注日期和天气。

“他曾经问过我，看过《金粉世家》没有，我对他点头，他说我们的婚礼要像他们一样，白天时有一片花海，夜晚时有蜡烛环绕，我说你不是没有钱吗，办得了那样的婚礼吗，他说为了婚礼他可以和家人借钱，他是骗我的吗？也许他真的是这样梦想的吧，但是事实证明，他就是欺骗了我。”

“其实，他本质上是一个软弱的孩子，却又好强，很可爱，让人无奈。”

“他把我想象得太过完美，我实在无法达到他的要求，他怀疑着一切，感受不到安全，可怜的想象，可怜的怀疑。”

“Hello,boy,you are the people who I will never say goodbye.But I still want to express my wishes to you，the laughter,the happiness,the health and the people who are loved by you and also love you.Happy birthday.”

这一段英文有日期，正是土冥生日的那天，土冥不懂英文，但是他看懂了最后一个短语，Happybirthday，生日快乐，泪水不由自主地流下，她还爱着他，除了她，没有人记得他的生日，这个世界，除了她以外，绝对没有人这么爱他。

“妈妈给我留下这笔钱，是想让我幸福，帮他实现梦想，我觉得幸福了，他的歌很好听，是为我写的，谢谢妈妈，雪。”

第一次遇见她的那个夜晚，她在他吉他的音孔里塞了100元，她的背影温暖了他的心，他放下笔记本，叫着小雪的名字，你在哪里，你去了哪里，为什么，你要对我这么好，为什么，你还不回来。

不知道哭了多久，小雪依然安静地躺在另外一个世界，她就在他的身边，却听不到他的呼唤，窗外的阳光已经黯淡，他重新翻开了笔记本，那是小雪的最后一篇日记，虽然笔记本只翻到了四分之一。

“融化了，终于融化了，这不是冬天，而我是雪。”

他被眼前的字迹抽空了力气，瘫软在地，小雪，她为什么还不回来，融化？融化！

他感觉到了可怕的失去，他预感到了危险，他冲入所有的房间，她不在，手机忽然响了，铃声依然是那首温暖的《雪绒花》，这个时候却觉得刺耳。

手机是经纪人打的，他没有接，挂断，关机，稍微恢复了理性，他想到了，还有一个房间没有看，是卧室里的卫生间。

小雪静静地躺着，她瘦了，甚至两颊已经凹陷，她还是那么美，只是已经停止了呼吸，没有心跳，没有温度。

他在她身边跪了一个夜晚，残留的香味让他产生过几次幻觉，她腐烂了，她爬起来了，却不认识他，她忽然消失了，却出现在书桌前，一边撕着书页，一边听着歌，“没有封面的裸体午餐，忘了转身拉你上岸……”

他知道自己是罪人，他杀了小雪，世界垮塌了，废墟将他掩埋，他找不到任何理由苟且，她顺流远去，他却站在岸边。

早晨，他去便利店买了12根红色蜡烛，又去了花店，秋天，菊花开得素雅纯净，他要了 99 朵，不要花枝。

回到公寓，他跪着把 99 朵菊花慢慢撒向浴缸，菊花一朵一朵覆盖了小雪的身体，把 12 根蜡烛在浴缸前点燃，烛光把小小的空间照耀成天堂，映红小雪的脸，她似乎在微笑，他们的婚礼开始了。

他挽起袖子，用刀子划开了左手的动脉，然后把刀子丢出礼堂，关上门，红烛艳丽，黄菊芬芳，鲜血滴落，盛开。

就在他要一起进入浴缸的时候，小雪的眼皮眨动了，烛光晃着她的脸，难道又是幻觉？

小雪轻轻吸了一口气，慢慢睁开了眼睛，她看到了他，笑了，“你怎么来了？”

尾声

那次卫生间的婚礼实在太简陋了，他们补办了一次，花海换成了向日葵。

“你救了我。”他的左手还缠着绷带。

“是你救了我，菊花的香气唤醒了我。”

胜了死神的两个人，躺在向日葵上仰望蓝天，风中洒满无数的笑容，在岸的这一边。